となりのナースエイド

知念実希人

角川文庫
23899

目次

第1章　ナースエイドのお仕事

1

闇の中、延々と続く階段を駆け上がっていく。

肺が痛い、鉛のように足が重い、腰から下の感覚がなくなっていく。それでも、ただひたすらに足を動かし続けた。

ここはどこなのだろう？　私はなんで必死に階段をのぼっているのだろう？

ようやく、階段の先に扉が見えてきた。赤錆《あかさび》に覆われた巨大な鉄製の扉。

階段をのぼりきると、渾身《こんしん》の力を込めて扉を押す。悲鳴のような軋《きし》みを上げながら開いた扉の隙間から、氷のように冷たい風が吹き込んできた。

外に出ると、そこには見覚えがある空間が広がっていた。

「屋上……」乱れた息とともに、かすれ声が口から漏れる。

足は止めているというのに、なぜか脈拍が上がっていくのが分かる。心臓を鷲摑《わしづか》みにされているかのように胸が苦しい。ここにいてはダメだ。すぐにここから逃げないと。

踵《きびす》を返そうとした瞬間、視界の隅に人影が映った。この空間と、その先に揺蕩《たゆた》っている闇との境界にある鉄柵《てっさく》の上に、入院着をまとった若い女性が立っていた。

女性と目が合う。彼女は整った顔に微笑を浮かべた。どこまでも哀しげな微笑を。

「澪《みお》……」女性が弱々しく言う。「私は……こんな体になりたくなかった」

「待って！　そんなつもりじゃなかったの！　ただ、助けたくて」

「けれど、あなたは結局、私を助けられなかった」女性の体が後方へと傾いていく。

「待って！　お願い、待ってよ！」

必死に叫ぶと、女性は優しい笑みを浮かべながら手を差し出してくる。

その白く細い手をつかもうと、必死に腕を伸ばす。

指先が女性の手に触れた瞬間、まるで縁日の金魚が掬《すく》われまいと身を翻すかのように、白い手がするりと零《こぼ》れていく。

「……さようなら」

目を細めながら静かに言うと、女性は底なしの暗闇に向かって落下しはじめた。

「待って！　私を置いていかないで！」

フェンスから身を乗り出し手を伸ばす。しかし、そこには虚空が広がっているだけで、もはや女性の姿は見えなかった。

「待ってよ、姉さん！」

瞼《まぶた》を上げると、見慣れない天井と、そこに向かって伸ばしている手が見えた。

ここは……？　荒い呼吸をしながら、桜庭《さくらば》澪は眼球だけを動かして辺りを見回す。

鏡台とタンス、小さなデスクだけが置かれた六畳ほどの和室、そこに敷かれた布団に横たわっていた。枕元では、スマートフォンが目覚まし用のアラームを鳴らしている。

……ああ、もう朝か。状況を把握した澪は、天井に伸ばしていた手を胸に当てる。加速した心臓の鼓動が伝わってきた。首元を拭《ぬぐ》うと、手の甲にべっとりと脂汗がつく。

アラームを止め、上半身を起こす。狭い部屋を少しでも広く使おうとベッドを置かなかったのだが、慣れない敷布団で寝ているせいか体の節々が痛かった。

またあの夢……。深いため息をついた澪は、這《は》うようにして布団から出て浴室へと向かう。まずは寝汗でベタベタする体を洗いたかった。浴槽に立ってシャワーカーテンを引いた澪は、シャワーのノズルを回した。本当ならバスとトイレは別になっている物件に住みたかった。しかし、転職で給料がかなり減ることになる。それに、去年から半年ほど仕事を休んで療養していたせいで、貯金も心もとなくなっていた。

つい先週からはじめた新しい仕事を長く続けられるか、いまの時点ではまだ分からない。家賃はできるだけ抑えなくては。

熱いシャワーを頭から浴びた瞬間、血だまりの中にうつ伏せで倒れている女性の姿が脳裏をよぎった。「うっ」とうめき声をあげた澪は、反射的に両手で口を押さえる。手から離れて浴槽へと落下したシャワーヘッドが、水流の勢いでのたうち回った。

落ち着け……。深呼吸をするんだ……。澪は必死に自分に言い聞かせる。

半年以上、このフラッシュバックに悩まされている。精神科医の診察を受け、正式にPTSDの診断を下されて、抗うつ剤を中心とした薬物療法を受けるようになってからは、いくらか症状はましになっている。ただ、治ったわけではなかった。病気との付き合い方を学んだに過ぎない。あの光景が頭をよぎるたび、心臓を直接握り潰《つぶ》されているような苦痛をおぼえることに変わりはなかった。

深呼吸、深呼吸、深呼吸……。浴槽の中にしゃがみこんだ澪は、乳房の前で震えるほど強く両手を握りしめながら自らに言い聞かせ、全ての意識を呼吸に集中させる。シャワーヘッドから噴き出す奔流を足元に感じながら、澪は体を小さく丸め続けた。


「やばいやばい、急がないと。ああ、鍵《かぎ》、どこにしまったっけ」

外廊下に出た澪はバッグを開ける。フラッシュバックを抑え込むのに時間がかかり、遅れてしまった。入職してまだ一週間なのに、遅刻するわけにはいかない。

せわしなくバッグを探っていると、隣の部屋の扉が開いた。横目でそちらを見ると男が部屋から出て、奥にある階段に向かって歩いていった。背中しか見えないが、雰囲気からすると年齢は三十歳前後だろうか。一見しただけで仕立てが良いと分かるそのジャケットは、家賃が五万円を下回るこのアパートの住人としてはやけにアンバランスだった。赤錆が目立つ鉄製の外階段を、男はおりていく。

ここに越してきた際、近隣の住人に挨拶《あいさつ》をして回った。しかし、隣の部屋だけは何度呼び鈴を鳴らしても一切反応がなく、まだ顔を合わせずにいた。

あの人がお隣さんなんだ。男を見送っていた澪の指先に、硬いものが触れた。あった！　澪はバッグの奥深くに紛れ込んでいた鍵を取り出し、玄関扉のシリンダー錠をかけると、外階段の手すりに両手をかけて身を乗り出す。

ついさっき隣の部屋から出てきた男が、アパートに一台分だけある駐車場に停められている車、ポルシェのSUVであるカイエンに近寄っていた。

「お隣さんの車だったんだ……」

一千万円以上はするであろう車は、この安アパートの駐車場にはあまりにも不似合いで、視界に入るたびに誰の車なのだろうと疑問に思っていた。

手すりから身を乗り出したまま、澪は「すみません」と声をかける。

車の扉に手をかけていた男は動きを止めると、かすかに首を反らして視線を向けてくる。しかし、真上からは前髪が邪魔で男の顔をはっきりと見ることはできなかった。

「私、先週二〇四号室に越してきた桜庭澪と申します。よろしくお願いします」

人間関係は第一印象が重要。姉からそう教育されてきた澪は、階下の男に向かって深々と頭を下げる。そのとき、バンッという音が空気を揺らした。顔を上げた澪の目に、唸《うな》るような低いエンジン音を上げながら車道へと出ていくカイエンが映し出された。

「え……、無視された……？」澪は呆然《ぼうぜん》と車を見送る。

唇を尖《とが》らせながら鍵をバッグの中に戻した澪は、腕時計に視線を落として目を剝《む》く。急がないと本当に遅刻だ。大きな音を響かせながら階段を駆け下り、一階についてアパートの敷地から出た瞬間、冷たい震えが背中に走った。

視線を感じた。冷たく刺すような視線を。足を止めた澪は、振り返って辺りを見回す。しかし気怠《けだる》そうな中年のサラリーマンらしき男や、ランドセルを背負って友達と手を繫《つな》いだ小学生が歩いているだけで、澪に注意を向けている者は誰もいなかった。

……気のせいか。あの日に受けた心が砕け散るような衝撃から、私はまだ十分には回復していない。だからこそこんなふうに、突発的におかしな不安に囚《とら》われるのだろう。

澪は無理やり自分を納得させると、再び走り出す。

パンプスがアスファルトを叩《たた》く小気味いい音が、辺りに響いた。

2

「ダメ、ダメだよ桜庭さん。シーツはビシッと張らないと。しわなく、ビシッとね」

角刈りの男性がベッドのシーツを掌《てのひら》で撫《な》でていく。ユニフォームである水色のスクラブの袖《そで》から、太い上腕が覗《のぞ》いていた。

「もう、遠藤《えんどう》さん、シーツにこだわり強すぎ。ここは自衛隊じゃないんだよ」

茶色く染めた髪を団子状にまとめた若い女性が、からかうように言う。

「桜庭さんも、シーツの敷きかただけそんなに厳しく指導されても困っちゃうよね」

「いえ、そんな。まだまだ新人なんで、しっかり教えてもらうのはありがたいです」

澪が慌てて言うと、一週間前からの同僚である早乙女《さおとめ》若菜《わかな》は笑みを浮かべる。

「だから、ため口でいいってば。私の方が年下なんだから」

「でも、この職場じゃ先輩なんで……」

「先輩って言っても、二ヶ月早く仕事に入っただけじゃん。いやあ、軽いバイト兼、春からの仕事場の下見だったつもりが、そのまま働くことになっちゃうとはね」

若菜は肩をすくめると、小さく舌を出す。早乙女若菜は浪人中の元看護学生だった。本来はこの春から看護師として働く予定だったが、看護師国家試験に不合格で資格が取れなかったため、いまは働きながら来年の試験に備えて勉強をしているらしい。

「二ヶ月とはいえ、先輩は先輩だよ。部隊内での上下関係はしっかりしないと」

筋肉質な男性、遠藤剛史《つよし》が低い声で言う。三十代前半の遠藤は、三年前まで陸上自衛隊に所属していて、除隊後にこの職場にやってきたということだった。自衛隊ではまず自らのベッドのシーツをしわ一つなく張ることを教わる。その習慣が染みついているためか、遠藤はベッドシーツの張り方につよいこだわりを持っている。

「だからさ、ここは自衛隊じゃないんだってば。それに……」

無邪気な笑みが浮かんでいた若菜の顔に、わずかに暗い影が差した。

「上下関係もなにも、この職場じゃ、私たちは最底辺って決まっているじゃない」

自虐で飽満した口調で呟《つぶや》いた若菜は、気を取り直すように胸の前で両手を合わせる。柏手《かしわで》を打ったかのような、小気味よい音が響いた。

「最下層でさらに上下関係を作るなんて馬鹿らしいじゃん。私たちは仲良くやろ」

明るい調子に戻った若菜に、澪は安堵《あんど》する。見ると、遠藤の表情も緩んでいた。

「それもそうだね。俺はシーツさえしっかり張ってくれれば、あとはこだわらないよ」

「やっぱシーツにはこだわるんだ」

若菜の突っ込みに、遠藤ははにかみながら角刈りの頭をかく。穏やかな笑い声が部屋の空気を揺らしたとき、いきなり出入り口の引き戸が勢いよく響いた。

「ちょっとあんたたち、なに馬鹿笑いしているの！　廊下まで聞こえてくるでしょ！」

響き渡った怒声に、澪は体を震わせる。開いた引き戸の向こう側に、ナース服姿の女性が立っていた。黒髪のボブカット。年齢は三十代半ばといったところだろう。澪の新しい職場、星嶺《せいりょう》大学医学部附属病院、五階病棟の主任看護師である定森恵理子《さだもりえりこ》だった。

「ここは病棟よ。能天気な笑い声なんて聞こえたら、患者さんとそのご家族はどんな気分になると思っているの？　想像力ってものがないの？」

「申し訳ありません」

遠藤が硬い声で謝罪をする。澪も「すみません」と頭を下げた。

「……自分たちだって、ナースステーションでキャーキャー笑ってることあるじゃん」

小声で呟いた若菜を、定森が「……何か言った？」と睨《にら》んだ。

「いえ、なんでもありません。すぐに仕事に戻ります」

慌てて澪がごまかすと、定森はこれ見よがしに鼻を鳴らす。

「私たちは忙しいんだから、少しは負担が減るように雑用ぐらいしっかりやってよね」

定森は部屋から出ていった。引き戸が閉まったと同時に、若菜が大きく舌を出した。

「なんなのよ、あのヒスババア」

「ちょっと若菜ちゃん、聞こえるわよ。ほら、深呼吸深呼吸」

澪に背中を撫でられた若菜は、言われた通りゆっくりと呼吸をしていく。

「主任は正しいよ。ナースの負担を減らすのが俺たちの任務なんだから」

遠藤は力ない声で言う。

「桜庭さんにもう少しベッドメイキングの極意を伝えたかったんだけど、今日のところは三人で手分けしてやっちゃおう。二人とも自分の担当の病室を頼むよ」

若菜は不満げながら、「分かった」と部屋から出ていった。澪と遠藤もそれに続く。

「それじゃあ、桜庭さんは五〇五から五一二をお願い。ベッドメイキングの必要な病床は少ないから、なんとかなると思う。分からなかったら、俺か悦子《えつこ》さんに聞いて」

澪は「はい」と頷《うなず》くと、自分の担当となっている病室へと向かう。

一番手前にある五〇五号室に入ると、かすかに消毒液の刺激臭が鼻先をかすめた。懐かしいその臭いは、ざらついていた気持ちをいくらか癒《いや》してくれた。

さて、やるか。澪は空のベッドに近づき、床頭台に置かれているシーツをマットレスの上に広げる。頭側のマットレスの下にシーツを挟み込み、しわが寄らないように注意しつつ敷いていった。先週、はじめてベッドメイキングをしたときは凸凹《でこぼこ》が目立っていたが、この一週間、必死に練習したおかげでうまく張れるようになっていた。

出来栄えに満足した澪が、次の部屋へと向かおうとしたとき、隣のベッドの周りに引かれていたカーテンが開き、老齢の女性が「すみません」と声をかけてきた。

「あ、はい、なんでしょう」

「うちの主人が、痰《たん》が絡んで苦しそうなんです。吸引をしてくれませんか」

女性が指さすベッドでは、痩《や》せた男性患者が荒い呼吸をしていた。その喉元《のどもと》からゴロゴロと、ストローでジュースに空気を吹き込んだ際に出るような音が響いている。

澪はベッドについている名札を見ると、患者の状態を思い起こす。入職からの一週間で、この病棟に入院している患者たちの大まかな病状は把握していた。

たしか、この患者さんは……。澪の体が震え、喉《のど》の奥からかすれ声が漏れた。

「シムネス……」

全身性多発性悪性新生物症候群（Systematic multiple malignant neoplasm syndrome）、通称『シムネス』。それは十年ほど前に突然、社会に現れた奇病だった。

シムネスを発症した患者には、心臓、胃、小腸、大腸、肝臓、膵臓《すいぞう》、腎臓《じんぞう》、筋肉、皮膚、眼球、脳、あらゆる臓器に同時多発的に悪性腫瘍《しゅよう》が生じる。しかも、一つの臓器に生じた悪性腫瘍が他の臓器に転移しているのではなく、それぞれの臓器の細胞ががん化するのだ。世界で最初のシムネス患者は、アフリカの小国に住む、十二歳の少女だった。さらに、その地域を中心にアフリカで十数人の患者が確認されたため、当初はがん抑制遺伝子の障害による遺伝性疾患と思われていた。

しかし、五年ほど前から欧米でもシムネス患者が認められるようになり、三年前にはついに日本でも最初のシムネス患者が発見された。現在は国内で毎年数十例のシムネス患者が確認されている。

現在、シムネスの原因はウイルス感染であるとされている。シムネス患者のほとんどがHIVに似たレトロウイルスに感染していることが判明し、それらが全身の様々な細胞で遺伝子異常を引き起こし、がん化させると考えられていた。

シムネスは手術での根治は不可能で、化学療法、放射線療法、そして万能免疫細胞療法などが行われている。しかし、発症一年後の生存率は五十パーセントを切っており、五年生存率にいたってはほぼゼロだった。

脳裏に柔らかい笑みを浮かべる女性の姿がよぎり、胸に痛みが走る。澪は唇を嚙《か》みつつ、喘《あえ》ぐように息をする男性患者を見つめる。

「お願いします。早く吸引して下さい」

夫の痛々しい姿を見ていられなくなったのか、女性は顔を歪《ゆが》めて懇願する。

「す、すみません。できないんです」

「できないってどうして!? この前の看護師さんはやってくれたのに?」

「私は看護師じゃなくて、ナースエイドなんです」

「ナースエイド?」女性の鼻のつけ根にしわが寄った。

「看護助手です。あくまで、ベッドメイキングとか配膳《はいぜん》、食事の介助、あとは患者さんの移動とか、看護師の手伝いをする仕事で、医療行為は一切する資格がないんです」

「あなたは主人の痰の吸引はできないってこと?」

「……はい」頷いた瞬間、強い罪悪感が胸に走り、澪は唇を固く噛んだ。

「じゃあ、どうすれば良いんですか? 主人はこんなに苦しんでいるのに」

「すぐに、看護師を呼んできます。少しだけ待っていてください」

澪は逃げるように病室から出て、早足で廊下を進んでいく。ナースステーションの前までやってきた澪は、頬を引きつらせる。ステーション内には一人しか看護師がいなかった。ついさっき、澪たちにあしざまに罵声《ばせい》を浴びせた看護主任、定森。

他の看護師を探すために身を翻しかけた瞬間、苦しげに喘ぐ患者の姿が脳裏によぎった。覚悟を決めてナースステーションに入った澪は、定森に近づいていく。

おずおずと「すみません……」と声をかけるが、定森は黙殺する。その態度に苛立《いらだ》った澪は、腹の底に力を込めた。

「あの、主任さん、お願いがあります」

定森はキーボードを打っていた手を止め、ゆっくりと首を回して澪を睨む。

「私がいま看護記録を打っているのが見えないの？　下らない用事で邪魔しないで」

吐き捨てるように言った定森は、「さっさと消えろ」と言わんばかりにあごをしゃくると、再び看護記録の記入をはじめる。キーボードを叩《たた》くカタカタという音が、やけに寒々しくナースステーションに響くなか、澪は拳《こぶし》を握りしめた。

「下らない用事なんかじゃありません！」

「……いまなんて言ったの？」

定森はどすの効いた声で言う。しかし今度は怯《ひる》むことはなかった。

「下らない用事なんかじゃないって言ったんです。五〇五号室の患者さんが痰が絡んでうまく呼吸ができずに苦しんでいます。だから、すぐに痰の吸引をしてあげないと……」

「あんたがやればいいじゃない」

かぶせるように定森が言う。澪の口から「……は？」という呆《ほう》けた声が漏れた。

「だからさ、患者が苦しんでいて、吸引が必要なんでしょ。そこまで分かっているなら、わざわざ私に頼らないで、あんたがさっささとやればいいじゃない」

私が痰の吸引を、医療行為をする……。心臓の鼓動が加速していく。全身の汗腺《かんせん》から、氷のように冷たく、それでいてやけに粘着質な汗が湧き出してくる。

深呼吸だ！　すぐに深呼吸をして落ち着かないと、また発作が起きてしまう。

胸に手を当てる澪を見て、定森は薄い唇の片端を上げた。

「ああ、ごめんね。あなた、看護師じゃなくてナースエイドだったわよね。なんの資格もないくせに我が物顔で医療現場にいる雑用係でしかなかったわね。そんなど素人が、医療行為なんかやったら患者さんを殺しちゃうかもしれないわね」

嘲笑《ちょうしょう》するように定森は言葉を続ける。澪には反論する余裕がなかった。

「分かったなら、私たちの仕事の邪魔しないで」

定森が吐き捨てるように言ったとき、おっとりとした声が聞こえてきた。

「主任さーん、うちの新人をいじめないでねー」

なんとか発作を抑え込んだ澪が振り返ると、やや脂肪を溜《た》め込みすぎた体をナースエイドのユニフォームで包んだ初老の女性が、柔らかい笑みを浮かべていた。

「園田《そのだ》先輩」

「もう、桜庭さんったら。気軽に『悦子さん』って呼んでって言っているじゃない」

ベテランナースエイドで、澪の教育係でもある園田悦子はぱたぱたと手を振ると、「で、主任さん」と声を低くする。定森の表情に緊張が走った。

「たしかに私たちは雑用係だけど、患者さんの変化をナースに伝えるのも、大切な『雑用』なの。そして、私たちみたいな『素人』はあなたたちと違って、医療的な処置をして患者さんを助けることはできない。だから、『プロ』としてあなたたちが、患者さんを助けてくれないかしら。とりあえず、いまは五〇五号室の患者さんを」

定森は数秒黙り込んだあと硬い表情で立ち上がり、サンダルを鳴らしながらナースステーションから出ていった。その姿を見送った澪はまばたきをくり返す。

「痰の吸引に行ってくれたんですか？」

「そりゃそうよ。それがナースの仕事だからね」

目を細めた悦子は、澪の背中をポンポンと軽くたたく。

「色々と言われたみたいだけど、気にしちゃだめよ。医療現場では本当は上下関係なんてないんだから。ドクターも、ナースも、そしてナースエイドも同等なの」

「ナースエイドが、ドクターと同等ですか？」

思わず声に疑念が混じってしまう。悦子は「当然じゃない」と大きく両手を広げた。

「たしかにナースエイドは資格がなくてもできる仕事よ。医療行為ができず、雑用をこなすだけの私たちは、医療については『素人』かもしれない。けれど私たちは間違いなくプロ。ドクターが『患者さんを治すことのプロ』、ナースが『医師をサポートすることのプロ』なら、私たちは『患者さんに寄り添うプロ』ね」

「患者さんに寄り添うプロ……」澪はその言葉をくり返す。

「そう。食事介助やおむつ交換、体の洗浄、検査室への移送なんかをするナースエイドは、医師よりも、看護師よりも、患者さんと過ごす時間が長い。患者さんは私たちに心を開いて、ドクターやナースにはできない相談をしたり、悩みを打ち明けたりする。もっとも患者さんの身近にいる医療従事者、それこそが私たちナースエイドなのよ」

悦子の言葉が皮膚から体内に染み入っていく。あの事件から半年以上、ずっと胸の奥にわだかまっていたヘドロのような感情が、わずかながら洗い流されていく気がした。

患者さんに寄り添い、同じ目線で支える。それこそ、自分が望んでいたことだ。

この仕事を選んで良かった。ナースエイドになって良かった。思わず視界が滲《にじ》んだ。

澪が目元を拭《ぬぐ》っていると、背中を平手でパンッと叩かれる。

「ほら、桜庭さん、泣いているひまはないよ。まずはベッドメイキングを終わらせて、すぐに配膳と食事介助の準備をしないと。プロとして、しっかり仕事をこなしていくよ」

悦子に発破をかけられた澪は、「はい！」と覇気のこもった声で返事をした。


「えー、悦子さん、ずっとこの病院でナースエイドしているんですかぁ」

カツ丼のカツを箸《はし》でつまみながら、若菜は声を上げる。

「そうね。この病棟ができてすぐだから、もう三十年近くになるかな」

悦子は定食の麻婆豆腐をスプーンですくった。

「三十年ですか。もはや重鎮ですね」

遠藤がタコさんウインナーを口の中に放り込む。シングルファーザーで小学生の娘がいるという遠藤は、子どものために作った弁当の残りを自分用として持ってきていた。

「年寄りって言いたいわけ？」

「滅相もありません。失礼いたしました！」遠藤はぴしりと背筋を伸ばし、敬礼をする。

「だから、ここは自衛隊じゃないんだってば」

悦子が肩をすくめ、澪は若菜とともに軽い笑い声をあげた。

午後一時過ぎ、配膳、食事介助、下膳という最も忙しい時間を終えた澪たちは、五階西病棟担当のナースエイド全員で職員用食堂で遅めの昼食をとっていた。

「ところで桜庭さん、もう仕事慣れた？」

テーブルを挟んで向かい側の席に座っている若菜がたずねてくる。

「うん、皆さんの指導も分かりやすいんでだいぶ慣れてきた」

「たしかに、桜庭さんのベッドメイキングはこの一週間で劇的に成長したね。けれど、免許皆伝にはまだまだ甘い。しっかりと極意を教えてあげるから安心してくれ」

遠藤は顔の前で拳を握りしめた。

「そう言えば、桜庭さんはここに来る前、仕事なにしていたの？」

「仕事……」表情がこわばりそうになるが、澪はなんとか平静を装う。「大学を卒業したあと、一般職で家電メーカーに就職したの。でも去年ちょっと辛《つら》いことがあってメンタルをやられちゃって退職しちゃった。半年ぐらい療養していたんだけど、だいぶ回復してきたから知り合いがこの仕事を紹介してくれて」

澪は前もって用意していた設定をなぞるように口にしていく。相手に疑われないコツは、偽の情報の中に、本当の情報を混ぜることだ。精神的に不安定になり半年療養していたのも、知り合いの紹介でここでナースエイドをすることになったのも本当だ。この説明を信じてくれるだろうか。澪は緊張しつつ、同僚たちの反応を待つ。

「……桜庭さん」

若菜が身を乗り出してきた。心臓の鼓動が加速する。

「つらいことって、男関係ですか？　そうですよね⁉」

「ええ？」予想外の言葉に、間の抜けた声が口から漏れてしまう。

「社内で将来まで約束した男がいたのに、急に出てきた後輩にそいつを奪われたんでしょ。『君は一人でも生きていける。けれど、あの子には俺がいないとダメなんだ』とか勝手なことを言われて捨てられたんですよね。なにが『俺がいないとダメなんだ』よ。そういうふうに見えるように、計算高く猫被《かぶ》っているに決まっているでしょ。しかも、よりによって国家試験の直前に別れ話を切り出すってなによ。おかげでこっちは勉強に身が入らないで、不合格になっちゃったじゃないのよ。せっかく、いい病院に内定もらっていたのに！　あいつのせいだ！　そう、全部あの浮気男が悪いんだ！」

小麦色だった頬を真っ赤にしてまくし立てる若菜の剣幕に圧倒され、澪はのけぞる。

「あ、あの若菜ちゃん……」

おずおずと声をかけると、若菜は両手を勢いよく伸ばして、澪の手を握ってくる。

「桜庭さん、昔の男のことなんてさっさと忘れて、新しい恋を見つけましょうね。うちの病棟のドクターたちの中にも結構若くてかっこいい人がいるし」

まっすぐに目をみつめられた澪は、思わず「う、うん……」と頷《うなず》いてしまう。

「その意気です。お互い頑張りましょう！」

澪の手を離した若菜は、拳《こぶし》を握りしめる。悦子が「落ち着きなさい」とたしなめる。

「あまりプライベートを詮索《せんさく》しちゃだめ。職場で男を漁《あさ》ろうとしない」

「けど悦子さん、生活に少しは潤いが欲しいんですよ。それに、昼は患者さんの食事とか排泄《はいせつ》の介助をして、夜は国家試験の勉強なんて毎日じゃ、頭おかしくなっちゃいます。若いドクターとちょっと仲良くなるくらい、いいじゃないですか」

「泣きそうな顔しないの。まあ、仕事さえちゃんとやっていたら、ドクターと仲良くなっても文句は言わないから。そうね、本当にいい人を見つけたいなら、今日の午後三時からの『あれ』で狙う相手を見繕えばいいんじゃない？」

「午後三時からなにがあるんですか？」澪は首を捻《ひね》る。

「ああ、澪ちゃんは先週、オリエンテーションで病棟にいなかったから知らないのか」

悦子はにやりと笑みを浮かべると、おどけるように肩をすくめた。

「昔ながらの『大名行列』が見られるわよ」

数十人の白衣の集団が、病棟の廊下を闊歩《かっぽ》していく。

「わあ、『白い巨塔』だぁ」

離れた位置にあるナースステーションの前で、同僚たちとともに様子をうかがっていた澪は、感嘆の声を上げた。

「昭和《しょうわ》っぽいでしょ。まあ、あの教授だからできることよね」

皮肉めいた悦子のセリフを聞きながら、澪は『大名行列』の先頭に立つ男を眺める。

銀髪と見紛《みまが》うほどに白く変色した頭髪の老齢の男性。

「火神《ひがみ》教授……」

ぼそりと呟《つぶや》くと、悦子が「あら、知っているの？」と横目で視線を向けてくる。

「え、ええ……。前にテレビで見ましたから」澪は慌ててごまかす。

「まあ、有名人だしね。世界中のがん患者さんを救って、あと数年以内には確実にノーベル賞を取るって噂されているし」

「へー、ノーベル賞。すっごいなぁ」若菜が興味なさげに呟いた。

「火神細胞ってやつですよね。俺でも知っています。三年前に親父が大腸がんの手術をしたあと、注射されていました。おかげで再発もせず、いまもぴんぴんしています」

遠藤が大きくうなずく。

かつてゴッドハンドと呼ばれた天才外科医、火神郁男《いくお》が人生をかけて生み出したがん治療用の特殊な細胞、それが火神細胞だった。現在、それを利用した万能免疫細胞療法は、手術、化学療法、放射線療法に次ぐ第四のがん治療法として広く行われている。

どんな細胞にも分化できるｉＰＳ細胞に特殊な処置をすることにより、白血球の一種で、がん細胞などの異物を貪食《どんしょく》する能力をもつナチュラルキラー細胞に近い性質をもたせた火神細胞。それをがん患者に投与すると、火神細胞は体にとって『異物』である腫《しゅ》瘍《よう》細胞を次々に攻撃し、破壊していく。一方で、正常の組織には攻撃をくわえず、一定期間が経つと全身の組織に定着し取り込まれていくため、副作用がほとんどない。

ただ、いまもがん治療の中心が手術であることに変わりはなかった。万能免疫細胞療法は効果的だが、あくまで血流やリンパの流れに乗って全身に散らばった細かい腫瘍細胞に対してだけだ。原発巣にある巨大ながん細胞の塊をすべて破壊するほどの能力はなく、腫瘍を外科的に除去するというのがいまだに最も効果的ながんの治療だった。

「けど、ほとんど顔を見たこともないドクターも多いですね……」

澪が呟くと、「そりゃそうよ」と悦子が肩をすくめる。

「プラチナとゴールドは、ほとんど病棟に来ないからね」

「プラチナ？　ゴールド？」意味が分からず、澪は聞き返す。

「ああ、澪ちゃんにはまだ説明していなかったっけ。この病棟はまるごと、火神教授が診療部長を務める『統合外科』の患者用だってことは知っている？」

澪は「はい」と頷く。星嶺大学医学部の統合外科は、医療界では有名だった。一般的に外科は、脳、心臓、肺、上部消化管、下部消化管、肝胆膵《すい》など、臓器別に細かく専門が分かれているが、統合外科はそれら全ての患者を引き受け、最高の手術を提供する。

火神がその圧倒的なカリスマと実績により全国から優秀な外科医を掻《か》き集めた、ありとあらゆる手術のエキスパート集団、それこそが星嶺大学医学部統合外科だった。

「統合外科は火神教授を頂点にしたピラミッド構造、完全な階級制になっているのよ」

「准教授、講師、助教とかですか？」澪は首を傾ける。

「違う違う、そんな年功序列とか世渡りのうまさが関係するような普通の分類じゃない。あの集団で唯一価値があるもの、それは手術の腕よ」

「手術の腕……」

「そう。研修医が『ブロンズ』で、研修を終えて統合外科に入局すると、まず『シルバー』と呼ばれて、入院してくる患者の手続きとか、手術後の患者の管理とかをしながら、ときどき助手として手術に入れてもらえる。ある程度、手術の腕が上がると『ゴールド』と呼ばれるようになって、病棟での仕事が減って、外来をしたり、自分の手術を執刀したりする」

「そこまでは普通の外科と変わりないような……」

「あら、よく知っているわね」

「えっと……、外科病棟でナースエイドとして働くことになったんで、最低限のことは知っておいた方がいいと思って、ちょっとだけ勉強したんです」

澪が早口でごまかすと、悦子は「真面目ねえ」と頷いて話を続ける。

「そう、『シルバー』と『ゴールド』は普通の外科と変わらない。けど、統合外科にはその上に『プラチナ』がいる」

「プラチナ、ゴールド、シルバー……。なんだか、クレジットカードみたい。それで、プラチナの人たちは何をするんですか」

「手術よ」悦子は唇の端を上げた。「スペシャリストであるプラチナはオペしかしない。毎日手術部にいて、朝から晩まで手術だけをしている」

「え、でも、患者さんへの説明とか、術後患者さんの管理とかは……」

「それは、シルバーかゴールドの仕事。プラチナはそんな雑用はしないの」

「雑用って……。大切な仕事じゃないですか」

「ひたすらオペの腕を磨くことを目的とした統合外科にとって、手術以外はすべて『雑用』なのよ。そして、火神教授が日本中の病院から引き抜いてきた天才外科医の集団であるプラチナは、その雑用をすることなくひたすら手術をし続け、ゴールドやシルバーはその技術を教わり、盗んで、腕を上げていく。それこそが星嶺大学医学部附属病院の統括外科」

あまりにも徹底した技術至上主義と、合理性のみを追求したシステムに、澪が呆《あき》れと感心をおぼえていると、じわじわと大名行列がこちらに近づいてきた。

おそらくはシルバーと思われる若い医者たちがせわしなく動き回って、患者の状態のプレゼンを行い、彼らにゴールドと思われる中堅医師たちが指導をしている。

手術着の上に白衣をまとって、火神のすぐ後ろを悠然と歩いている数人の壮年医師たちがプラチナなのだろう。ふと澪は、若い男性医師が『大名行列』から少し離れた位置で、壁に背中を預けながら立っていることに気づいた。

精悍《せいかん》で整った顔をしていて、細身で手足が長いせいか、若草色の手術着の上に白衣を羽織っているだけなのに、やけにファッショナブルに見える。ただ、その瞳《ひとみ》は眠そうに細められていて、ときどきあくびをかみ殺していた。

「あそこで暇そうにしている人って……」

澪がぼそりと呟くと、若菜が「竜崎《りゅうざき》先生のこと？」と身を乗り出してきた。

「竜崎先生？」澪は首をひねる。

「そう、竜崎大河《たいが》先生。超カッコいいでしょ。統合外科のエースなの」

「エース？　プラチナの他にもまだ分類があるの？」

澪が首をひねると、悦子は軽く笑い声をあげる。

「違う違う。エースっていうのは分類じゃなくて、たんに竜崎先生が統合外科で火神教授に次ぐ立場、ナンバー2だってこと」

「ナンバー2？　あんなに若いのに？」

「顔が整っているし、体も鍛えているから若く見えるけど、三十五歳くらいのはずよ」

三十五歳……。一見すると二十代半ばくらいに見える。けど……。

「けど、三十五歳でもナンバー2っておかしくないですか？」

「だから、統合外科では手術の腕がすべてなの。たとえ若くても、オペの技術さえ高ければ上の立場になれる。教授回診であくびしていても問題ないくらいにね」

「あの人、そんなに手術がうまいんですか？」

「うまいとかそういうレベルじゃないらしいわよ。まさに、天才だって。しかも、脳も心臓も、お腹も、それどころか目とか美容整形手術までなんでもできるって噂」

澪は耳を疑う。外科医は臓器ごと、領域ごとにそれぞれの専門を持っている。手術を行うためには、臓器の生理学的作用、周囲の血管や神経の走行などの解剖学的特徴をはじめとした膨大な専門知識と、その分野に特化した技術習得が必要だ。だからこそ、一つの領域の手術を極めるには数年、場合によっては十数年の修業が必要とされている。

あらゆる分野の手術をこなす外科医など聞いたことがない。どれほどの才を持ち、どれほどの修練をすればそんなことが可能になるのか、想像だにできなかった。

「ね、すごくカッコいいでしょ。竜崎先生、他のプラチナのドクターとは違って、自分が手術した患者さんの様子は見に来るの。だから、ときどき、病棟でも見かけるの」

若菜がはしゃいだ声を上げる。

「もしかしてさっき言ってた、若菜ちゃんが狙っているドクターって、あの人なの？」

澪の問いに若菜は「まさかぁ」とけらけら笑った。

「あんな完璧《かんぺき》な男と付き合ったら、疲れちゃうじゃないですか。あくまで『推し』ですよ。アイドルを見るみたいに、遠くから見てキャーキャーするのが楽しんです」

「そ、そうなんだ……。若い子の感覚って難しい……」

そんな会話をしているうちに、『大名行列』が近づいてきた。廊下のはじによった澪たちの前を、ぞろぞろと医師たちが通過しかける。そのとき、「おっ」と声を上げて、先頭を歩いていた火神が足を止め、澪に視線を向けた。その双眸《そうぼう》が細められる。

「頑張りなさい」

柔らかい声でそう言うと、火神は腰の後ろで両手を組んで、再び歩きはじめる。『大名行列』に加わっている医師たちが、次々に訝《いぶか》しげな視線を澪に注ぎながら前を通過していく。居心地の悪さをおぼえた澪は、目を伏せた。まさか声をかけられるとは思っていなかった。尊敬する人からの激励は嬉《うれ》しかったが、目立つことは避けたかった。

頭を下げ続けていた澪の視界に、サンダルをはいた足が映り込む。顔を上げると、すぐ目の前に竜崎大河が立って、まじまじと澪を見つめていた。

「な、なんでしょう？」

澪がのけぞると、竜崎は小声で「いや……」とだけ呟《つぶや》いて身を翻し、去っていく。呆然《ぼうぜん》と「なんなの……」と呟く澪の腕を、若菜が突然つかんできた。

「ねえ、いまのなに？　なんで竜崎先生にあんな至近距離で見つめられたの？」

「わ、分からないよ」若菜に揺さぶられながら、澪は離れていく白衣の集団を見送る。

ここに来てよかったのだろうか？　私の選択は正しかったのだろうか？　胸の奥で不安の種が萌芽《ほうが》するのを、澪は感じていた。

柔らかい絨毯《じゅうたん》が敷き詰められた廊下を、胸を張りながら大股《おおまた》で進んでいった火神郁男は、漆で塗られた扉の前で足を止める。『統合外科学講座　主任教授　火神郁男』と楷《かい》書《しょ》で記された表札がかかった扉を開けて部屋に入り、錠をおろした。

スタンドハンガーに白衣をかけた火神は、大きく息を吐く。全身の血管に水銀が流れているかのように体が重かった。日に日に体力が落ちているのがはっきりと分かる。

ふらふらと揺れながら進んでいった火神は、倒れ込むようにソファーに横になった。

もう自分に残された時間は長くない。この体が完全に動かなくなる前に、夢を叶《かな》えなくては。ただ、そのために必要なピースが欠けている。

どうすれば最後のピースが埋まるのだろうか。どうすれば自分の夢は叶うのだろうか。

三十分ほど、横になって思考を巡らせたあと、火神は緩慢な動きでソファーから起き上がる。出入り口に向かった火神は、ハンガーにかけた白衣を手にして部屋から出た。

少し休んだおかげで、教授回診で消耗しきっていた体はいくらか回復していた。これなら医局員たちに異常を悟られることもないだろう。

火神は廊下の突き当りにあるエレベーターに乗ると、『4』のボタンを押す。一階下のフロアである四階へとエレベーターが移動し、扉が開いた。短い廊下が延び、その奥に『技術修練室』と記された自動扉があった。

星嶺大学医学部附属病院本院の隣にある、五階建ての『先端外科医学研究所』。ここは、統括外科のための専用施設だった。十八年前、火神細胞の特許によって流れ込んでくる莫《ばく》大《だい》な資産の一部を大学に寄付することで建てさせた、火神の城。最上階の五階には教授室、二階には医局や准教授室、医局長室がある。しかし、この建物の最も重要な場所は、四階にあるこの技術修練室、そして何よりも三階フロアだった。

火神が廊下を進んでいくと、自動ドアが左右に開く。その奥に広がるバスケットコートほどの空間に、数人の医局員がいた。彼らは手術台に置かれた精巧な手術練習用の人形の腹腔《ふくこう》内に器具を持った両手を入れたり、内視鏡トレーニング用のモニターを見ながら手元のチューブを操作したり、透明なボックスから出ている腹腔鏡《ふくくうきょう》の持ち手をつかんで縫合の練習をしたり、ロボット手術のアームを操作して折り鶴を作ったりしていた。

内視鏡のトレーニングをしていた若い医者が、火神に気づいて「お疲れ様です！」と背筋を伸ばす。他の医局員たちも次々にそれに倣っていく。

唯一、部屋の奥に立ってVR装置を頭部にかぶっている医局員だけ、火神に気づくことなく一心不乱に両手を動かしていた。いい集中力だ。火神はわずかに頷《うなず》く。

「ここでは挨拶《あいさつ》は必要ないと、いつも言っている。一日も早くゴールドやプラチナに上がりたいなら、周りが見えなくなるほどに集中して、腕を磨きなさい」

医局員たちが「はい！」と覇気のこもった声を上げ自分たちのトレーニングに戻るのを見て、火神はわずかに口元を緩める。この技術修練室には、ありとあらゆる外科技術の最新式シミュレーターが備わっている。二十四時間開放され、統合外科の医局員たちは勤務中も少しでも自由な時間があれば、ここで修練することを許可されていた。

いまここにいる医局員たちは主に、病棟業務が一段落したシルバーたちだ。プラチナやゴールドは教授回診後、午後の手術のために全員が手術部に向かっていた。いまごろ、オペで自慢の腕を振るっているだろう。

シルバーたちはこの技術修練室で腕を磨き、十分な技術を身につければゴールドに昇格し、第一助手を務めたり簡単な手術の執刀をすることが許可される。そして、さらに外科医としてのレベルを上げて、やがてプラチナを目指すのだ。

このまるでプロスポーツのように徹底的にシステム化された外科医の技術向上プログラムこそが統合外科の特徴だった。これにより、これまでの古典的な徒弟制度による技術継承よりも遥《はる》かに効率的に、若い外科医たちが技術を身につけることができていた。

火神の頭に、一番弟子である竜崎大河の顔が浮かぶ。三十代半ばにして、あらゆる分野の手術で超一流の実力を持つ竜崎は、まさに統合外科の象徴のような存在だ。あの天才が現れたことは僥倖《ぎょうこう》だった。統合外科の外科医育成プログラムの有用性の裏付けになり、入局希望者も増え、大学からの多額の予算を引っ張ってくることが可能になった。

「だが、竜崎でもダメだった……」

火神は小声で呟く。自分の夢を叶えるためには、他の才能が必要だ。

やはり、あの外科医しかいないか……。

腰の後ろで手を組みながら技術修練室を火神が進んでいくと、奥でヘルメットのようなVR装置を使って手術シミュレーションをしていた外科医が、うめき声とともに慌てて装置を外し、そばに置いてあったゴミ箱に向かってえずく。

いまだにえずき続けている男に「大丈夫か」と声をかけると、火神に気づいた彼は慌てて椅子から立ち上がった。

「すみません。みっともないところを見せて」

「気にしなくていい。最近はその装置に挑む医局員はほとんどいなくなったからな。素晴らしいチャレンジ精神だ」

火神は振り返り、他の医局員たちを見る。彼らは居心地悪そうに目を伏せた。

「頑張りなさい。ただ、無理はしないようにな」

医局員の肩を軽く叩《たた》いてすれ違った火神は、突き当りにある鉄製の扉を開く。その奥に『関係者以外立入禁止』と大きく記されたエレベーターの扉が現れた。

エレベーターのわきの壁に埋め込まれたモニターに手を当てる。スキャナーのように光の線が上下し、掌紋を確認していくのを待ちながら、火神は小さくため息をつく。

さっき医局員が使っていたVR機器は、懇意にしている製薬会社に頼み込んで作ってもらったものだ。リアルで臨場感のある手術現場を再現するために、視覚だけでなく、聴覚、触覚、嗅覚《きゅうかく》、さらには平衡感覚まで刺激する最先端のシミュレーターだ。しかし、そのあまりの情報量を脳が処理できず、ほとんどの者が数分で限界を迎えてしまう。

完全に使いこなせるようになれば、ゴールドに上げてやると火神が宣言したため、挑戦するシルバーはあとを絶たないが、導入してからすでに一年以上経っているというのに、いまだ使いこなせた者はいない。あの竜崎さえも、十数分は耐えたものの、そこでバランスを崩して倒れ込んでしまっていた。

『認証シマシタ　火神教授　オハイリクダサイ』

人工音声の声とともに、目の前の扉がゆっくりと開いていく。火神が乗り込むと扉が閉まり、エレベーターが降下をはじめる。階数ボタンはなかった。このエレベーターは四階と、三階にある特別研究室を行き来するためだけのものだから。

かすかな機械音が響いたあとエレベーターは停止し、ゆっくりと扉が開いていった。

四階と同じ広さのフロアの中心に、長径三メートルはある巨大で黒い、楕円《だえん》体の機器が置かれている。その機器を取り囲むように高さ二メートルはあるスーパーコンピューターが幾重にも配置されており、機器に向かって無数のコードが伸びていた。

ごく限られた者しか入ることができない特別フロア、その中心に鎮座する漆黒の機器こそ、火神の『夢』そのものだった。エレベーターからまっすぐ延びている通路を進んでいった火神は、楕円形の機器に近づくと、そっと呟いた。

「お前が世界中の人を救うんだ、……オームス」

『outside operated Higami cell machine system（OOHMS）』

黒く光沢を放つその機体の側面には、白い文字でそう記されていた。

3

「ちょっとちょっと、腰が痛いってば！　しっかり支えてよ」

澪の肩を借りながら車椅子からベッドへと移動している木下花江《きのしたはなえ》が甲高い声を上げる。耳元で大声を出された澪は、鼓膜に痛みをおぼえながらも「すみません」と謝罪した。

「お母さん、せっかく支えてもらっているのに」

花江の娘である酒井美登里《さかいみどり》がたしなめると、ベッドに座った花江は不満げに「この看護婦の仕事なんだから、当たり前だろ」とそっぽを向いた。

「あの、いまは看護婦じゃなくて看護師って呼ぶんです」

おずおずと澪が訂正する。花江は澪に背中を向けてベッドに横たわり、「どっちでもいいよ、そんなの」と、ひらひらと手を振ると、備え付けのテレビの電源を入れた。

「すみません、母が迷惑をかけて」美登里は首をすくめると、何度も頭を下げる。

木下花江は食道がんに対する食道切除術の術前検査を受けるために三日前からこの統合外科病棟に入院している七十代前半の患者で、澪が担当になっていた。ただ、入院してすぐ、娘の美登里が「色々と母がご迷惑をおかけすると思いますが、よろしくお願いします」と深々と頭を下げたように、かなり癖のある人物で手を焼いている。

入院したその日から、高血圧があるため減塩食が出されているのに、「味が薄い」と隠し持っていた梅干を付け足したり、車椅子に乗って勝手に一階にある売店へ行き、唐揚げ弁当やポテトチップスを買ったりしていた。

「とりあえず、これで今日の検査は終わりましたので、ゆっくりして下さい。検査結果が問題なければ、明後日《あさって》が手術になるはずです」

他の患者のもとに向かおうとした澪に、花江が「ねえ、看護婦さん」と声をかける。

「だから、もう看護婦って呼ばないんですって。そもそも私は看護師じゃ……」

「どうでもいいけどさ、腰がすごく痛いんだよね。誰かさんに連れまわされて、立ったり座ったりをくり返したからさ」花江は当てつけるように言う。

「それじゃあ、湿布とか持ってきましょうか？」

「湿布なんて全然効かないよ。注射してくれよ。昨日の夜も看護婦に打ってもらったんだよ。あれはかなり効いたよ。だから、ブスッとやってくれよ。早く」

澪を急《せ》かしながら、花江は入院着の袖《そで》をまくって肩を露出させる。

腰痛の訴えが強いため病棟での担当に当たっているシルバーの外科医が、疼痛《とうつう》時にペンタゾシンという強力な鎮痛剤を筋肉注射しても良いという指示を出していた。

「あの、私は打てないんです……」

澪がおずおずと言うと、花江の眉間《みけん》に深いしわが寄った。

「昨日、看護婦が『痛ければまた打ちますからね』って言っていたよ」

「いえ、……私が打つことはできないんです」

「はあ？　なんで？」

「私は看護師じゃなくて、ナースエイドだからです」

資格を持たなくても従事することができるナースエイドには、医療行為は許されていない。食事の介助や、患者の移動・体位変換の他には、血圧・体温測定、軟膏《なんこう》の塗布や湿布の貼付、座薬の挿入などしか許可されていなかった。

「ナースって、看護婦のことでしょ？　どういうことよ？」

「たしかにナースは看護師のことです。ナースエイドは看護助手と呼ばれて、看護師の業務のうち、資格がなくてもできるものを肩代わりしてサポートする仕事なんです」

「んー、つまりあんたは『もぐり』ってことだ」花江は澪を指さす。

「お母さん、失礼でしょ！」

美登里が再びたしなめるが、花江はどこ吹く風といった様子で肩をすくめた。

「看護婦なのに資格がないなんて、もぐりそのものじゃない。でしょ、もぐりさん」

「もう、それでいいです」疲労をおぼえて澪は肩を落とす。「なんにしろ、私は注射できませんので、看護師さんに打ってもらえるように報告しておきますね」

「ああ、頼むよ」

花江は澪に背中を向け、再びテレビに集中しはじめる。

「本当にすみません。母が失礼なことばかり言って」

恐縮する美登里に「気にしないで下さい。では失礼します」と一礼すると、澪は病室をあとにして、早足でナースステーションへと進んでいった。まだまだ仕事は残っている。花江さんに時間を取られてしまった分を取り戻さないと。

担当看護師に花江が鎮痛薬を希望していることを伝えてナースステーションを出た澪に、背後から「すみません」と声がかけられる。振り返ると、美登里が立っていた。

「ちょっと、お話があるんですけど……。お時間ってありますか？」

澪は逡巡《しゅんじゅん》する。正直、時間はない。やることが山積みだ。一瞬、断ろうと口を開きかけるが、美登里の思いつめた表情を見て、澪は思い直す。

「少しなら。なにか心配事ですか？」

美登里が頷《うなず》いたのを見て、澪は「こちらへ」とナースステーションのそばにある歓談室へと促す。患者と見舞客が話をするときなどに使用される、テニスコートの半面ほどの広さの空間。数脚の丸テーブルが椅子とともに置かれ、壁際には自動販売機があった。昼下がりだけあって、多くの患者と見舞客がいて、少しざわついている。

澪は一番端にある小さなテーブルに美登里をつれていった。テーブルを挟んで向かい合う位置で、澪と美登里は椅子に腰かける。

澪が「お話ってなんでしょう」と微笑むと、美登里はためらいがちに口を開く。

「あの、桜庭さんには母が迷惑をかけて、申し訳なく思っています。母は素直じゃないんで、あんな態度を取っていますけど、桜庭さんにすごく感謝しているんです。私と二人のときは、『あの子は若いのに気が利くし、いつも一生懸命に仕事していて、いい子だねえ』と言っているんです」

「本当ですか⁉」驚きと照れくささと嬉《うれ》しさで、思わず声が大きくなってしまう。

美登里は「本当です」と大きく頷いた。

「強がっていますけど、母も不安なんだと思います。ちょっと喉《のど》がつかえると思って調べてもらったら、急に食道がんだなんて言われて、あれよあれよという間に手術が決まっちゃって。そんななか、桜庭さんがしっかりと話を聞いてくれたり、本気で心配してくれることが嬉しくて、つい甘えちゃっているんだと思います」

「甘え……ですか……」花江に振り回されたこの三日間が頭をよぎり、頬が引きつる。

「桜庭さんのお陰で、母はだいぶ明るくなりました。本当にありがとうございます」

つむじが見えるほどに頭を下げる美登里に、「そんな、頭を上げて下さい」と言いつつ、澪は胸の奥が温かくなっていく心地をおぼえていた。

患者に寄り添い、その話に耳を傾け、そして不安がない状態で最も適切な治療を提供することで、体だけでなく心まで癒《いや》す。それこそ、澪が求める理想の医療だった。

あと少し早く、これを実践できていたら……。

哀しげに微笑む女性の姿が脳裏をよぎり、喜びと哀しみが胸郭内で複雑に混ざり合う。

「けど、美登里さんの不安は消えていないんですよね」

澪が声をかけると、まだ頭を下げていた美登里は「えっ？」と顔を上げた。

「顔を見れば分かりますよ。お母様のことについて、なにか心配なんですよね」

「……はい、そうなんです」弱々しい声で美登里は語りはじめる。「母ががんだって知って、私もすごくショックを受けました。うちは父が早くに亡くなって、母は女手一つで私を育ててくれたんです。いまのように女性が働くのが当たり前ではない時代でしたから、色々な苦労もあったと思います。だから、母に感謝しているんです」

美登里は「照れくさいから、本人には言えませんけど」とはにかんだ。

「分かります」澪は大きく頷く。

「私は五年前に結婚して、三年前に息子が生まれました。母は息子を溺愛《できあい》していて、『いまが一番幸せ』といつも言っているんです。これまで苦労させたぶん、母には幸せになって欲しいんです。だから、手術のことが不安で……。食道がんの手術って、胸とお腹を開ける、すごく大変で体にダメージが大きい手術だって聞いたので」

「はい、たしかに大変な手術です。ただ……」

澪は昨日確認した、花江が予定されている手術の内容を思い起こす。

「花江さんは、腹腔鏡《ふくくうきょう》と胸腔鏡《きょうくうきょう》で行われる低侵襲手術を受ける予定です。普通に大きく皮膚を切開する手術に比べると、だいぶ体への負担は小さいはずです」

「けれど、普通よりかなり手術の難易度が上がるんじゃないでしょうか？」

「大丈夫です。執刀されるのは統合外科のエースの竜崎先生なんですから」

澪は努めて明るい声で言う。竜崎の手術を直接見たことがあるわけではないが、誰もが口を揃えて「天才外科医」と言っている。間違いなく腕はいいはずだ。いまはまず、少しでも美登里の不安を取り除きたかった。

「はい、手術の説明をしてくれた大垣《おおがき》先生もそうおっしゃっていました」

大垣先生が……」澪の脳裏に、頭髪が薄く、痩《や》せた中年医師の姿が浮かび上がる。

大垣はゴールドに位置する四十代の医師で、病棟における担当医だった。悦子から聞いた話では、統合外科が発足した当時から所属するベテラン医師だが、手術の腕がいまいちなため、プラチナに上がることができずに燻《くすぶ》っているらしい。

正直、大垣に苦手意識があった。いつも陰鬱《いんうつ》な態度でぼそぼそと話すため、指示が聞き取りにくいし、担当患者やその家族が説明を受けたとき、不安をおぼえやすいのだ。

「あの、できればもう一度、しっかりと説明を聞きたいんです」

「分かりました。大垣先生に、もう一回説明をしてもらえるように掛け合って……」

頷く澪の言葉を、美登里は「違うんです」と弱々しい声で遮る。

「大垣先生じゃなくて、執刀してくれる先生と直接話をしたいんです」

「つまり、竜崎先生と話をしたいってことですか……?」

美登里が頷くのを見て、澪は戸惑う。プラチナである竜崎は、ほとんど病棟に姿を現すことがない。自分が執刀した患者の様子を、ときどきちらりと見に来るぐらいだ。

もちろん、手術部に行けば竜崎に会えるだろうし、院内携帯で呼び出すこともできる。しかし、一日中、手術部で高難度のオペを行っている竜崎が、わざわざ説明だけをするために病棟にやってきてくれるとは思えなかった。

澪の困惑を感じ取ったのか、美登里は弱々しく首を横に振った。

「すみません、わがままで無意味なことを頼んで」

「無意味なんてことありません」澪は思わず椅子から腰を上げる。「患者さんやご家族に寄り添って、できるだけその声に耳を傾け、不安を取り除くことはすごく大切な医師の仕事のはずです。美登里さんはわがままなんて決して言っていません！」

「あ、ありがとうございます……」

かすかにのけぞりながら目をしばたたく美登里を見て、澪ははっと我に返る。

「いえ、いまのはなんと言うか……、一般論でして……」

しどろもどろに取り繕っていた澪は、大きく息を吞《の》んだ。歓談室の外の廊下を、竜崎が大垣を引きつれて歩いている姿が目に飛び込んできた。

「ちょっと待っていて下さい！」澪は立ち上がると、小走りで出入り口に向かう。

「大垣先生、一昨日《おととい》、膵頭《すいとう》十二指腸切除術を行った、田代《たしろ》さんの経過は？」

廊下を闊歩《かっぽ》しつつ、竜崎は隣を歩いている大垣に訊《たず》ねる。

「極めて順調です。すでに歩行をはじめています」

「分かった。あとは昨日、ダ・ヴィンチによる前立腺《ぜんりつせん》全摘術をした皆川《みながわ》さんは？」

「そちらも順調です。術後の痛みもほとんどないと本人が喜んでいました。竜崎先生のロボット手術は特に、患者への侵襲が低く、感心させられます」

竜崎に答える大垣の声は、媚《こ》びるような響きを孕《はら》んでいた。

「おべっかはいらない。その二人の創部の状態だけ確認したら手術部に戻る」

四十代半ばの大垣が、十歳近くは年下であろう竜崎に敬語を使い、一歩引いた位置でついて回っているのを見て、澪は違和感をおぼえる。本当にここでは技術のみでヒエラルキーができあがっているんだ。まるで大相撲の世界みたい。そんなことを考えながら二人に近付いた澪は、「すみません」と声をかける。薄い緑色の手術着の上に、白衣を羽織っている竜崎は振り返ると、「誰だ？」と訝《いぶか》しげに澪を見た。

「桜庭澪といいます。この病棟でナースエイドをしています。よろしくお願いします」

頭を下げる澪と竜崎の間に体をねじ込むようにした大垣が、「ナースエイドが竜崎先生になんの用だ⁉」と、澪を睨《にら》みつける。病棟でのヒエラルキーの最下層にいるナースエイドが、統合外科のエースである竜崎に話しかけるのが気にくわないようだ。あまりにも強い階級意識に、眉間《みけん》にしわが寄ってしまう。

「患者さんのご家族が、竜崎先生から手術についての説明を受けることを望んでいます。ほんの少しでいいので、お話ししてあげて頂けませんか？」

大垣を無視した澪は、まっすぐに竜崎の目を見つめる。

「患者やその家族への説明は、基本的にゴールドが行っているはずだ」

「はい、大垣先生から説明は受けています。ただご家族は、執刀医から直接説明を受けることを希望しているんです」

自分の担当患者だと知った大垣の顔が、羞恥《しゅうち》でか、それとも怒りでか紅潮していく。

「俺がしっかり説明したのに、それの何が不満だと……」

怒声を上げた大垣は、背後から「黙れ」と竜崎に押しのけられ、口をつぐんだ。

澪と竜崎は、数十センチの距離で向かい合う。意志の強そうな二重の瞳《ひとみ》から発せられる鋭い視線に気圧《けお》されないよう、澪は両拳《こぶし》を強く握り込んだ。

「どうして俺が説明する必要がある？」平板な口調で竜崎は訊ねてくる。

「執刀医の口から、『大丈夫だ』と言って頂くことで、ご家族が安心できるからです」

「なぜ、患者の家族を安心させなければならない？」

再び浴びせられた問いに、澪の口から「へ？」という呆《ほう》けた声が漏れた。

「患者やその家族の気持ちで手術の結果が変わるわけじゃない。無意味だ」

「……患者さんやご家族に寄り添うことが無意味だっておっしゃるんですか？」

一瞬の迷いもなく、竜崎は「その通りだ」と頷《うなず》いた。

「医療に不純物は必要ない。深い知識と、磨き上げられた技術、そしてデータに基づいた合理的な判断、それこそが患者の命を救う。『感情』が入り込む余地はない」

「感情が不純物!?」

「ああ、まぎれもない不純物だ。感情は判断を揺らがせ、技術を鈍らせかねない。それらを徹底的に排除した先に、理想の医療がある」

「そんな……。患者さんやそのご家族は、病によって苦しんでいます。その心に寄り添い、癒すのも医療の大切な役割のはずです」

「いいや、医療の究極目標は、知識と技術により疾患を治癒させることだ。そこに無駄なものを混ぜると、患者の命を危険に晒《さら》しかねない」

「そんなの間違っています！」澪の声が廊下に響き渡る。「人間は機械じゃありません。感情が、心があります。そんな動かなくなった時計を修理するような医療は間違っています。そして、その感情は病気に打ち勝つため、生きていくための原動力になってくれるはずです。心を無視した医療こそ、患者さんの命を危険に晒します」

握りしめた拳を震わせながら、澪は想いを言葉に乗せて竜崎にぶつけていく。竜崎は表情を動かすことなく、視線を逸《そ》らすことなく、それを正面から受け止めていた。

「お前、ナースエイドが偉そうに……」

大垣が怒鳴り声を上げかける。しかし、それまで表情を動かすことがなかった竜崎が、小さく忍び笑いを漏らして口元を緩めたのを見て、大垣は目を大きくした。

「面白い意見だ。だが、俺は自分の医療観を変えるつもりはない。俺は理想とする医療を追求するだけだ。なので、患者の家族への説明に時間を割くつもりはない」

白衣の裾《すそ》をはためかせながら身を翻すと、竜崎は廊下を進んでいく。

澪は唇を嚙《か》んで、離れていく竜崎の背中を見送ることしかできなかった。

4

「なんなのよ、あいつ。本当にムカつく」澪は乱暴にサンドイッチを口に押し込む。

翌日の昼過ぎ、澪は同僚たちと病棟の隅にある看護助手控室で昼食を取っていた。

「あんまり怒るとシワが増えちゃうわよ」悦子が苦笑をする。「けど竜崎先生に啖呵《たんか》を切るなんてやるわね。ナースエイドがエースに嚙みついたって話題になっているわよ」

「別に嚙みついたわけじゃ……」澪は小声で呟《つぶや》く。

目立つことは避けたかったが、頭に血がのぼって自分を抑えることができなかった。

「けど、桜庭さんいいなあ。竜崎先生とお喋《しゃべ》りできたんでしょ」若菜が声を上げる。若菜と遠藤は、澪より三十分早く休憩に入っているので、すでに食事を終えていた。

「全然良くないわよ。あの人、なんなの？　手術にしか興味ないみたい。どんな人生歩んで来たら、あんな偏った人間ができるの？　あんな感じで、日常生活送れるの？」

「竜崎先生のプライベートってあまり聞かないのよね。高級タワーマンションのペントハウスに住んでいて、何台も高級車を乗り回しているとか噂されているけど」

悦子が言うと、若菜が「うわあ、すごい！」と歓声を上げる。澪は卵サンドを手に取ると、肩をすくめた。

「さすがにそれはないんじゃないですか。大学病院の医師なんて、給料安いですし」

「あら澪ちゃん、よく知っているわね」

悦子に視線を向けられた澪は、「前にテレビで見ました」とごまかす。

「そう、大学病院って医者の給料すごく安いのよね」

「えー、そんなに安いんですかぁ？　それじゃあ、ペントハウスは無理かぁ……」

若菜が露骨に肩を落とすと、悦子は「そうでもないのよ」と声をひそめる。

「給料が安いぶん、医者たちには『研究日』っていう休みが週に一日ある。名目上は研究のための休日だけど、実際はその日に他の病院でバイトをして稼げってことね」

「え、ドクターってバイトをしているんですか？」遠藤が驚きの声を上げた。

「しているどころか、バイトこそ大学病院に勤める医者の主な収入源よ。研究日とか土日、あとは勤務が終わったあとなんかに他の病院で仕事をしているの。大学病院からもらう給料の二倍、三倍もバイト代で稼いでいるドクターだって少なくないわよ。ただ、竜崎先生の『バイト代』はそんなレベルじゃなく、桁違《けたちが》いだって話」

「どうして竜崎先生だけ、そんなに稼げるんですか⁉」若菜が身を乗り出した。

「それはね、天才的な手術の腕があるからよ」

楽しげに言う悦子に、澪は口をはさんでしまう。

「それっておかしくないですか？　国民皆保険制の日本では、執刀医が研修医だろうが教授だろうが、手術料はまったく同じ診療報酬になります。いくら竜崎先生の手術が素晴らしくても、それで大金が入るわけじゃないはずです」

「保険診療ならね」

悦子が含みのある笑みを浮かべるのを見て、彼女が何を言いたいか、澪は気づく。

「自由診療で手術をしているってことですか？」

「そう。違う病院で、竜崎先生は高額の手術料を取ってオペをしているらしいわね」

「でも、うちの病院を受診すれば、保険を使って竜崎先生の手術を受けられますよね。わざわざ、高いお金を出さなくても……」

「竜崎先生の手術を希望して、うちの病院を受診する患者がいっぱいいる。けれど、その全員が竜崎先生に執刀してもらえるわけじゃない。竜崎先生をはじめとする統合外科のプラチナの外科医たちは基本的に、難しい手術しか執刀しないからね。簡単な手術はゴールドが執刀医となることがほとんど」

「だから、どうしても竜崎先生に執刀して欲しければ、大金を積んで、他の病院でやってもらうしかない……」

澪が低い声で呟くと、悦子は「そういうこと」と頷いた。

「最高の手術を受けるためなら、金に糸目をつけない富豪はいっぱいいるのよ」

「わー、なんかかっこいい。ブラック・ジャックみたい」若菜がはしゃいだ声を上げる。

「竜崎先生はしっかり医師免許を持っているし、自由診療は違法でもなんでもないから、全然違うわよ。それに、大金を出せばより良い医療を受けられるっていうのは、アメリカをはじめとした外国では当然のことよ。どちらかと言うと、貧富の差に関係なく、同じレベルの医療を受けられる日本みたいな国が珍しいの」

その通りかもしれない。けれど……。澪は胸の中でつぶやきながら、卵サンドを口に運ぶ。なぜか、それがやけに味気なく感じた。

富める者もそうでない者も、命の価値は同じであってほしい。甘い理想論でしかないと理解していても、それを目指したかった。

「痛《い》たた！　早乙女さん、痛い。痛いって！　中で針を動かさないで！」

物思いに耽《ふけ》っていた澪は、遠藤の悲鳴を聞いて我に返る。見ると、遠藤の太い腕にゴム製の駆血帯が巻かれ、怒張した血管に若菜が点滴針を刺そうとしていた。

「だって、なんでか血管に入らないんですもん。ちょっと我慢して下さい」

血走った目で、針が刺さった場所を凝視しながら、若菜が声を上げる。

来年には国家試験に合格して看護師として働くことを目指している若菜は、ときどきこうして遠藤に腕を借りて採血や、点滴針留置の練習をしていた。しかし、不器用なのかなかなか上達せず、いつも遠藤が悲鳴を上げている。

「あの、若菜ちゃん……。針を刺した状態で動かすと、血管を切っちゃうかも。針先って、刃物みたいに鋭いから。一度抜いて、再チャレンジした方がいいんじゃないかな」

おずおずと澪がアドバイスすると、若菜は唇をへの字にして針を抜く。しかし、駆血帯の解除を忘れているので、遠藤の腕からだらだらと血液が流れ出した。

「あ、ごめん。忘れてた」若菜が慌てて駆血帯を外す。

「ああ、ユニフォームが汚れちゃった……。着替えてこないと」

「本当にごめん！　遠藤さん」若菜が拝むように両手を合わせる。

遠藤はため息をつくと「気にしなくていいよ」と言って控室から出ていった。

「悪いことしちゃったなぁ。でももっと練習しないと……。というわけで、桜庭さん」

若菜は微笑むと、「ちょっと血管貸してくれない？」と小首を傾げる。

「いや！　絶対にいや！」

「えー、ちょっとぐらい、いいじゃん。あ、そうだ。代わりに私の腕に注射してもいいからさ。ナースエイドでも、基本的な採血の仕方くらい知っておいて損はないよ」

若菜はユニフォームの袖《そで》をまくって小麦色の腕を露出させて突き出すと、反対の手で、澪に強引に注射器を押し付けた。澪は口を半開きにして注射器を見つめる。

「ほら、やり方教えてあげるね。まずは針についているキャップを取って……」

若菜の声がやけに遠くから聞こえてくる気がした。視界から遠近感が消えていく。キャップが取り去られた注射針が、襲いかかってくるような錯覚に襲われた。

視界の上部から、白い幕が下りてくる。

しまった、脳貧血だ……。そう思ったときには、体が傾いていた。澪は椅子から崩れ落ちるように、床に倒れる。手から零《こぼ》れた注射器が、床に落ちて乾いた音を立てた。

「え？　桜庭さん!?」「桜庭さん！　大丈夫!?」

若菜と悦子が声を上げる。澪は荒い息の隙間をぬって声を絞り出した。

「大丈夫です。少しめまいがしただけで……。お手洗いに行ってきます」

「それなら、私がついていこうか」

若菜が心配そうに声をかけてくる。澪は無理やり顔の筋肉を動かして笑みを浮かべた。

「大丈夫。ちょっと顔を洗ってきたいだけだから」

必死に立ち上がると、澪は鉛のように重い足を引きずって控室から出る。トイレに向かって廊下を進んでいくが、雲の上を歩いているかのように足元がおぼつかなかった。平衡感覚を失い、視界がぐるぐると回転している。壁に寄りかかるようにして体を支えると、澪は片手で口を押さえる。胸郭内が腐ってしまうような吐き気をおぼえていた。

目を閉じると、優しく、そして哀しげに微笑む女性の姿が瞼《まぶた》の裏に映し出された。

「私はもう……医療行為はしない。だから、ナースエイドになったの……」

掌《てのひら》で押さえた口から漏れたか細い声が、廊下の空気をかすかに揺らした。

5

車輪の音を響かせながら、ストレッチャーが廊下を進んでいく。竜崎とひと悶着《もんちゃく》を起こした二日後の朝八時過ぎ、澪は木下花江が横たわったストレッチャーを押していた。

ストレッチャーの上の花江に、澪は「大丈夫ですか?」と声をかける。花江の表情はこれまでに見たことがないほどに強張《こわば》り、額には汗が滲《にじ》んでいた。

「心配いりませんからね。執刀医の竜崎先生は超一流の外科医ですから」

人間としては三流だけど。心で付け足しながら澪が微笑むと、花江は舌を鳴らした。

「緊張なんかしてない。ただ、腰が痛いだけだよ。今日は特に痛い。こんな硬い台車で

「どうせすぐに手術台に乗せられて切り刻まれるんだろ。俎板《まないた》の鯉ってやつだ」

「だから、もぐりじゃないって、何度も言っているじゃないですか。私はナースエイドです。すぐに手術部に着いて柔らかいベッドに移れますから、安心して下さい」

「だから、もぐりさん、どうにかなんないのかい？」

運ばれているせいだね。もぐりさん、どうにかなんないのかい？」


花江は自虐的に唇の片端を上げる。

「まあ、もう七十年も生きたんだから、人生に未練なんてないけどね。好きなようにしてくれって感じさ。できれば、腰の痛みだけはなんとかして欲しいけどさ」

「そんなこと言わないで下さいよ。可愛いお孫さんがいるんでしょ」

「……娘に聞いたのかい？」

「ええ、そうです。花江さん、お孫さんには甘いんですってね。内緒でお菓子とかお小遣いをあげるから、困っているって娘さん言っていましたよ」

「孫にできることとなんて、それくらいしかないからね」照れているのか花江は横を向く。

「お孫さんも、大好きなおばあちゃんが早く元気になって、一緒にまた遊びたいと思っていますよ。だから、手術頑張りましょうね」

「頑張るって、あんたが手術のとき、一緒にいてくれるわけじゃないんだろ」

「はい、私は手術部の入り口までです。そこでオペナースと主治医に引き継ぎます」

　患者搬送用のエレベーターの前までやってきた澪は、ボタンを押す。しかし、手術を受ける患者が次々と運ばれていく時間帯だけあって、なかなか扉は開かなかった。

「……ありがとうね」

ぼそりと花江が呟《つぶや》く。澪は「え？」とまばたきをした。

「強がっていたけどさ、がんだって診断されてからずっと不安だったんだよ。しかも、胸と腹に穴をあけて、なんか機械を突っ込んで内臓を切り取る手術が必要だっていうんだからさ。特に五日前に入院してからは、怖くて怖くてしかたなかった」

「それが当然ですよ」

「ただ、私はずっと男社会で働いて娘を育ててきたからさ、弱みを見せるってことができないんだよ。だから、病人になってもずっと誰かに弱音を吐けずにいたんだ」

「……つらかったですね」

「ああ、つらかったさ。けど、もぐりさん。あんたに助けられたよ」

「私に？」

「ああ、あんたにさ。あんたは担当になってからずっと、私みたいな偏屈ばばあの話を親身になって聞いてくれただろ。それに、色々と気にかけてくれた。そのせいで私も甘えちゃってさ、わがままばっかり言っちゃったよ。困らせたよね」

「まあ、少しだけ」

澪が苦笑を浮かべると、扉が開いた。澪はストレッチャーを押してエレベーターに乗り込むと、手術部がある三階のボタンを押す。エレベーターが下降していく。

「他人に甘えるなんて、夫が死んでから一度もなかった気がする。なんか安心できた。

あんたのお陰で、不安がだいぶやわらいだんだよ」

花江が柔らかく微笑むのを見て、胸が温かくなってくる。やっぱり私は間違っていなかった。患者さんに寄り添い、その心を癒《いや》す。それは、医療に必要なことなんだ。

エレベーターが三階に到着する。手術部の前には、ストレッチャーに乗った患者たちが、引継ぎの順番待ちをしていた。澪はその最後尾に、花江のストレッチャーをつける。

「もう少しでオペ室に行きますからね。そうしたら、麻酔で眠っているうちに全部終わります。なにも心配いりませんよ」

澪が話しかけたとき、花江は「うっ」とうめき声をあげた。

「どうしました⁉」

「大丈夫、いつもの腰痛だよ。変な体勢で寝たのかな。今日はやけに奥の方が疼《うず》いて痛いんだ。早く麻酔で眠らせて欲しいよ」

冗談めかして言う花江の額には、脂汗が浮かんでいた。これまで花江はことあるたびに腰痛を訴えていたが、ここまで苦しそうにするのは見たことがない。

引継ぎのときに伝えるべきだろうか？　これから大手術のため全身麻酔を受ける患者が腰痛を訴えていたところで、特にやることが変わるとは思えない。けど……。

答えが出ないまま、澪はストレッチャーを押して手術部に入った。

「五〇七号室、木下花江さんです」

澪が声を上げると、担当のオペナースが「はい」と声を上げて近寄ってきた。

ふと澪は、少し離れた位置で手術着姿の中年医師がこちらを睨《にら》んでいることに気づいた。花江の病棟担当医で澪と竜崎がもめたとき、その場にいた大垣だった。病棟担当医である自分の頭越しに、執刀医の竜崎に家族への説明を求めたことで面子《メンツ》をつぶされたとでも思っているのだろう。澪に注がれる視線には激しい怒りがこめられていた。

澪は気づかなかったことにして、意識を花江に戻す。ストレッチャーからベッドに移された花江の血圧を、オペナースが測っているところだった。

「上が百七十以上あります。かなり緊張していますか？」

オペナースはゆったりとした口調で花江に話しかける。

「腰が痛いだけだよ。どんどん痛みが強くなってる」花江は顔をしかめた。

「腰痛ですか……。ああ、病棟でも痛みがあったんですね。大丈夫ですよ。麻酔がかかったら痛みは消えますし、術後も鎮痛剤を使いますからね」

オペナースが言うのを聞いて、澪は鼻の付け根にしわを寄せる。花江はいつもより明らかにつらそうだ。しかも、血圧がやけに高い。胸の中で不安が膨らんでいく。

「やっぱり、寝違えたのかねえ。朝は背中の上の方がすごく痛くて目が覚めたんだよ」

苦しげに花江が放った言葉を聞いた瞬間、澪の胸の中で心臓が大きく跳ねた。

「そうかもしれませんね。それじゃあ、問題ないようなので手術室に向かいます」

オペナースがベッドに手をかける。その瞬間、「待って！」と澪は声を上げた。

「……なんですか？」訝《いぶか》しげにオペナースが聞き返す。

「あの、花江さんの腰痛は普段と違う気がするんです。ちょっと、ドクターにそのことを伝えた方が……。医学的に……」

「医学的って、あなたナースエイドですよね」オペナースは鼻を鳴らす。

ダメだ。完全にナースエイドを下に見ている。この人に言っても埒《らち》が明かない。

「大垣先生！」振り返った澪は、こちらを睨んでいる大垣を呼ぶ。「お願いします。手術前に花江さんの腰痛を詳しく調べて下さい。いつもの痛みと明らかに違うんです」

「……お前、ふざけているのか？」大垣の目付きがさらに鋭くなった。「この星嶺大学医学部附属病院の手術部は、日本最高の外科医たちが働く特別な場所だぞ。そこでお前みたいな素人が喚《わめ》き散らすなんて、許されるとでも思っているのか？」

「少しです。ほんの少しだけ診察して下さるだけでいいんです」

必死に懇願する澪を、大垣は「うるさい！」と一喝する。

聞く耳を持ってくれない。どうすればいいのだろう。大垣は近づいてくると、息を乱す澪を押しのけ、「いくぞ」とベッドの柵《さく》を摑《つか》んだ。大垣とオペナースはベッドを引いて手術部の奥へと進んでいき、廊下の突き当りにある手術室に入っていく。

どうすることもできない。ナースエイドに過ぎない私には、なんの力もない……。

絶望と無力感に澪が崩れ落ちそうになったとき。手術室へと吸い込まれるベッドの上で花江が上半身を起こした。その顔は苦痛に歪《ゆが》み、澪を見る瞳《ひとみ》には、不安が浮かんでいた。

澪は目を見開くと、血が滲《にじ》むほどに強く唇を噛《か》む。

諦《あきら》めるな！　花江さんを家族のもとに、愛する娘と孫のもとに絶対に帰すんだ。澪は平手で自分の頰を張る。バチンという小気味よい音が響き渡り、鋭い痛みが頭にかかっていた靄《もや》を晴らしてくれる。次の瞬間、澪は床を蹴《け》ると、手術室に向かって走り出した。すれ違う医師や看護師が、啞然《あぜん》とした表情で視線を向けてくる。

これでクビになるかもしれない。だとしても、いまは私の義務を果たさないと。ナースエイドとして、担当患者に寄り添うという義務を。

花江が運び込まれた手術室に駆け込んだ澪は、大きく息を吐きながら部屋を見回す。

「お前、なに考えているんだ！」

目を剝《む》いた大垣が怒声を上げるが、澪は無視して目的の人物を探す。いた！　部屋の隅にいる竜崎大河を見つけた澪は、彼に駆け寄っていく。

「……なんの用だ？」近づいてきた澪に、竜崎は平板な口調で訊《たず》ねた。

「伝えたいことがあります！　ほんの少しでいいので手術の前に、花江さんに麻酔をかける前に話を聞いて下さい。花江さんの様子がいつもと違うんです」

ほとんど息継ぎなく一気にまくし立てた澪は、呼吸を乱しながら竜崎の反応を待つ。

「いい加減にしろ！　ナースエイドの戯言《ざれごと》なんか聞いているひまはないんだよ！」

近づいてきた大垣が、澪の手首をつかんで引っ張ろうとする。しかし、澪は重心を落としてそれに抵抗した。

「こいつ……。おい、警備員を呼べ。手術部から引きずり出すんだ」

指示されたオペナースが内線電話に手を伸ばしたとき、竜崎が口を開いた。

「待て」

それほど大きな声ではなかった。しかし、この手術室にいるスタッフ全員の動きを止めるだけの重みを、その言葉は内包していた。

「大垣先生、とりあえずそいつの手を離してくれ。俺の手術室で大声を出すのは許さない。手術前の精神集中の邪魔だ」

「けれど……」

助けを求めるかのように視線を彷徨《さまよ》わせる大垣に、「離せ」と押し殺した声で言う。

大垣は顔を引きつらせると、澪の手首を離して一歩後ずさった。

「あ、ありがとうござい……」

礼を口にしようとした瞬間、竜崎の鋭い視線に射《い》貫かれ、澪は口をつぐむ。

「俺の集中を一番乱しているのがお前だ。それなりの理由があるんだろうな」

すれ違った者が思わず振り返るほど端整で精悍《せいかん》なその顔にはほとんど表情が浮かんでいないが、地の底から響いてくるような低い声が、竜崎の怒りを伝えてくる。

この天才外科医にとって、執刀前の精神集中はそれほど重要なものなのだろう。

自分とは決して相いれない医療観を持っているものの、目の前の男がどこまでも真摯《しんし》に外科技術を突き詰めていることが伝わってくる。この人ならもしかしたら……。

「理由はあります」澪は緊張しつつ、真正面から竜崎の視線を受け止める。

「では、言ってみろ」

「木下花江さんの様子がいつもと違います。腰痛は前から訴えていますけど、今日は普段より遥《はる》かにつらそうで脂汗までかいています。明らかにおかしいです。ですから、手術の前になにか異常がないか診察をして下さい。お願いします」

澪は深々と頭を下げると、竜崎の返事を待つ。

「お前はナースエイドだな」

頭頂部で竜崎の返事を聞いた澪の心が、絶望で黒く染まっていく。やはり、エースである竜崎が、ナースエイドでしかない自分の言葉など聞くわけがなかったのだ。

力なくこうべを垂れたままの澪の手首を、再び大垣が摑む。

「だから言っただろ。ナースエイドの出る幕じゃないんだよ」

もはや抵抗する気力など残ってはいなかった。腕を引かれた澪は大きくバランスを崩す。そのとき、傾いていく澪の体を横からすっと伸びてきた手が支えた。

「……逆だ」澪を片手で抱き止めた竜崎が静かに言う。

顔を上げた澪と竜崎の視線が合う。強い意志の光が宿った双眸《そうぼう》に吸い込まれていくような錯覚に襲われた澪は「す、すみません」と、慌てて竜崎から一歩離れる。

「あの、竜崎先生、『逆』とは……」

媚《こ》びるような口調で訊ねる大垣に、竜崎は冷たい眼差《まなざ》しを向けた。

「俺の医療に感情はいらない。深い知識と、磨き上げられた技術、そしてデータに基づいた判断。それがすべてだ」

「はい、知っています。だから、素人のナースエイドの言葉なんて聞く価値が……」

「それが『逆』だと言っているんだ。ナースエイドは、俺たち医師より、看護師よりも、患者の身近にいる存在だ。担当している患者と、どの医療従者よりも長く過ごし、親密な関係を築いていく。そのナースエイドが『いつもと患者の様子が違う』と言うならば、それは耳を傾けるべき『データ』に他ならない」

竜崎は少しだけ言葉を切ると、声を低くした。

「その貴重なデータを無視することは、すなわち患者を危険に晒《さら》すということだ。あなたは俺の手術を失敗させるつもりか？　俺の患者を殺すつもりなのか？」

竜崎に問い詰められた大垣は、血の気の引いた顔で震えだす。竜崎は花江が横たわっているベッドに近づき、一礼した。

「執刀医の竜崎です。診察をさせて頂きたいのですが、よろしいでしょうか？」

その態度は慇懃《いんぎん》で、患者への敬意を感じさせるものだった。

「お願い……します……」苦痛に顔をゆがめたまま、絞り出すように花江が声を出す。

「痛みが移動しているんです！」

竜崎に向かって、澪は声を張り上げる。「素人が口を出すな！」と罵倒《ばとう》されるかもと覚悟していた。しかし、竜崎は手を止めると、真剣な眼差しを澪に向けてきた。

「詳しく説明しろ」

大きく頷《うなず》いた澪は、一度大きく深呼吸をしたあと説明をはじめる。

「昨日まで花江さんは主に、体動時に腰部のしびれるような痛みを訴えていました。もともと患っている、椎間板《ついかんばん》ヘルニアによる神経痛によるものだと思います。けれど今朝の未明には、背中の上部に強い疼痛《とうつう》が生じて目が覚めて、ナースにペンタジンを筋注してもらっています。ただ、麻薬性鎮痛剤を投与されたにもかかわらず、痛みは完全に消えることなく、さらに時間経過とともに、痛みは上背部から腰部へと移動していき、安静時でも強い疼痛が生じるようになっています。以上です」

早口にならないよう、そしてできるだけ端的に説明を終えた澪は、竜崎の反応を待つ。

さっきまで、ナースエイドの意見など、竜崎は無視すると思っていた。しかし、この数分のやり取りで竜崎に対する澪の評価は大きく変わっていた。

医療に感情など必要ないと切り捨てたように、病院内のヒエラルキーも竜崎にとって『意味のないもの』なのだ。この男は手術の成否にかかわるもの以外の全てを『不純物』だと切り捨て、ただ完璧《かんぺき》な手術により患者を救うことを求める。

自分とは決して交わらない考え。しかし、『患者を救う』という究極の目的は完全一致している。ならきっと、この人は正しい判断をしてくれるはず。

緊張しながら見守る澪の前で、竜崎はゆっくりと口を開いた。

「患者をCT室へ搬送する。緊急造影CTを行う」

澪は小さく拳《こぶし》を握り込んだ。

ディスプレイに造影剤で白く染まった大動脈弓部が映し出される。その内部には、薄い壁のようなものが存在していた。

「解離性大動脈瘤《だいどうみやくりゆう》……」澪の隣に立っている大垣がかすれ声で呟《つぶや》く。

解離性大動脈瘤。大動脈の内膜に裂け目が生じ、そこに心臓から強い圧力で押し出された血液が入り込むことで、血管壁が剝《は》がされていく病気。内膜が剝がれていく際に強い痛みが生じ、下方に剝がされている範囲が広がるにつれ、痛みも移動していく。大動脈が破裂して一気に失血死することも少なくない危険な疾患だった。

十数分前、竜崎は自らベッドを押して手術部の一番奥にあるCT操作室へと移動し、緊急造影CTを撮るよう放射線技師に指示をした。

花江が解離性大動脈瘤を起こしている可能性が高いことに竜崎が気づいた以上、闖入《ちんにゆう》者でしかない自分は手術部にいても邪魔になるだけだ。そう思ってそっとCT操作室から出ていこうとした澪を、竜崎が「どこに行こうとしている？」と呼び止めた。

「いえ、病棟に戻ろうと思いまして……」

まさか呼び止められるとは思っていなかった澪は、首をすくめた。

「お前がこの患者の異常を見つけ、報告したんだ。なら、最後まで責任を持て」

そう言われては、病棟に戻るわけにはいかなかった。澪は病棟にいる悦子に連絡を入れて事情を説明して、ここに残る許可を得ると、手術部所属のナースエイド用のユニフォームに着替えて、花江の検査を見守ることになったのだった。

「上行大動脈から生じた乖離《かいり》が、腎《じん》動脈のそばまで広がっている。スタンフォードA型だな。心筋梗塞《しんきんこうそく》や脳梗塞をまだ起こしていないのは幸運だ」

ディスプレイの正面で腕を組んでいる竜崎が、低い声で言う。心臓から出てすぐの血管から内膜が剝がれ始めているスタンフォードA型と呼ばれるこのタイプは、特に大動脈破裂のリスクが大きく、緊急手術が必要とされていた。

しかし、スタンフォードA型の手術は解離を起こした大動脈を人工血管に置き換えるという大手術だ。七十歳を超える花江の体が、その侵襲に耐えられる保証はない。さらに、花江は食道がんも患っている。解離性大動脈瘤の手術が成功しても、次に食道切除術という別の大手術が待っている。それを受けられるまで体力が回復するのに、どれほどの時間がかかるか分からない。その間に、がんが進行してしまうかもしれないし、そもそも食道切除術が可能なほどに体力が戻らない可能性も十分にある。

解離性大動脈瘤の手術は絶対に必要だ。それをしたあと、食道がんに対しては手術ではなく放射線療法を行う。それしかないだろうか？　澪が思考を巡らせていると、ディスプレイを眺めていた竜崎が振り返り、スタッフたちを見回す。

「すぐに大動脈置換術及び、食道切除術を行う。食道の切除は、大動脈置換術で開胸することより、胸腔鏡《きょうこう》を使った低侵襲手術ではなく、一般の術式で行う。準備を」

スタッフたちは「はい！」と覇気のこもった声を上げると、次々とCT操作室から出ていく。放射線遮蔽《しゃへい》用ガラスがはめられた窓越しに、CT装置に乗っていた花江が、技師や看護師によってそっとベッドに移されているのが見えた。

「あ、あの……」人が減った操作室で、澪はおずおずと竜崎に話しかける。「大動脈置換術と食道切除術を一気にやるなんて可能なんでしょうか？　凄《すご》く時間がかかるし侵襲が大きいんじゃ……。花江さんは七十歳を超えています。大丈夫なんでしょうか？」

「たしかに一般的に大動脈置換術と食道切除術の同時手術は侵襲が大きすぎる。高齢の患者に行うのは適切とは言えないだろう」

「なら……」

前のめりになった澪の言葉は、竜崎の「ただし」という声に遮られる。

「俺の手術なら問題ない。大動脈置換術のあと、食道切除を行ったとしても、俺なら五時間以内に終わらせられる。体への侵襲も十分に許容範囲内なはずだ」

「五時間!?」澪は耳を疑う。普通ならその倍はかかる手術だ。

「あの、竜崎先生」

澪が唖然《あぜん》としていると、部屋の隅に立っていた大垣が、おずおずと声を上げた。

「手術の内容が変わるということは、本人と家族に説明をして、同意を得る必要があります。私から説明をしてよろしいでしょうか？」

「いや、俺が説明する」

即答した竜崎に澪はさらに驚く。この前は家族への説明を断固拒否したのに……。

澪の眼差しに気づいたのか、竜崎は小さく鼻を鳴らした。

「俺が家族に会うのがそんなに不思議か？　あのときはすでにゴールドによる説明が終わっていたから必要ないと判断しただけだ。しかし、いまは状況が大きく変わった。執刀医である俺からあらためて詳しく説明するのが、もっとも合理的だ」

「合理的……」澪はその言葉を口の中で転がす。

「そうだ」竜崎は大きく頷いた。「深い知識と、磨き上げられた技術、そしてデータに基づいた合理的な判断、それこそが患者の命を救う」

数日前と同じセリフを竜崎はくり返す。しかし、そのときにおぼえた強い反発や嫌悪を、いまは全く感じなかった。

「そうですか。では、私はオペ室で準備を……」

逃げるように部屋から出ようとする大垣を、竜崎は「大垣先生」と呼び止める。

「あなたはオペに入らなくていい。予定していた低侵襲手術ならともかく、大動脈置換と食道切除を五時間以内に終わらせるには、あなたが助手では間に合わない。手が空いているプラチナに手伝ってもらう」

悔しそうに唇を歪《ゆが》める大垣に、竜崎はさらに言葉を続ける。

「あと、あなたは今日からシルバーだ」

「なっ!?」大垣は目を剝《む》いた。「な、なにを言って……」

「聞いた通りだ。現時刻をもって、あなたをゴールドからシルバーに降格する」

「そんなことできるわけ……」

「できる。統合外科の規約で、プラチナは、シルバーをゴールドに昇格させる権利がある。そして、技術が劣っているゴールドをシルバーに降格させる権利も持っている」

啞然として立ち尽くしている大垣に、竜崎は冷たく「以上だ」と言い放つ。

口を半開きにした後、まるで気を失ったかのようにがくんと大垣は俯《うつむ》く。体を小刻みに震わせた大垣の口から、「……ふざけるな」という、低くこもった声で聞こえた。次の瞬間、勢いよく顔を上げた大垣は、血走った目で竜崎を睨《にら》みつける。

「ふざけるな！　ちょっと手術がうまいくらいで、なに調子に乗ってんだ！」

「……統合外科では、手術の腕こそがすべてだ」

「うるさい！　黙れ！」

怒りと絶望で正気を失っているのか、大垣は右拳を大きく振り上げ、竜崎に襲い掛かる。しかし、竜崎は動じる様子もなく、迫ってくる大垣に冷めた眼差《まなざ》しを注いでいた。

大垣の拳が顔面に当たる寸前、竜崎は体を開きながら滑るように前方に移動する。目標を失った拳が空を切った。渾身《こんしん》の一撃を空振りしてつんのめる大垣に、竜崎は軽く足払いをかける。バランスを崩した大垣は、自らの勢いで顔面から床へと倒れ込んだ。

「利き手で殴りかかってくるとは外科医失格だな」

倒れた大垣を、竜崎は睥睨《へいげい》する。その凍りつくような視線で我に返ったのか、大垣は慌てて正座をすると、祈るように両手を組んだ。

「お願いです。この齢《とし》でシルバーなんかに落とされたら、もう這《は》い上がれません。どうか、降格だけは勘弁して下さい」

「だめだ」竜崎は首を横に振った。

「どうして⁉ あんた、さっき統合外科では技術がすべてだって言っただろ！ たしかにプラチナには程遠くても、シルバーに落ちるほど腕は悪くないはずだ！」

竜崎は「……大垣先生」と静かに呼び掛ける。大垣の体がびくりと震えた。

「たしかに、あなたの外科技術はゴールドの平均くらいだ。二十代ばかりのシルバーよりは上だろう」

大垣が「なら……」と縋《すが》りつくように手を伸ばす。竜崎はそれを軽く払いのけた。

「しかし、医師としての技量はシルバー以下だ。あなたは明らかな患者の異常に気付かず、それを指摘するスタッフの声を無視した。その結果、患者の命を危険に晒《さら》した」

大垣の半開きの口から、ものをつまらせたような音が漏れる。

「最高の外科医の集団であるべき統合外科に、あなたの居場所はない」

最後通牒《さいごつうちょう》を突きつけられた大垣は、頭を抱えると嗚咽《おえつ》を漏らしはじめた。その痛々しい姿に澪が同情をおぼえていると、出入り口に向かいながら竜崎があごをしゃくった。

「行くぞ。ついてこい」

澪は「え？　私ですか？」と自分を指さしながら、竜崎に続いて部屋に出る。

「そうだ。これから患者の家族に説明を行う。まずはそれに付き添え。顔見知りのお前がいる方が、家族は落ち着いて話を聞けるだろう。そのあと、手術だ。手術中も必要な物品の出し入れや、床の清掃など、ナースエイドの仕事はある」

「あの、私は病棟ナースエイドなんで、戻って仕事をしないと……」

「俺が掛け合ってやる。ここまで派手にやったんだ、最後まで付き合え。いいな？」

横目で竜崎は視線を送ってくる。

「はい！　分かりました！」

澪が腹の底から声を出すと、竜崎は唇の端をわずかに上げた。


すごい……。壁に設置されている棚から点滴のパックを取り出しながら、部屋の中心へと視線を送る。そこに置かれた手術台には全身麻酔をかけられた花江が横たわっており、そして竜崎が二人の外科医とともに手術を進めていた。

数時間前、花江が解離性大動脈瘤《だいどうみゃくりゅう》であると診断されてすぐ、竜崎は澪とともに、美登里への説明を行った。花江の娘である酒井美登里は、母親にがん以外の極めて重篤な疾患が見つかったことに大きく動揺した。しかし、澪が同席したこと、そして竜崎が普段通りの平板な声で分かりやすく説明したことで、次第に落ち着きを取り戻し、最後には「母をどうかお願いいたします」と頭を下げたのだった。

説明を終えた竜崎は患者本人への説明、助手の選定、術式変更の手続きなどを素早く進めていき、そして診断からわずか一時間後には執刀が開始された。

壁の高いところにかかっている時計の針は、午後二時過ぎを指している。澪は麻酔科医に指示された点滴パックを渡しつつ、横目で外科医たちを眺める。

執刀開始からまだ四時間ほどしか経っていない。にもかかわらず、すでに大動脈の人工血管への置き換えは終了し、食道の切除も終わって、いまは胃を食道の代わりとして使用するため細長く形成する手術を行っていた。もう手術も終わりに近づいている。普通なら半日はかかる手術を、竜崎たちは本当に半分以下の時間で終えようとしている。

竜崎の対面に立ち、第一助手を行っているのは消化器外科を専門としているプラチナの外科医で、その横にはゴールドの若い女性外科医が血液の吸引や、筋鉤《きんこう》での術野の確保などのサポートをしている。プラチナの外科医のサポートは正確無比で、精密機械のようだった。第二助手のゴールドの女性外科医も、竜崎が指定しただけあって、集中力を切らすことなく手術を支えている。二人の助手の技術は目を見張るものがある。しかし、竜崎の手術はそれを遥《はる》かに上回るものだった。

一流ピアニストが鍵盤《けんばん》を叩《たた》くがごとく、竜崎の両手は軽やかに、滑らかに動き、切開、縫合、結紮《けっさつ》、止血を行って、みるみる手術を進めていく。そのあまりにも優雅で美しさを孕《はら》んだ手術は、見ている者を芸術を鑑賞しているような心地にした。

どれだけの天賦の才をもち、どれだけの修練を積めば、この境地に達することができるというのだろう。澪が見蕩《みと》れているうちに、竜崎は踊るように縫合を進め、すさまじいスピードで食道の再建をしていくと、マスクの下で大きく息をついた。

「桑原《くわばら》先生、火神先生、あとは任せていいですか？」

手術台を挟んで竜崎と向かい合っていた二人の外科医が「はい」と頷《うなず》く。

火神先生？　火神教授の親戚《しんせき》かな？　澪が第二助手の女性外科医に視線を向けていると、手術台から離れた竜崎が、手袋と滅菌ガウンを脱ぎ捨てた。

自分でゴミ箱に入れてくれればいいのに。少し不満に思いつつ、澪はナースエイドとして、床に落ちた手袋とガウンを回収しようと歩み寄る。

「今日は助かった」

すれ違うとき、聞き逃しそうなほどの小声で竜崎が囁《ささや》いた。澪は驚いて足を止めると、「え？」と竜崎を見つめる。

「今日は助かったと言っているんだ。お前が異常を報告しなかったら、食道がんの手術中に動脈瘤《どうみゃくりゅう》が破裂して、患者は術中死を起こしていたかもしれない」

「それなら、やっぱり竜崎先生も患者さんの心に寄り添って……」

勢い込んで言葉を放ちかけた澪は、顔の前に掌《てのひら》を突き出されて口をつぐむ。

「俺がポリシーを変えることはない。これからも感情を排して、技術を追求していく」

再び押し殺した声で言う竜崎に、澪も小声で返す。

「でも、それじゃあ花江さんを救えなかったんですよ」

「今回の件は、患者が術前に緊急疾患を発症し、しかも担当医がその訴えを無視したというレアケースだ。その極めて低いリスクをつぶすために俺のような最高の外科医が時間を割くのは合理性に欠ける。俺は手術に専念した方が、多くの人を救える」

「それなら、花江さんみたいなことがあった場合は、避けられない犠牲だとして受け入れるんですか？　その場合は患者さんを救えないんですか」

「なにを言っているんだ」竜崎はふっと相好を崩す。「お前が救えばいい」

「私が……？」なにを言われたか分からず、澪はまばたきをくり返す。

「そうだ。俺たち外科医が労力をさけない代わりに、お前たちナースエイドが患者のそばに寄り添い、支えてやるんだ。それがチーム医療というやつだろ」

再び歩きはじめた竜崎は、澪の肩をポンッと軽く叩いてすれ違っていく。

「俺は俺の理想の医療を追求する。お前は自分の理想を追い求め、実現すればいい」

6

ノックの音が響く。教授室でソファーに横たわっていた火神は緩慢な動きで立ち上がると、部屋の奥にある自分のデスクに近づき、倒れ込むように椅子に腰かけた。デスクに置いてあるカップのコーヒーを一口含む。ぬるくなったコーヒーの強い苦みが、全身を侵している倦怠感《けんたい》をいくらか希釈してくれた。

火神が「どうぞ」と声をかけると、扉が開き統合外科の医局長である壺倉《つぼくら》が「失礼します」と入ってきた。脂肪過多の体を白衣に包み込んだ壺倉は、腹の脂肪を震わせながら近づいてくると、恭しく一礼する。

「ご指示いただいた報告書ができましたので、お持ちいたしました」

壺倉が差し出してきたファイルを受け取った火神は、ぱらぱらとそれに目を通す。

「相変わらず、要点がまとまっていて読みやすい資料だな」

これくらいの熱意で、手術技術の修練をしていれば、いまごろプラチナになれていただろうな。「恐縮です！」と背筋を伸ばす壺倉を見て、火神は内心で呟《つぶや》く。

医局長という医局運営の諸業務の責任者である壺倉だが、統合外科の中でのランクはゴールドだった。本人は「医局人事などにもかかわるので、ゴールドではなかなか難しい立場になることもあって困っています」などと、暗にプラチナへの昇格を希望しているが、手術技術はゴールドでも中の下といったところだ。

手術技術を何よりも優先する統合外科では、あくまでランクは外科医としての腕で決まる。年功序列や医局への功労でランクを上げることは決してないのだが、壺倉はそこを勘違いしている。しかし、火神がそれを指摘することはなかった。

手術の腕はいまいちでも、この男の実務能力は貴重だ。プラチナに上がれるかもしれないという夢をエサにして、これからも医局のために働いてもらおう。

この医局がうまく回ることは、優秀な外科医が次々と生まれるということだ。ここで腕を磨いた彼らは、やがて日本中、いや世界中に羽ばたいて、多くの患者を救うとともに、ここで学んだ技術を次の世代へと引き継いでいくだろう。

火神は口角を上げると、書類をさらに詳しく読んでいく。

「大ごとになったようだな。まさか竜崎先生が、大垣をシルバーに降格させるとは」

数日前、ナースエイドが手術室に乱入するという事件が起き、騒ぎになっていた。火神はその詳細をまとめて報告書として提出するように、壺倉に指示を出していた。

「ええ、大垣はシルバーになるのは耐えられないと、退局を申し出ています。どうしましょう？　教授の権限で、ゴールドに戻しますか？」

数秒考えこんだあと、火神は「いや」と首を横に振る。

「竜崎先生の判断はもっともだ。大垣先生は重要な情報を見落とし、その結果、患者の命を危険に晒《さら》した。まあ、彼の手術の腕自体はそう悪くはない。退局を希望するなら、地方の関連病院の外科部長などのポストを提案してあげなさい」

「承知しました。それで、ナースエイドの処遇はどうしましょう？　解雇しますか？」

「なにもする必要はない」

「なにも？」壺倉は腫《は》れぼったい目を見開く。「あんな騒ぎを起こしたのにですか？」

「それにより、患者の命が救われた。私たちは外科技術を追求する集団だが、あくまでそれは患者のためだということを忘れてはいけない。患者を助けたのに処罰をするなんてできるわけがない」

火神が「以上だ。下がってよし」と、読み終えた報告書をデスクの上に放る。

「承知いたしました。そのようにします。失礼します」

一礼して去っていく壺倉が部屋から出たのを確認して、火神は報告書をめくる。そこには、桜庭澪の履歴書が添付されていた。

「いきなり大活躍だね、桜庭君。私の見込んだ通りだよ」

火神は目を細めると、椅子の背もたれに体重をかけて天井を仰ぐ。

「あと少し……。あと少しで、私の夢が叶う」

弱々しい声が、部屋の空気を揺らした。

7

缶ビールのプルタブを起こすと、プシュッという音ともに白い泡が溢《あふ》れてくる。

澪は慌てて口をつけて泡を吸うと、そのまま缶を傾けてビールを喉《のど》へと流し込む。

氷のような冷たさと、炭酸の刺激が食道を駆けおりていくのが心地よかった。

木下花江の手術から、すでに一週間がたっていた。あれほど大きな手術だったにもかかわらず花江の術後経過は極めて順調で、手術の二日後にはICUから一般病棟に戻ることができ、来週には退院の予定となっている。

まだ入職したばかりのナースエイドである自分が大きな騒ぎを起こしたのだ、解雇されることも覚悟していた。しかし、悦子から「あんまり騒ぎは起こさないでね」とたしなめられただけで、それ以上の処分が下ることもなかった。

医療行為をすることなく患者に寄り添うナースエイドは、私の天職かもしれない。これからも、患者に一番近い医療従事者として頑張っていこう。

――お前は自分の理想を追い求め、実現すればいい。

花江の手術後、竜崎にかけられた言葉が耳に蘇《よみがえ》る。

最初はいけ好かない男だと思ったが、悪い人物ではないのだろう。自分とは相いれないポリシーを持っていても、患者を救いたいという想いは一緒に違いない。

「けど、もう少し愛想よくしてもいいんじゃないの」

唇の端を上げながら立ち上がると、澪はガラス窓を開けてベランダに出る。一畳ほどもない申し訳程度のベランダだが、春の夜風が心地よく、空に浮かんでいる満月を眺めながらビールを飲んでいると贅沢《ぜいたく》な気持ちになる。

上機嫌で月に向かって缶ビールを掲げたとき、ふとすえた臭いが鼻先をかすめた。風上に視線を向けた澪は顔をしかめる。隣の部屋のベランダに、大量のゴミ袋が積み上げられていた。おそらくその中に生ごみも含まれていて、腐っているのだろう。

澪は先日、挨拶《あいさつ》を無視してカイエンに乗り込んだ男を思い出す。せっかくのいい気分が台無し。ため息をついた澪が缶に残っているビールを一気に呷《あお》っていると、隣の部屋に明かりが灯《とも》った。

隣人が帰ってきた。澪は室内に戻ると、冷蔵庫を開ける。先週、福岡に住んでいる祖母から送られてきた辛子明太子《めんたいこ》がそこに入っていた。

隣の部屋にだけまだ引っ越しの挨拶ができていない。これをもって挨拶に行き、あとベランダのゴミを処理してもらうように頼もう。

明太子の箱を縛っている紐《ひも》を摑《つか》んで冷蔵庫から取り出した澪は、玄関から外に出て隣の部屋の前に立つと、チャイムを鳴らす。しかし、反応はなかった。澪は唇を固く結ぶと、扉を直接、拳《こぶし》で叩《たた》きはじめる。

「隣に越してきた桜庭です。ご挨拶したいので、どうか出てきてください」

やはり反応はなかった。こうなったら根比べだ。澪は力を込めて拳を叩き続ける。

十数秒、しつこくノックを続けると、錠を外す音が響き、扉が開いていった。

勝った！　さて、いったいどんな男が……。そこまで考えたとき、頭が真っ白になる。

「お前か。いったいなんの騒ぎだ、こんな夜中に」

Tシャツにジャージのズボンを着た竜崎大河が渋い表情でそこに立っていた。

「え、ええ……？　竜崎先生⁉」

不機嫌を隠そうともしない口調で竜崎は「だったらなんだ？」と答える。

「どうして、こんなところに？　もしかして私を追ってきたんですか？　ストーカー？」

そう言えば、ここに越してきてから誰かに尾《つ》けられたり、監視されているような気がすることがあった。それはまさか、この天才外科医のしわざなのだろうか？

脳がショートしたかのように思考がまとまらない頭に、澪は手を当てる。竜崎はこれ見よがしに大きなため息をついた。

「わけの分からないことを言うな。ここに住んでいるからに決まっている」

「住んでいる!?　竜崎先生が隣の部屋に!?」澪の声が裏返る。

「まだ気づいていなかったのか。お前、この前、車に乗る俺に声をかけてきただろ」

「あ、あれ、先生だったんですか？　二階からだったから、顔が見えなかったんです。でも、なんでこんなアパートに住んでいるんですか？　自由診療の手術で稼いだ金で、高層マンションのペントハウスに住んでいるって聞いたのに」

「噂話を真に受けるんじゃない。一日の大部分を病院で過ごすのに、どうして眠りに帰るだけの場所に、大金をかけないといけないんだ。病院から半径三キロ以内で駐車場がついている物件では、このアパートが一番賃料が安い。最も合理的な判断だ」

ぺらぺらと説明する竜崎の向こう側に室内が見える。そこはベランダと同様に、足の踏み場もないほどゴミ袋が散乱していた。

「……ゴミ部屋。……汚い」

ぼそりと澪が呟くと、竜崎の表情にかすかな動揺が走った。

「俺の時間は掃除などではなく、手術と、それに必要な技術のトレーニングに割く方が世のためになる。だからこそ、ある程度ゴミが溜《た》まったところでハウスクリーニングを入れて片付けてもらっているんだ。極めて合理的な判断だ」

早口でまくし立てる竜崎に、澪は冷たい視線を注ぐ。

若菜は竜崎のことを、『天才的な手術の腕をもつ、寡黙でミステリアスな完璧《かんぺき》な人』と評価していた。しかし、ようやく分かった。この男の正体は、『天才的な手術の腕しか取り柄のない、口下手で人付き合いの苦手なダメ人間』なのだ。

この面倒くささそうな男が隣人なのか。頭が痛くなってくる。

「えっと、とりあえず今後もよろしくお願います。これ、祖母から届いた辛子明太子ですので、良かったらどうぞ。あと、ベランダのゴミが臭うので、できれば早めにハウスクリーニング入れて下さい」

必要なことを淡々と告げながら、澪は辛子明太子の箱を差し出した。しかし、竜崎はそれを受け取ることなく、澪をじっと見つめる。

「な、……なんですか？」

気圧《けお》されてわずかに身を引くと、竜崎は「なんでもない」と手を伸ばして、明太子の箱についている紐の、蝶結《ちょうむす》びにされている紐の端をつまんで引っ張る。

「あ、そこを摑んだら解《ほど》けちゃうんじゃ……」

澪が懸念した通り、結び目が解けてしまう。

抑揚ない口調で言いながら竜崎は箱を手にすると、あごをしゃくる。

「悪いが、結びなおしてくれないか。簡単にでいい」

「でも、食べるなら特に紐がかかっていなくてもいいんじゃないですか？　包み紙を固定するためのものですから」

「すぐに食べる気はないし、こういうのが取れていると気になる質《たち》なんだ」

「……分かりました」

細かいなぁ。心の中でぐちをこぼしながら、澪は両手で素早く紐を結んだ。

「これでいいですか？」

澪が確認すると、竜崎はじっと新しくできた結び目を凝視する。

「あの……、どうしました？」

不穏な空気をおぼえた澪が訊《たず》ねると、竜崎はぼそりと呟《つぶや》いた。

「……外科結び」

心臓が大きく跳ねる。しまった。紐を持った瞬間、なにも考えず手が動いて外科結びをしてしまった。動揺する澪に視線を移しながら、竜崎は低い声で話しはじめる。

「ずっと違和感があった。なぜナースエイドのお前が『移動する背部の痛み』の緊急性を知っていたのか。どうして、手術の侵襲と患者の状態について評価できたのか。しかし、いまの無駄のない外科結びの指の動きを見てすべて理解した」

「ああ、しまった」

「理解したって……、なにがですか……？」

澪は早鐘のように心臓の鼓動が加速する胸を押さえる。

「お前は医者だな」

竜崎は澪の目をまっすぐにのぞき込む。

「それも、よく訓練された外科医だ」

第2章　二人三手の旋律

1

「おはよう。二人とも元気？」

個室病室に入った澪が声をかけると、「おはようございます。元気です」という快活な返事がハーモニーを奏でるように重なって聞こえてきた。三日前、初めて経験したときは耳の不調かと錯覚したが、何度も聞いているうちに慣れていた。

「じゃあ血圧を測ってもいい？」

澪は電子血圧計を手にして、窓際に置かれた二つのシングルサイズの入院ベッドを並べてつくったキングサイズほどのベッドに近づく。一緒にこのベッドを用意したとき、遠藤が「こんな大きな入院ベッドを作ったのは、大相撲の関取が入院してきたとき以来だよ」などと嬉《うれ》しそうに言っていた。しかし、この病室に入院している患者の体が、力士のように巨大なわけではない。澪よりも一回り小柄な女子高生だ。

ただ、一般的な患者と大きく違うことがあった。今回の患者は二人で、そしてその二人は常に一緒に行動しなければならないのだ。二十四時間、ベッドで眠っている間も。

澪が近づくと、ベッドに横になってスマートフォンをいじっていた『患者たち』が「いっせーの」と合図をして、同時に上半身を起こし、ベッドの端に並んで腰かける。

加賀野《かがの》すみれと加賀野百合《ゆり》、この可愛らしい双子の姉妹こそ、この病室に入院している澪の担当患者たちだった。ベッドだけでなく二人が着ている空色の服も、一般的な入院着を二つくっつけるように縫製したものだ。そのような特別製の服でないと、彼女たちは着ることができない。なぜなら、彼女たちは結合双生児だから。

十六年前、一卵性双生児のすみれと百合は、胸部が結合した状態で生まれた。検査した結果、脳や心臓などの生命活動の維持に必要な臓器を、二人はそれぞれ独立して持っていると判明した。そのような場合、一般的には分離手術が検討される。しかし、すみれと百合は重要な血管が癒合して、複雑な血液循環動態を取っていた。それゆえ、分離手術は大きな負担がかかる可能性があるということで、乳幼児期の手術は見送られ、胸部が繋《つな》がったまま十六歳まで成長していた。

「今日はどっちが先に測る？」「またじゃんけんかな」

すみれと百合が話し合う。胸部が繋がっているので、同じ顔が至近距離で見つめ合う形になり、澪はだまし絵を見ているような錯覚に襲われる。

「最初はグー。じゃんけんぽん。あいこでしょ。あいこでしょ。あいこで……」

数回のあいこのあと、百合のチョキにグーで勝ったすみれが、「やった！　勝った！」と拳《こぶし》を突き上げた。二人のやり取りを見ていた澪が、目を細める。

「二人とも本当に仲がいいのね」

「そりゃあ十六年間ずっと、『片時も離れることなく』一緒にいましたからね」

右腕に血圧計の腕帯を巻かれながら、すみれが口角を上げる。

「それじゃあ、手術受けたあと、すこし寂しくなるんじゃない？」

二人は明後日《あさって》、竜崎の執刀で分離手術を受ける予定となっている。これまでは合併症のリスクを考えて手術ができずにいたが、超人的な手術技術を持つ竜崎が執刀し、さらに各分野のエキスパートである統合外科のプラチナ外科医たちがサポートすることで安全性が十分に担保できるという判断で、この難手術を受ける決断をしていた。

「そんなことないですよ。これからも同じ家に住むし。これまで、お風呂《ふろ》はともかく、トイレも一緒だったんですよ。慣れてはいるけど、やっぱり少し恥ずかしいし」

すみれは冗談めかして言うと、百合に「ね？」と同意を求める。

「トイレもそうだけど、すみれがいつも夜更かしで困っているんですよ。ずっとスマホいじっているから、光が気になってなかなか眠れないし」

「なによ。百合だって、勉強中にいつもイヤホンで音楽聴いているじゃない。あれ、かなり音漏れしているから、私が勉強に集中できなくてちょっと嫌なんだけど」

「私が集中しているときに、勉強に飽きたすみれがちょっかいかけてくるからじゃない」

「そんなこと言って、百合だってときどき、ノートにイラストとか描きはじめるじゃない。桜庭さん、この子、絵がめちゃくちゃうまいんですよ」

体が繋がった二人の姉妹がじゃれ合っているのを見てなごんでいる澪の頭に、柔らかい笑みを浮かべた女性の姿がよぎった。刺すような痛みが胸に走る。

「あ、そうだ。今晩の私たちのコンサート。桜庭さんもぜひ聴きに来てくださいね」

澪が「もちろん」と頷《うなず》くと、二人は三本の手でVサインを作った。

今回の手術は世間から注目されていた。理由の一つは日本での結合双生児分離手術は極めて稀《まれ》だから、そしてもう一つは加賀野姉妹が有名なピアニストだからだった。

加賀野姉妹には三本の手がある。すみれが動かす右手。百合が動かす左手。そして、胸の結合部から生えている手。それを二人は『中手』と呼んでいた。

中手にはすみれと百合のどちらの脳からも神経が伸びていて、二人とも動かすことができる。幼い頃は、お互いの意思がぶつかり合って中手の動きが安定せず、手が顔に当たって怪我をすることも多く、両親はかなり悩んだらしい。そんなとき、主治医であった小児科医が提案したのが、ピアノを習わせることだった。

楽譜から得た情報を指へと伝え、正確に鍵盤《けんばん》を叩《たた》くことで旋律を奏でるピアノの演奏を通して、中手の使い方を学ぶことができるかもしれないというアイデアだった。

小児科医のアドバイスは劇的な効果を上げた。ピアノを学び、すみれと百合がお互《たが》いに中手に同じ動きをさせようと意識した結果、バラバラだった二人の中手への意識が融《と》け合っていき、その動きが安定していった。

小学生になる頃には、中手をどちらが操るか、二人は自在に切り替えられるようになるとともに、その三本の腕と十五本の指を操ることで、普通のピアニストには決して真似できない複雑で美しい旋律を奏でることができるようになった。

高校生になった二人が、自分たちの演奏を動画投稿サイトに載せたところ、二人の愛らしいルックスも相まって、全国で話題となり、一気に有名人となった。

ただ、有名になるということは好奇の目に晒《さら》されることでもある。特に、三つの手で演奏する結合双生児のピアニストという、稀有《けう》な存在である二人にはネットで『気持ちが悪い』『化け物』などという誹謗《ひぼう》中傷が浴びせかけられた。十代の少女が受け止めるにはあまりにも醜く、巨大な悪意に晒されたことで深く傷ついた二人は、人前に出る活動をやめ、心の療養に当たった。その姿に心を痛めた両親は、これ以上、娘たちが世間からのぶしつけな好奇の目に晒されて傷つくことが無くなるよう、安全な分離手術を求めて統合外科を頼ったのだった。

「けど、これが私の最後の演奏かぁ。なんか、感慨深いな」

すみれは感慨深げに呟《つぶや》く。加賀野姉妹の分離手術で、最も問題になったのは、すみれと百合、どちらに中手がある状態で分離するかだった。当然、中手を切り離された方は隻腕となり、ピアニストを続けることは難しくなる。ただ、問題は思いのほかあっさりと解決した。

「私、百合と違ってピアニストになるつもりないから、中手はいらないかな。百合と演奏するのが楽しくてピアノをしていただけだからさ」

すみれがそう主張し、検査の結果、中手を百合につけた状態で分離する方が容易にできることも分かった。そのような事情もあって、分離後、すみれは中手を失い、義手をつけてリハビリを行う予定になっていた。

澪が「やっぱり寂しい？」と訊《たず》ねると、すみれは少しだけ哀しげに微笑んだ。

「うーん、まあ、全然寂しくないと言ったら嘘になるかな。幼稚園のときから十年以上、毎日のように練習していたんだから。でも、いい機会かなと思っているんだ。いつまでもピアニストになるなんて夢みたいなこと言っていられないし」

言葉を切ったすみれは、目を細めて百合を眺める。

「そもそも、同じくらい練習しても百合の方が私よりもずっと上手なんですよ。だから、私は新しいことにチャレンジするつもり」

「なにか具体的に決まっているの？」

血圧を測り終えた澪が訊ねると、すみれは「まず恋愛！」と右拳を突き上げた。

「これまで、いつも二人一緒にいたから、男子と付き合うのが難しかったの。しかも聞いて下さい。これまで何回か男子が付き合って欲しいって言ってきたんですけど、相手は全部、百合なんですよ。男子が百合に告白している間、全く関係ないのにその場にいなくちゃいけなくて、居心地悪いのなんのって……」

「そ、それは大変ね……」

頬を引きつらせた澪は、ふと百合の顔に暗い影がさしていることに気づく。

「百合さん、どうかした？」

「あ、なんでもありません」はっとした表情を浮かべた百合は、慌てて左手を振る。

「本当に？　心配なことがあったら何でも言ってね。手術前は誰でも不安になるから」

「でも、すごいお医者さんたちが私たちの手術をしてくれるんですよね」

抑揚のない百合の問いに、澪は大きく頷いた。

「うん、心臓血管外科、消化器外科、整形外科、それぞれの分野の『プラチナ』って呼ばれている超エキスパートたちが、二人の手術に参加してくれることになってる。それに、執刀医の竜崎先生は、外科医として日本最高の一人よ」

コミュ障で、ゴミ屋敷に住んでいる、社会人としては日本最低の一人だけどね。澪が心の中で付け足すと、百合は「じゃあ、大丈夫ですね」とやけに作り物じみた笑みを浮かべた。

やっぱり、百合にはなにか言いたいことがある。再度訊ねようと口を開きかけたとき腰に振動が伝わってきた。澪は反射的に、スクラブのポケットから院内携帯を取り出し、通話ボタンを押して「はい、桜庭です」と答える。

『あ、桜庭さん。若菜です。悪いんですけど、ちょっと五一二号室まで、膿盆《のうぼん》と清掃セット持ってきてもらえませんか？　患者さんが嘔吐《おうと》しちゃって大変なの』

同僚である早乙女若菜の声が聞こえてきた。

「分かった。すぐに行く。すみれさん、百合さん、ごめんね。行かないと」

澪が出入り口に向かうと、背中からすみれの声が追いかけてきた。

「お疲れさまー。夕方のコンサート、忘れないで下さいよ」

「もちろん」

廊下に出た澪は振り返る。閉まっていく扉の隙間から、陽気に手を振るすみれの隣で、思いつめた表情で俯《うつむ》いている百合の姿が見えた。

2

「うわあ、けっこう人がいる」

広々とした講堂に入った澪は、感嘆の声を上げる。三百ほどある席は、すでに半分ほどが埋まっていた。その半数が病院関係者、そして残りが星嶺大学医学部附属病院に入院している患者とその家族といった様子で、小児病棟の患者も多く見受けられる。

大学病院には、重い疾患の患者が多くいる。その中には、長期間の入院を余儀なくされている者も少なくない。消毒薬の臭いが漂う病棟で、何週間も何ヶ月も、ただ治療を受けて過ごす単調な日々は、患者の精神に悪影響を与える。特に小児の患者には。

だからこそ、総合病院では少しでも入院患者の精神に潤いを与えようと、様々な催しを行う。七夕には笹と短冊を用意し、夏には縁日のように射的やヨーヨー釣りの屋台を出し、クリスマスには大きなツリーを飾る。さらにこの星嶺大学医学部附属病院では、コンサートや絵画の展覧会など、大人も楽しめる催しも積極的に行われていた。加賀野姉妹のコンサートも、その一環として企画されたものだ。

ステージに近い前方へと移動した澪は、一番端の空いている席に腰かけると、振り返って後方を見回す。医療業界は狭い。どこに自分の素性を知っている者がいるか分からない。多くの病院関係者がいるこの講堂では、できるだけ人目を避けたかった。

まあ、この席なら大丈夫だろう。そこまで考えたとき、数週間前の出来事が頭をよぎり、澪は顔をしかめる。明太子《めんたいこ》の箱にかかっていた紐《ひも》を結びなおさせるなどという、下らない罠《わな》に引っかかってしまった。あの日、竜崎に外科医だと指摘された澪は、「なんのことか分かりません！　失礼します！」と声を裏返すと、すぐに自分の部屋へと逃げ込んだ。それから今日まで、竜崎と顔を合わせていない。

アパートは壁が薄く、耳をすませばいつ竜崎が出勤しようとしているか見当がつくし、もともと彼は手術部でオペばかりして病棟に顔を出すのは稀だ。気をつけていれば、会わずにいるのは難しくなかった。コミュニケーション能力が壊滅しているせいで、寡黙で落ち着いていると勘違いされている竜崎が、他人と噂話をする姿は想像できない。あの男から私についての噂が広がる可能性は低いだろう。

ただ、注意しなくては。せっかくナースエイドという天職を見つけたというのに、もし正体があばかれたらこの病院にいられなくなるかもしれないのだから。胸に手を当てて自らに言い聞かせた澪は、ステージに置かれたグランドピアノを眺める。

「開演まであと五分くらいか。みんなも来ればいいのに」

時計を確認しながら澪はひとりごつ。同僚の三人も誘ったのだが、悦子は大学一年生を筆頭に四人いる食べ盛りの孫たちの夕食を用意しなくてはならないから、遠藤は小学二年生の娘が午後六時には学童から帰ってくるから、若菜は合コンがあるからと、三者三様の理由で断られてしまった。まあいい。一人で音楽鑑賞っていうのも悪くないし。

澪がそんなことを考えていると「隣、いいか？」という声がかけられた。

「あ、もちろん……」

そこまで言ったところで、澪は言葉を失う。そこに竜崎が立っていた。

「どうした？　鳩がライフル弾を喰《く》らったような顔をして」

「ライフル弾を喰らったりしたら、鳩なんてバラバラになっちゃいます！」

反射的に突っ込んだ澪の隙をつくように、竜崎は「よっこいしょ」と腰掛ける。

「ちょっと、やめて下さいよ。なんでそこに座るんですか？」

「このコンサートは指定席制じゃない。どこに座ろうが、俺の自由のはずだが」

「なんでコンサートに来ているんですか？　いつも手術部に引きこもっているくせに」

「なにを言っているんだ？　これから演奏をする二人は明後日《あさって》、俺が手術を行う患者だ。今回は二人が共有している腕を、一人が完璧《かんぺき》に使える状態で分離するという、極めて困難な手術だ。術前の機能を確認しておくことは、執刀医として当然のことだ」

それまで軽い調子だった竜崎の言葉が、強い意志の響きを孕《はら》む。きっとそれは本当の気持ちなのだろう。自分とは相いれない思想を持っているものの、竜崎が真摯《しんし》に医療に向き合っていることは木下花江の件で目の当たりにしている。

「だからって、どうしてわざわざ隣に来るんですか？　なにか用なんですか？」

天才外科医として有名でありながら、ほとんど手術部から出ず、さらにプライベートも（人嫌いなせいで）謎に包まれている竜崎は、手術部以外の病院関係者からすればツチノコのように興味をひかれる存在だ。ぱっとフロアを見回すと、すでに数人が竜崎に気づき、こちらに視線を送っていた。

若菜から聞いた話によれば、統合外科のエースであり、外見が整っている竜崎を狙っている看護師は、数えきれないほどいるということだ。コンサートで隣に座って話をしていたなどと噂になったら、後日どんなトラブルになるか分かったものじゃない。

私が移動しよう。そう思って腰を浮かしかけた澪の手首を、竜崎が摑《つか》んだ。

「もちろん用はある。お前が外科医だということについてだ」

「……なんのことだか分かりません」

澪は椅子に座りなおすと、「離してください」と竜崎の手を振り払う。

「お前は明太子の包みを結ぶとき、外科結びをした。あれは外科医が使う結紮《けっさつ》技術だ」

「……ナースエイドとして働くと決まってから、本で読んで少しだけ練習したんです。医療現場ではなにかのときに必要になるかもしれないと思って」

準備していた言い訳を口にすると、竜崎は小馬鹿にするように鼻を鳴らした。

「俺の目をごまかせると思っているのか。あの無駄のない流麗な結紮は、『少しだけ練習した』くらいで身に付くようなものじゃない。何十万回、何百万回と日常的に反復練習をして、考えなくても指が勝手に完璧な結紮を行えるようになった者の動きだった」

「……もし、私が外科医だったらなんだって言うんですか？」

「ナースエイドなんてやっていないで、外科医に戻れ」

その言葉を聞いた瞬間、目の前が真っ赤に染まった気がした。

「『ナースエイドなんて』ってどういう意味ですか⁉　ナースエイドだって大切な仕事です。患者さんに一番身近で寄り添う。その仕事に誇りを持っているんです！」

「勝手に早合点して怒り出すんじゃない。顔が茹《ゆ》でダコみたいに真っ赤になっているぞ」

茹でダコ？　さらに苛立《いらだ》ちが強くなる。

「当然、ナースエイドは極めて大切な仕事だ」

澪の口から「え……？」という呆《ほう》けた声が漏れる。

「なら、なんで『ナースエイドなんて』って言ったんですか？　なんで私を……」

そこで言葉を切った澪は逡巡《しゅんじゅん》する。この質問をしたら、私の正体がバレてしまう……。

しかし、舌の動きを止めることができなかった。

「……外科医に戻そうとするんですか？」

「ナースエイドは資格がなくてもできる仕事だからだ」

相変わらず抑揚のない竜崎の言葉が、刃《やいば》となって澪の胸に突き刺さる。

「配膳や食事の介助、おむつ交換、入浴介助、ベッドメイキング、褥瘡予防の体位変換。ナースエイドが行うそれらの業務は、とても重要なものだ。だが一方で、その技術を身につけるのに長い修練は必要としない。しかし、外科医は違う」

唇を強く嚙《か》む澪に向かって、竜崎はさらに言葉を重ねていく。

「医学部で六年間の教育を受け、医師国家試験に合格し、二年間の初期臨床研修を終えて初めて本格的に外科医としての修業をはじめることが可能となる。そこから一人前の執刀医になるのは最低でも数年はかかる」

竜崎はまっすぐに澪を見つめる。

「そうやって俺たち外科医は、手術という患者に強い侵襲を与える治療を行うことができるようになる。そこに至るまで教員や指導医、そしてなにより多くの患者の協力が不可欠だったはずだ。だからこそ、外科医はその多くの人々の協力のもとに培ってきた技術で、患者を救っていく義務、メスを振るい続ける義務がある」

メスを振るい続ける義務……。誰よりも外科技術を磨くことにこだわり、そして実際に患者を救い続けている竜崎の言葉が、重く背中にのしかかる。

「なぜ、外科医を辞めた？　なぜナースエイドをしている？」

澪の脳裏に最後に担当した患者、誰よりも大切だった女性の姿がよぎった。次の瞬間、激しい嘔気《おうき》に襲われ、澪は両手で口を押さえて体をくの字に折った。

「……どうした？」竜崎の声にわずかな動揺が滲《にじ》む。

澪は口を押さえたまま弱々しく首を振って立ち上がると、逃げるように講堂の後方へと移動していく。竜崎が追いかけてくる気配はなかった。

講堂の後方出入り口にたどり着いた澪は、重い扉を開けながら振り返る。

席に座ったままの竜崎が、遠くからもの言いたげな眼差《まなざ》しを向けてきていた。


なんとか間に合った。席に腰かけた澪は、安堵《あんど》の息を吐く。竜崎から逃げて講堂をあとにした澪は、トイレの個室に籠《こも》って吐き気の波がおさまるのを待った。数分間、深呼吸をくり返してようやく落ち着いた頃には、すでにコンサート開演直前になっていた。無料で公開されているコンサートとはいえ、演奏の途中で会場に入るのはさすがに失礼だ。澪は慌ててトイレを出て講堂へと戻ると、かなり混みあっている左手後方で一つだけぽつんと空いている席を見つけて、そこに座った。

右手前方の席に座っている竜崎とは、対角線の位置関係となり、かなり距離がある。これだけ離れていたら、気づかれることはないだろう。

けれど、これからどうなるのだろう？　澪は暗澹《あんたん》たる気持ちになる。統合外科の病棟に勤め、さらにはアパートの部屋も隣である以上、どれだけ気をつけても今後も竜崎と顔を合わせる機会はあるだろう。外科技術の修練に異様なほどの執着を持っているあの男は、きっとこれからも『外科医に戻れ』と迫ってくる。

職場と家を替えようか。一瞬、頭に浮かんだそんな考えを、澪は首を振って消し去る。ここに就職できたのは、尊敬する人物に紹介をしてもらったからだ。入職から一ヶ月ほどで退職などしたら、迷惑をかけてしまう。住居だけでも替えたいところだが、引っ越しには先立つものが必要だ。かなり貯金が目減りしているいまの状況では厳しい。

澪が頭を悩ませていると、講堂内の照明が落とされた。舞台袖《そで》から、華やかなドレスに身を包んだ加賀野すみれと百合の姉妹がまばゆいスポットライトを浴びて姿を現す。

一見したところ、身を寄せ合っているように映るが、よく見ると二人の衣装が繋《つな》がっており、その部分から一本の細く白い腕が伸びていることに気づく。

集まっている人々は、彼女たちが結合双生児であると知っているはずだ。にもかかわらず、講堂内には戸惑いや好奇、そしてかすかな嫌悪すら孕んだざわめきが走った。

ネットの醜い悪意に晒《さら》されて深く傷つき、人前に出ることを止めた姉妹。この観客の反応は、彼女たちにそのつらい経験を思い起こさせてしまうのではないだろうか？

自らもこの数ヶ月、ＰＴＳＤに苦しんでいる澪が祈るように両手を合わせたとき、ステージ上の二人はアイコンタクトを交わして微笑んだ。正面に向き直った二人は、すみれは右手を、百合は左手を胸元に当て、深々と一礼するとともに、中手が観客に向けて手を振った。観客席から大きな拍手が上がり、ざわめきを搔《か》き消していく。

二人とも、強いな。澪は口元を緩めながら、グランドピアノの前に置かれた二人掛けの椅子に座る加賀野姉妹を眺める。すみれと百合は、目を閉じると、そっと三本の手を鍵盤《けんばん》の上に置いた。拍手が止み、会場は水を打ったように静まり返る。

息をするのも憚《はばか》られるような沈黙が、目を見開いたすみれと百合によって破られる。

すみれの右手と百合の左手が演奏をはじめた。優しい旋律が会場を包み込んでいく。

クラシック音楽にあまり詳しくない澪でも知っている曲、ベートーヴェンの交響曲第九番ニ短調 作品一二五。日本では『第九』や『歓喜の歌』として親しまれ、年末に演奏されることの多い、力強い歓《よろこ》びに溢《あふ》れた曲。

上手だなぁ。澪の頭に浮かんでいたそんな毒にも薬にもならないような感想は、次の瞬間、掻き消される。それまで鍵盤に置かれているだけだった中手が、大きく天井に向かって掲げられると、自由落下するかのように鍵盤に叩《たた》きつけられる。

これまでの優しい旋律とは明らかに異質な、ガラスが割れるような破裂音が響き渡り、澪の体が大きく震える。衝撃でできた隙をつくかのように、一気に演奏が変化した。

曲は交響曲第九番で間違いない。しかし、それはこれまで澪が二十八年間の人生の様々な場面で何十、何百回と聴いてきたその曲とは一線を画するものだった。

三本の手が鍵盤の上を踊るように複雑に、軽やかに、流麗に動き回り、ときにはジャズ調に、ときにはポップに、ときにはロックに、旋律を多層的に奏で続ける。

一つの楽器から発せられているとは信じられないほどに、それらの音は多様性に溢れていて、まるでオーケストラの演奏を聴いているかのような心地になる。澪は目を閉じる。瞼《まぶた》の裏に、色を孕《はら》んだ音によって鮮やかな抽象画が描かれていくような気がした。

澪はふと定期的に演奏の色合いが変わっていることに気づく。

透き通るように美しく、体に染み入ってくるような旋律と、熱く情熱的に迫ってきて、空気の振動が直接、心を揺り動かすような演奏、それらが交互に奏でられていく。

ああ、そうか。百合さんとすみれさんの演奏が、交互に響き渡っているんだ。

澪は目を閉じて演奏を堪能《たんのう》しながら、なにが起きているのか理解する。

加賀野姉妹は演奏中、中手を使う者を替えることで、旋律に大きな変化をくわえている。きっと透き通るような旋律のときは百合が、情熱的な旋律のときはすみれが中手を操っているのだろう。幼い頃、安全な中手の使い方をおぼえるためにはじめたピアノの演奏。十年以上経ったいま、それが唯一無二の芸術として花開いている。

澪は全身の筋肉を弛緩《しかん》させ、体を、心を旋律に委《ゆだ》ねる。

ヘドロのように胸に溜《た》まっている不安が洗い流されていくような心地がした。


自宅アパートに着いた澪は、赤錆《あかさび》が目立つ鉄製の階段を上がっていく。やけに足が軽い。その理由が、一時間ほど前に聴いた加賀野姉妹のコンサートであることは間違いなかった。

交響曲第九番の圧倒的な演奏で観客の心を一気に鷲掴《わしづか》みにしたすみれと百合は、その後、J−POPやアニメソング、懐メロに童謡など、バラエティに富んだ曲を次々に披露していった。すべて有名な曲だったが、そのどれもが加賀野姉妹の三本の手によってオリジナリティに溢れたアレンジが加えられていて、初めて聴く曲のように感じられた。

約一時間、華麗に、可憐《かれん》に、舞い踊るかのように鍵盤を叩き続けた二人が演奏を終え、額に汗を光らせながら深々と一礼すると、会場は万雷の拍手に包まれた。

階段をのぼり終えた澪は、古い洗濯機が並んでいる外廊下をゆっくりと進んでいく。春の夜風が心地よかった。

澪は大きく深呼吸をする。数ヶ月ぶりに新鮮な空気が肺を満たしたような気がした。

足を止めた澪は、夜空に浮かぶ三日月を見上げると、軽く首を振った。

たしかに気分は良いが、それはあくまで一時的なものだ。すみれと百合の奏でた旋律に酔って、心を腐らせる記憶から目を逸《そ》らしているだけだ。

「忘れるなんて許されない……」月を眺める澪の口から、闇色の言葉が漏れた。

そう、私はあの事件を忘れてはいけない。あの記憶から解放されてはいけない。

この心臓が止まるまで、私は罪を背負い続けないといけないんだ。

大切な人のはらわたを切り裂き、そして命を奪ったという大罪を。

胸の奥に、重く粘着質な黒い感情が戻ってくる。そのとき、唸《うな》るようなエンジン音が近づいてきた。闇を切り取ったかのような漆黒のボディのカイエンが、ほとんど減速することなく車道からアパートの駐車場へと飛び込んでくる。

竜崎先生の車……。コンサート前に交わした竜崎との会話を思い出し、胸郭内の黒い感情が濃度を増す。竜崎と顔を合わせたくなかった。こちらの事情も知らないくせに、また「外科医に戻れ」と迫ってくるに決まっているから。

早足で廊下を進んでいき、錠を外して玄関扉を開いたところで澪は固まる。あんぐりと開いた口から、「……へ？」という呆《ほう》けた声が漏れた。

なにが起きているのか理解できなかった。玄関から延びたキッチン付きの短い廊下と、その先にある六畳一間の部屋、そこの床が見えないほどにものが散乱していた。

部屋を間違えた？ そんな考えが頭をよぎるが、すぐにそうではないことに気づく。持っていた鍵《かぎ》で玄関扉の錠を外せたし、なにより床に散らばっている本、洋服、下着、食器、雑貨、それらの全てに見覚えがあった。

部屋がめちゃくちゃになっている。いったい何が……。

「ドロボウ……。空き巣に入られた……？」

ようやく状況を把握しだす。そのとき、背後で足音が響いた。

犯人⁉ 素早く振り返って身構えると、竜崎が立っていた。

「なにをしているんだ、お前？」

竜崎はいつも通りの抑揚のない口調で訊《たず》ねてくる。どうやら、立ち尽くしている澪を不審に思い、様子を見に来たようだ。

まだ混乱が続いている澪が「いえ、これは……」と、しどろもどろになっていると、竜崎は興味なさげに澪の部屋の惨状を一瞥《いちべつ》し、踵《きびす》を返す。

「俺に片付けろとか言っていたくせに、自分の部屋も似たようなものじゃないか」

そんなひとりごとを残して竜崎が隣の部屋に入っていくのを、澪はただ呆然《ぼうぜん》と見送ることしかできなかった。

3

赤色灯の明かりが目に染みる。階段に腰かけた澪は、緩慢に顔を上げる。

自分の部屋の玄関には『立入禁止』と記された規制の黄色いテープが張られ、『警視庁』とプリントされた作業服を着て、マスクとシューズカバーをつけた鑑識が出入りをしていた。

部屋の惨状に数分硬直したあと、澪はのろのろと一一〇番に通報をした。近所の派出所からやってきた警察官は、すぐに窃盗事件だと判断して所轄署に連絡、そこから刑事と鑑識が派遣されてきて、澪が落ち着く間もなく捜査が開始された。

日中の勤務で疲れているというのに、何時間もかけて刑事に根掘り葉掘り話を聞かれ、鑑識とともに荒れ果てた自室に入って、なくなっている物がないかを確認しなくてはならなかった。すでに気力も体力もつき、気を抜いたら倒れ込んでしまいそうだった。

幸いにも通帳や印鑑、現金などは無事だったが、ノートパソコンが無くなっていた。買いなおさなければ。引っ越ししたばかりで余裕がないのに、痛い出費だ。

深いため息をついて俯《うつむ》いた澪は頭を抱える。いや、パソコンだけの問題じゃない。やはりこのアパートから出なくてはならないかもしれない。

澪は数十分前に派遣されてきた中年の男性刑事と交わした会話を思い出す。

刑事の話では、犯人は高い樹が数本生えていて、外から死角になっているアパートの裏から雨水管を二階までよじのぼり、窓ガラスを破って室内に侵入したということだった。デスクの引き出しに入っていた通帳、印鑑、現金に手が付けられていないことから、単なる金目当ての空き巣による犯行とは思えないらしい。明らかに目的をもって侵入し、なにかを必死に探した形跡があると刑事は澪に告げた。

「その『なにか』って、ノートパソコンなんですか？」

澪が質問すると、刑事は首を横に振った。

「すぐ見つかるノートパソコンが目的なら、こんなに部屋を荒らす必要はありません」

「でも、ノートパソコン以外に目ぼしいものは盗まれていませんでしたよ」

澪が言うと、刑事は顔の前でピースサインをするかのように人差し指と中指を立てた。

「その場合、二つの可能性があります。盗まれたものは、あなたにとって無くなってもすぐに気づかないような、重要なものではなかったケース。もう一つは、目的のものを犯人が見つけられなかったケースです。後者だった場合、あまり良くありません」

「あまり良くないって、……どういう意味ですか？」

「犯人がまだ目的を果たしていないということですよ」

澪が「それって、また……」と声を震わせると、刑事は重々しく頷《うなず》いた。

「ええ、犯人はまた目的のものを奪おうとするかもしれません。そして、空き巣で目的を果たせなかった犯人はさらに暴力的な行動に出るかもしれない」

淡々と告げた刑事の言葉が、澪の耳にはやけに不吉に響いた。

刑事はその後、少しでも身の安全を確保するためにということで、アパート周辺の警察官の巡回を増やすと言った。提案はありがたかったが、それだけで安全が確保されるとは思えない。少しでもセキュリティのしっかりとした住居に移った方がいいはずだ。

いや、それでも十分じゃない。澪は大きくかぶりを振る。

犯人が私が持っている何かを探しているなら、転居しても狙われ続けるかもしれない。たとえ住居のセキュリティが高くても、外出中に狙われるリスクは残り続ける。ここに引っ越してからの約二ヶ月、ときどき誰かに監視されているような気配を感じていた。気のせいかと思っていたが、そうではなかった。誰かが私を狙っている。

安全確保のために一番確実なのは、犯人の目的を知ることだが、いくら考えても見当もつかなかった。高価なものは持っていないし、他人から恨みを買った覚えもない。

「なにがどうなっているのよ……」

口から弱々しいつぶやきが漏れたとき、足音が響いた。ふと見ると、すぐそばに革靴を履いた足がある。また刑事かな？　そう思って視線を上げた澪は、顔をしかめる。そこに立っていたのは、隣人の変人外科医だった。

「かなりの大事《おおごと》になっているな。空き巣に入られたんだって？」

「……竜崎先生には関係ありません」

「関係ないわけがない。隣の部屋に窃盗犯が入ったんだぞ。同じアパートの住人としてセキュリティに不安をおぼえるのは当然だ」

「あんなゴミ部屋、空き巣だって逃げ出しますよ。それに、セキュリティで言ったら、駐車場にカイエンなんて停めているのだって問題ですよ。防犯カメラもないこの古いアパートに、金持ちが住んでいるって分かっちゃうでしょ。先生の部屋と間違ってうちに這入《はい》り込んだ空き巣が、車のキーを探し回ったのかもしれないじゃないですか」

「お前の仮説は的外れだ」竜崎は一言で切り捨てる。「空き巣が入った時間帯、俺は病院にいたので、カイエンはアパートの駐車場にはなかった。当然、キーは病院にいる俺が持っているから、部屋を探してもあるわけがない。小学生でも分かる理屈だ」

「分かりました分かりました。たしかに先生の言う通りです」澪は大きくかぶりを振る。

「……お前はこれからどうするんだ？　今夜はどこで寝るつもりなんだ？」

澪は「あっ……」と声を漏らす。ショックで、そのことを全く考えていなかった。

まもなく鑑識が終わって部屋に入れるらしいが、さすがにものが散乱して荒れ果てている部屋を片付けて、寝床をつくる気力はない。そうでなくても、空き巣が入ったばかりの部屋で就寝できるほど図太くはなかった。

「……友達にでも泊めてもらいます」

澪が答えると、竜崎は腕時計に視線を落とす。

「午前零時を過ぎている。いまから急に泊めてくれるような友人がいるのか？」

「……ほっといて下さい。その気になったら、公園のベンチででも眠れます」

「馬鹿なことを言うな。春になったとはいえ、まだ夜は冷える。それに、お前も一応、若い女性だ。夜の公園で眠ったりするのは危険すぎる」

「一応ってなんですか⁉」

澪は嚙《か》みつくように言う。心身ともに限界にきて、感情が制御できなかった。

「ギャーギャー騒ぐんじゃない。仕方がないな。今晩は俺の部屋に泊まれ」

木下花江の件で薄らいでいた竜崎への嫌悪感が、一気に噴き出す。

「ふざけないで下さい！　私はそんな軽い女じゃありません！」

「なにを勘違いしているんだ。お前みたいな野暮ったい女に手を出すほど飢えてない」

竜崎はため息をつくと、「野暮ったい女⁉」と目を剝《む》いた澪にあごをしゃくる。

「この部屋だ」

ポケットからキーケースを取り出した竜崎は、自分の部屋である二〇三号室の隣、二〇二号室の錠を外し、玄関扉を開けた。

「え、その部屋は……」

竜崎に「いいから来い」と促され、警戒しつつその部屋を覗《のぞ》き込んだ澪は目を丸くする。澪や竜崎の部屋と同じ間取りながら、短い廊下の先に広がる空間は、古びた和室の部屋とは全く異なる様相を呈していた。

そこは科学実験室のようだった。床はフローリングになっており、いくつもの小さなテーブルが置かれている。そして、それらのテーブルの上にはすべて縫合や切開、内視鏡、腹腔鏡《ふくくうきょう》手術用の専門トレーニング器具などが置かれている。部屋の奥には、本格的なロボット手術用のシミュレーターすらあった。

「ここって……」玄関前で立ち尽くしながら、澪は呆然と呟《つぶや》く。

「俺のトレーニングルームだ。空いた時間に、ここでトレーニングを積んでいる」

澪はこのアパートに入居するとき、大家から聞いた話を思い出す。このアパートの二〇一号室と二〇二号室には住人はおらず、ある人物が倉庫のように使っていると。その『ある人物』は竜崎のことだったのか。

澪は吸い込まれるように部屋に入っていく。よく見ると、部屋の隅には本格的なランニングマシンや、ウェイトトレーニング用のダンベルやバーベルまであった。

置かれている練習器具はどれも最新式のものだ。ロボット手術のシミュレーターまであることを考えると、二、三千万円はかかっているだろう。これを個人で所有して、空いている時間に外科技術のトレーニングを積んでいるというのか。

澪の口から「すごい……」という感嘆の声が漏れた。

「ああ、すごいだろう。俺の自慢のコレクションだ」

竜崎が得意げに言う。その姿はおもちゃの自慢をする小学生のようだった。

「ここにある器具は、どれも高価なものだ。なので、ここをリフォームする際にセキュリティを強化してもらっている。扉も窓も特別製だし、鍵《かぎ》も複製困難なディンプルキーにしてある。ここなら安全だ」

竜崎は押し入れを開け、そこから寝袋を取り出し、部屋の鍵とともに差し出してくる。

「これを使え。トレーニングに熱が入り過ぎたとき、ここで休めるよう用意してある」

本当は自分の部屋にゴミが溜《た》まり過ぎたとき、こっちに避難するためのものでしょ。胸の中で突っ込みつつも、澪は「ありがとうございます」と寝袋と鍵を受け取る。

「それじゃあ、俺は自分の部屋に戻って寝る。明日《あした》も手術が詰まっているからな。鍵は明日の朝、俺の部屋の郵便受けに入れておいてくれ」

そう言い残すと、竜崎はあくびをしながら部屋から出ていった。

閉まった玄関扉に向かって、澪は頭を下げる。竜崎の配慮は本当にありがたかった。

着替えもなく、寝袋を使うのもはじめてだし、なにより、医療行為の練習用の器具がいくつも置かれているこの部屋で睡眠をとれるか分からない。しかし、セキュリティが強固な部屋にいるというだけで、不安がいくらかやわらいでいる。澪は部屋の明かりを落とすと、少しためらったあとに服を脱いで下着姿になり、寝袋に入る。

想像よりも遥《はる》かに寝袋は柔らかく、そして暖かかった。

4

「それで、どうなったんですか？　犯人は捕まった？」

テーブルをはさんで向かい側に座った若菜が、身を乗り出してくる。

翌日の午後一時過ぎ、澪は同僚たちとともに看護助手控室で昼休みを取っていた。

「昨日のことなんだからまだ捕まってなんかないよ」

「けど、お金とか通帳とかは盗まれなかったんでしょ。不幸中の幸いよね」

悦子の慰めの言葉に、澪は「はい……」と曖昧《あいまい》に頷く。

——空き巣はくり返し盗みに入りますから、いつか他の事件でつかまりますよ。その際に、今回の事件が余罪として浮き上がってくる可能性が高いです。

刑事もそんなことを言っていたが、あれだけ部屋を荒らしまわったにもかかわらず、現金に手を付けることなくノートパソコンだけを盗んだ犯人が、たんなる空き巣だとは思えなかった。得体のしれない不安がずっと全身に絡みついている。

「それで桜庭さん、この後はどうするの？　部屋に戻るの？」

心配そうに遠藤が訊《たず》ねてくる。澪は首を横に振った。

「いえ、まだ部屋はめちゃくちゃですから。休みの日の昼に少しずつ片付けることにして、当分は違うところで過ごそうかと思います」

「行くあてあるんですか？」若菜が眉根《まゆね》を寄せる。「もしよかったら、私の部屋に泊まります？　そんなに広くないけど、一人くらいなら泊まれますよ」

「ありがとう。でも大丈夫。学生時代の友達の部屋に泊めてもらえることになったから」

「なぁんだ、桜庭さんと住んだらガールズトークできたりして楽しそうだったのに」

後頭部で両手を組む若菜に「ごめんね」と両手を合わせながら、澪は罪悪感をおぼえる。友達の家に泊まるなどというのは嘘だった。今朝、竜崎に頼み込んで、数日間は二〇二号室に泊まる許可をもらっていた。

部屋を荒らした犯人の目的がまだ不明な状態では危険に巻き込む可能性があるので、友人や若菜の部屋に泊まらせてもらうわけにはいかない。その点、高いセキュリティがあり、自室からすぐに生活必需品を運びこめる二〇二号室は理想的な避難先だった。

今夜は竜崎が午後十時半まで二〇二号室でトレーニングをする予定なので、それ以降に澪が使用して良いことになっている。それまでどこで時間をつぶそうかまだ決めていないが、宿泊先が決まっているだけでだいぶ気持ちが楽だった。

「あら、そろそろ昼休みも終わりの時間ね。じゃあ、午後も頑張っていきましょう」

壁時計を見た悦子の号令に、澪たちは「はい」と答えて椅子から腰を上げる。控室から出た澪は、ナースステーションへと向かうと、袋詰めされた処方薬が載っているカートを押して廊下に出る。入院患者の処方薬は、看護師かナースエイドが配ることになっている。このカートには夕方と就寝前の内服薬が載っていた。

澪は順番に病室を回りながら、患者のリストバンドに記されている氏名と、袋に書かれている名前が同じであることを慎重に確認しつつ、薬を配っていった。

三十分以上かけてあらかた薬の配布を終えた澪は、大きく息を吐く。カートには袋が二人分だけ残っていた。澪は最後の二人がいる個室病室の引き戸をノックする。すぐに中から「はーい」という重なった声が響いてきた。

「すみれさん、百合さん、体調はどう？　明日手術だけど、不安とかはない？」

引き戸を開いて病室に入った澪は、ソファーに腰かけている加賀野姉妹に声をかける。

「あ、桜庭さん、お疲れ様ー。ぜんぜん余裕っスよ。ね、百合」

すみれに水を向けられた百合は「う、うん」と曖昧に頷《うなず》いた。その反応を見た澪は、百合の前で片膝《かたひざ》をついて視線の高さを合わせる。

「もしなにか不安なことがあったら、遠慮せずに言ってね」

澪がゆったりとした口調で話しかけると、百合は首を横に振った。

「全然心配はしていません」

百合は微笑んだ。その表情を間近に見て澪は違和感をおぼえる。百合の浮かべている笑みが、やけに人工的に見えた。まるでロボットと相対しているような心地になる。

心配はしていないと即答したこと、それにこれだけ促しても不安を口にしないことから、手術の成否についてナーバスになっているという感じではない。ただ、百合さんはなにか伝えたがっている。ほんの数日間だが、加賀野姉妹のそばに寄り添い、その姿をつぶさに観察してきた澪は、そう確信していた。

なんで相談してくれないんだろう。私に心を開いていないからだろうか？

悩んでいる澪に、すみれが「それより桜庭さん」と声をかけてくる。

「昨日のコンサート、来てくれてありがとうね。後ろの方にいるの見えたよ。私たちの最後のコンサート、どうだった？」

前のめりに感想を求めてくるすみれに、澪は「素晴らしかった」と手を合わせた。

「本当に凄《すご》かった。旋律が光っているみたいで。あんな演奏、聴いたことがなかった」

澪が心からの賞賛を口にすると、すみれは目を細めて天井を仰いだ。

「良かった。最後に百合と最高の演奏ができて本当に良かった……」

すみれの口から漏れた独白から、万感の想いが伝わってくる。そんなすみれを見つめる百合のどこか哀しげな表情を見て、澪は頭に電流が走った気がした。

もしかしたら……。数秒考えこんだあと、澪は口を開く。

「それじゃあ二人に、夜寝る前に飲むお薬を渡しておくね」

カートから袋を二つ手にした澪は、その一つをすみれに手渡しつつ、百合の耳元に口を近づけた。すみれに聞こえないよう、澪は小さな声で囁《ささや》く。

目を大きくする百合に、澪は薬の入った袋を押し付けながらウインクをする。

「薬を飲むの、忘れないでね」

澪は二人に手を振ると、カートを押して病室をあとにした。

明かりの落とされた病棟の廊下を、水色のスクラブを着た澪が忍び足で進んでいく。昼間は看護師や見舞客が行き交っているこの廊下も、いまは人気《ひとけ》がなかった。

背後で声が聞こえ、澪はびくりと体を震わせる。振り返ると、十数メートル先にあるナースステーションから光が漏れだしていた。夜勤の看護師が話をしているのだろう。

この病棟のスタッフとはいえ、すでに勤務時間は過ぎている。もし看護師に見つかれば、なにをしているのかと咎《とが》められるだろう。先日の木下花江の件で、澪は病棟中の看護師から警戒されており、特に主任の定森に至っては、敵愾心《てきがいしん》をあらわにするようになっていた。そして、いまからすることも、また大きな騒ぎになるかもしれない……。

不安が足を止めかけたとき、先日、竜崎から掛けられた言葉が頭をよぎる。

——お前は自分の理想を追い求め、実現すればいい。

そうだ。私は自分が正しいと思ったことをするべきなんだ。

覚悟を決めた澪は早足になると、目的の病室の前にたどり着く。壁時計の針は午後九時過ぎを指していた。消灯から一時間以上経っている。もう大丈夫だろうか？

そっと引き戸を開いて中の様子をうかがう。耳を澄ますと、寝息が鼓膜をくすぐった。澪は病室に入り、足音を殺しながら奥にあるキングサイズのベッドに近づいていく。そこには、同じ顔をした少女が並んで目を閉じていた。

「起きてる？」

押し殺した声で訊ねると、右側の少女、加賀野百合はゆっくりとまぶたを開き、「起きています」と答えた。澪は慌てて唇の前で人差し指を立てる。

「だめだよ、もっと声を殺さないと。すみれさんが起きちゃうでしょ」

百合は「大丈夫ですよ」と、目を細めてすみれの寝顔を見る。

「すみれって一度眠ったら大きな声かけても、体を思いきり揺すってもなかなか起きないんです。それに今日はお薬も飲んでいるでしょ。絶対に起きません」

百合が掌《てのひら》を開く。そこには、白い錠剤が一つ載っていた。

「けど、なんでこんなことを指示したんですか」

手術を翌日に控えると、不安と緊張で眠れなくなる患者は多い。そのため、手術前日には抗不安作用のある睡眠薬が処方される。昼に袋に入った睡眠薬を渡す際、澪は百合にそっと耳打ちしていた。「その睡眠薬を飲まないで待っていて。夜に来るから」と。

「もちろん、百合さんと二人でお話がしたいからよ」

「お話なら、いつもしているじゃないですか」

「ええ、たしかに。けれど、『二人で』じゃない」

眠っているすみれに澪が視線を向けると、百合の表情に動揺が走った。

「百合さんはなにか話したいことがあるって気づいていた。けど、何度促してもあなたは話をしてくれなかった。勘違いだったのかと思ったけど、少し考えたら分かったの。

あなたは、すみれさんに聞かれずに話をしたいんだって」

百合は唇を固く結んだ。

「つらいわよね。いくらすごく仲のいい姉妹だって、相手に知られたくないことぐらいある。けれど、百合さんとすみれさんは、お互いにそれを隠すことができない」

「……だから、私にだけ睡眠薬を飲まないように言ったんですね」

「ええ、そうすれば、百合さんと私、『二人だけで』話ができると思ったから」

澪はそっと百合の左手を握る。

「いまなら大丈夫。言いたかったことを私にぶつけて。手術を受けるのが嫌なの？」

「そんなことないです。もちろん、すみれとは生まれたときからずっと一緒だったんで、少し寂しさはありますけど、やっぱりこの体は色々と不便ですし。ただ……中手のことが納得いかないんです」

「中手のこと？」澪は百合とすみれの間から生えている中手に視線を向ける。

「この手は私だけでなく、すみれのものでもあるんです」百合は中手を天井に掲げる。

「けれど、どちらにつけるか選ばないといけないし。それに、百合さんの方が神経の走行的に、安全に手術ができるって」

「ええ、そう聞いています。けれど、中手をすみれのものにすることも可能だって説明を受けました。どちらか、私たちに選んで欲しいって」

「それで、ご家族で相談して、百合さんが受け継ぐことになったのよね」

澪の言葉に、百合は大きくかぶりを振る。

「あれは相談なんてものじゃありませんでした。だって、百合なら一流のピアニストになれるんじゃあ当然、中手は百合のものだよね。その説明を受けてすぐ、すみれが『それじゃあ当然、中手は百合のものだよね』って言いだして、両親も少し迷ったあと、『すみれがそれでいいなら……。百合もいいよね？』って言うんです。そんな大切なことを急に言われても、なんて答えていいのか分からなくて、流されちゃって」

百合は左手で目元を覆う。小さく肩を震わせる百合に、澪は静かに語り掛ける。

「百合さんは、自分が中手を受け取るのが嫌なの？」

「すみれから中手を奪うのが嫌なんです。中手はすみれが使うべきなんです」

百合は顔を上げ、潤んだ瞳《ひとみ》で澪を見つめてきた。

「桜庭さん、昨日のコンサート聞きましたよね。どう感じましたか？」

「どうって、素晴らしかったと思うけど……」

「違います。私とすみれの演奏、どっちが魅力的でした？　静かな演奏と、激しい演奏。どっちの方が桜庭さんの心を震わせましたか？」

澪はコンサートを思い出す。透き通るような優しい旋律は心地よかった。しかし、粗削りながら自由で情熱的なあの旋律は、心を震わせる迫力があった。

「激しい演奏の方が、なんというか……ぐっと来た」

澪が答えると、涙をためた百合の目が嬉《うれ》しそうに細められた。

「それは、すみれの演奏です。そのとき、すみれが中手を操っていたんです。私はピアニストとして、すみれの足元にも及びません」

「でも、百合さんの方がピアニストとしてレベルが高いって……」

「ええ、私の方が上手ですよ。私の方が真面目で、基本に忠実な演奏をしますから。すみれはいつも自己流に勝手にアレンジして弾くから、合わせるのが大変なんです」

中手が掲げられ、その指がしなやかに動いた。

「どんな演奏も正確に完璧《かんぺき》に弾ける私の方が、たしかにいまは評価が高いです。けど、ただ正確に弾くだけなら、ロボットにもできます。音楽は芸術です。創造性と、なによりパッションが必要なんです。私にはそのパッションが致命的に欠けています」

百合の顔に暗い影が差した。

「私は音楽が好きと言うより、すみれと一緒になにかするのが好きだっただけです。ただ、根が真面目だから技術的には私の方がうまくなりました。けれど、本当に音楽を愛しているのはすみれです」

「なのに、すみれさんは、百合さんに中手を渡そうとしたの？」

「いつもそうなんですよ」中手が寝ているすみれの髪を優しく掻《か》き上げる。「普段は自分勝手なくせに、重要なことになると自分を犠牲にしてまで私を優先して姉ぶるんですよ。帝王切開だから、生まれたのは同時だって言うのに」

「すみれさんは、本当は音楽を続けたいの？」

「ええ、そうです。けれど、私のために夢を諦《あきら》めようとしているんです。そんなの嬉しくない。中手はすみれに使って欲しい。けど、すみれがどんな覚悟で決心したかを考えると、その気持ちを蔑《ないがし》ろにする気がして、どうしていいか分からなくなって……。そのうちに手術の日が近づいていって、どんどん言い出しづらくなって……」

百合は痛みをこらえるような表情で黙り込む。鉛のように重い沈黙が部屋におりた。

「ねえ……」澪が小声で沈黙を破る。「百合さんには将来の夢はないの？」

「夢……？」

「そう、ピアニストを目指さないなら、他になにかなりたいものとかないの？」

十数秒、黙り込んだあと、百合は恥ずかしそうに首をすくめながら小声で答えた。

「……イラストレーター」

「イラストレーターって、絵を描く人？」

すみれが、「この子、絵がめちゃくちゃうまいんですよ」と言っていたことを思いだす。

「はい。プロになるのが難しいことは分かっているんですけど、それでも目指したいんです。大それた夢かもしれませんけど」

「そんなことないよ！」

思わず大きな声を出してしまう。すみれが「うーん」と頰を掻く。澪と百合は同時に掌で口を押さえた。すみれが再び寝息を立てるのを確認して、澪は百合に話しかける。

「すごくかっこいい夢だと思う。それはすみれさんとかご両親には伝えていないの？」

「はい……。両親は私がピアニストになることを望んでいるんです。全部私が悪いんです。親を失望させたくないと思って、話を合わせちゃっていたから。すみれもそれを聞いていたから、自分の夢を捨ててまで中手を私に渡そうと思っている」

「けど百合さんは、すみれさんに中手を使って欲しいと思っているのね？」

澪の確認に、百合は力強く頷《うなず》く。

「イラストなら片手でも描けます。けど、ピアノの演奏には両手が必要です。私はすみれの才能を潰《つぶ》したくない！　私はすみれの夢を奪いたくないんです！」

大粒の涙を流す百合の言葉から、強い想いが伝わってきた。

百合さんは想いを伝えてくれた。今度は私がナースエイドとしてそれに応《こた》えるべきだ。

百合の頬を伝う涙をそっと指で拭《ぬぐ》いながら、澪は柔らかく声をかける。

「その気持ちを家族に、誰よりもすみれさんに伝えてあげて」

「でも、もう手術は明日《あした》で、いまさら中止なんかできない」

唇を噛《か》んで首を横に振る百合に、澪は「そんなことない」と力強く言う。

「百合さんとすみれさんの分離手術は、二人が幸せになるために行うものなの。だから、手術で二人の夢が潰れるなんて絶対にダメ。なんとか延期してもらわないと」

自分がまた暴走していることは自覚していた。それでも、止まる気はなかった。最高の外科医たちが執刀する手術で、その患者たちが不幸になって良いはずがない。

「でも、延期なんてどうやって……」

「大丈夫、私が何とかするから」

澪はいまも天井に向けて伸ばされている中手を力強く握った。

5

「竜崎先生！」

ディンプルキーで錠を外すと、澪は勢いよく扉を開ける。

「……まだ、十時半になっていない」

廊下の奥の部屋で、右手に持針器、左手にピンセットを持ってテーブルのそばに立っていた竜崎は、不機嫌で飽和した声で言った。なぜか竜崎の上半身は裸で玉のような汗が光っており、テーブルには和紙が置かれていた。

「な、なんで、裸なんですか⁉」

動揺した澪が声を上げると、竜崎が「キーキーうるさい」と顔をしかめた。

「さっきまでランニングマシンとダンベルでトレーニングをしていたんだ。自分の部屋でどんな格好をしようと自由だろ。お前がこの部屋を使える時間はまだのはずだ」

正論をぶつけられた澪は「す、すみません……」と首をすくめる。

「あの、明日の分離手術について、ちょっとお話ししたいことがあって」

おずおずと竜崎に近づいていった澪は、テーブルに置かれた二枚の和紙がきれいに縫い合わされていることに気づく。薄くて脆《もろ》く、すぐに破れてしまう和紙をこれほどに精密に縫い合わせられる外科医など、澪は見たことがなかった。しかも、竜崎はそれをなぜか激しい運動で息が上がった状態で行っている。

「あの、なんで運動で息が上がった状態で行っているんですか？」

「呼吸が乱れている状態でも、正確な手術を行えるようにするためだ」

「……息を乱しながら手術する場面なんてあります？」

「大きな災害現場に派遣され、病院まで搬送する余裕のない負傷者の治療を行うこともある。あらゆるシミュレーションを行う必要がある」

普段からそんな極限状態を想定して腕を磨いているのか……。そのあまりにも高いプロ意識に、澪の胸に呆《あき》れと尊敬が混ざった感情が湧き上がってくる。

「それより、明日の分離手術がどうした？」

いまも手を動かし続けている竜崎に水を向けられ、澪ははっとする。

「そうだ。すみれさんと百合さんの分離手術です。それを延期してもらえませんか」

「……本気で言っているのか？」竜崎の手が止まる。

「本気です」

「無理だな。明日の手術のために何週間も準備をしてきた。明日は俺以外にも、四人のプラチナ、そして十数人のゴールドが助手をする予定だ。手術のシフトを調整して、彼らの予定を一日中空けさせているんだ。それを延期にしたりすれば、大混乱になる」

「けれど、そうする必要があるんです！　完璧な手術のためには」

澪が「完璧な手術」と口にした瞬間、竜崎に眉《まゆ》がピクリと動いた。持っていた持針器とピンセットをテーブルに置くと、「話してみろ」と澪を見つめる。

「はい、入院時からすみれさんと百合さんの担当として、色々と話をしているうちに違和感に気づいたんです。百合さんが……」

澪は必死に何があったのか、そしてすみれと百合のためには何が必要なのかを伝えていく。その間、竜崎は無言のまま真剣な眼差《まなざ》しを澪に注ぎ続けていた。

「……だから、二人が本当に幸せになるために、どのような形で分離するか、もう一度家族でしっかりと相談する時間を作ってあげたいんです」

十数分かけて説明を終えた澪は、竜崎の反応を待つ。竜崎は静かに口を開いた。

「分離手術は、患者たちにより良い未来を提供するための手術だ。たしかに、いまのままでは、完璧な手術とは言えないのかもしれない」

澪が歓声を上げかけた瞬間、竜崎は「しかし」と続ける。

「手術前に患者がナーバスになるのは、よくあることだ。一時的な気の迷いとも考えられる。それだけを根拠に、これだけ大きな手術を前日に中止するのは難しい」

「で、でも、竜崎先生ならできるんじゃないですか？」

「たしかに、俺が言えば、延期にすることは可能だろう。ただ、多くのスタッフに迷惑をかけることになる。俺自身の手術スケジュールも大きく変えなければならない。その労力に見合ったものをお前が提供できれば考えなくもない」

竜崎の口角が上がっていくのを見て、澪の胸に黒い感情が湧く。

「まさか、……抱かせろってことですか？」

食いしばった歯の隙間から絞り出すように声を出すと、竜崎が顔をしかめた。

「野暮ったい女に興味はないと言っただろ、異性としてお前には一切興味がない。ただ……外科医としてなら別だ」

「どういう意味ですか？」

「まず自分が外科医であることを認めろ。話はそれからだ」

両拳《こぶし》を握りしめて十数秒黙り込んだあと、澪は小さく頷いた。

「……ええ、そうです。去年まで調布《ちょうふ》中央総合病院の外科レジデントでした」

「調布中央総合病院か。あそこの外科は地域で最大の執刀数を誇り、初期臨床研修から外科コースがあるはずだ。そこで外科の修練を積んでいたというわけか」

澪は力なく頷く。どうせ、竜崎には外科医であることを気づかれていた。これくらいで、加賀野姉妹の分離手術が延期できるなら安いものだ。

「では、なぜ外科医を辞めた？」

「……そこまで話すつもりはありません」

「では、交渉決裂だな」

竜崎の言葉に、澪は目を剝《む》く。

「卑怯《ひきょう》です！　外科医だって認めたら分離手術を延期してくれるって……」

「そんな約束はしていない。あくまで『話はそれからだ』と言っただけだ。なぜお前が外科医を辞め、ナースエイドとしてうちの病院で働いているのか。それを話すこと。それが手術の延期を検討する最低条件だ」

激しい逡巡《しゅんじゅん》が胸で渦巻く。去年の事件。あのことはずっと胸に秘めておくつもりだった。けれど……。俯《うつむ》いていた澪はそっと顔を上げる。竜崎と視線が合った。

誰かに操られているような感覚をおぼえながら、澪はゆっくりと口を開く。

「私は……人を殺したんです。……誰よりも大切な姉さんを」


「姉を殺した？」

竜崎の眉がピクリと動いた。澪はうなだれるように頷くと、陰鬱《いんうつ》な声で説明をしていく。自らのトラウマを。自らが犯した罪を。

「私には二歳年上の唯《ゆい》という名前の姉がいました。姉さんはすごく明るくて、頭がよくて、優しくて、私の憧《あこが》れの人でした。姉さんは地元の高校を卒業したあと東京の大学を出て、新聞社に就職して記者として活躍していました」

「新聞記者か……」

マスコミに良い感情を持っていないのか、竜崎の眉間《みけん》にしわが寄った。

「はい。世間を騒がすような大きな事件の取材をして、たくさんの記事を書いてきました。正義感の強い人だったんです」

「それで、その姉を殺したとはどういうことだ」

「二年前、姉さんは病気になりました……。全身性多発性悪性新生物症候群、つまりは……シムネスです」

「シムネス……。お前の姉は、それ以前にがんを患っていたということか」

「はい、高校生のとき白血病になりましたけど、治療で完治しました」

全身性多発性悪性新生物症候群は、がん細胞にシムネスウイルスが感染することが原因と考えられている。その証拠に、シムネスを発症した患者は全例、その数年前にがんを患っていた。レトロウイルスであるシムネスウイルスは、その遺伝情報を逆転写によってがん細胞に注入する。それにより生じたシムネス細胞は、全身の臓器に散らばってそこの細胞に腫瘍《しゅよう》を生じさせる。それがシムネスの病態生理だと考えられていた。

「なるほど、全国でも年間数十例しか発症しないシムネスを、姉が患うとは不幸だったな。けれど、なぜそれが『姉を殺した』ということになる？」

「不幸中の幸いで、姉さんのシムネスは比較的緩徐に進行していきました。だから姉さんは病院で化学療法とか万能免疫細胞療法を受けながら仕事を続けていました。でも、やっぱりだんだん病状は進んできて、調布中央総合病院に入院になりました」

「お前は、自分の勤める病院に姉を入院させたのか？」

「はい、姉さんと一緒にいる時間を作りたかったので。姉さんもそれを望んでくれました。私が主治医として、緩和治療もしっかりとやって、最期まで看取《みと》るつもりでした」

「けれど、そうはならなかった……。そうだな？」

竜崎の問いに、澪は「はい」と力なく頷《うなず》く。

「姉さんの希望は、最期まで新聞記者として事件を追うことでした。その希望を叶《かな》えるために、私は手術を提案しました」

「シムネスに手術？」

訝《いぶか》しげに竜崎が訊《たず》ねる。全身の臓器に同時多発的に悪性腫瘍が生じるシムネスは、基本的に手術適応はない。たとえ確認できる腫瘍をすべて外科的に切除したとしても、すぐに新しい腫瘍が発生してしまうからだ。

「根治手術じゃありません。姉さんのシムネスは臓器によって腫瘍の進行がだいぶ違いました。特に直腸の腫瘍の成長速度が凄《すご》く速くて、大きくなっていた。それを切除することで数ヶ月の延命が見込めました」

「直腸の巨大腫瘍切除か。となると……」

「はい……、人工肛門《こうもん》造設の必要がありました」澪は声を絞り出す。「姉さんは、最初拒否しました。綺麗《きれい》な体のまま死にたいって。けれど私は、『この手術をすれば、記者として長く仕事ができる。私が責任もって執刀するから』って姉さんを説得したんです。

……必死に説得してしまったんです」

澪は片手で目元を押さえる。気を抜けば、嗚咽《おえつ》を漏らしてしまいそうだった。

「でも、そんなのただの建前だった。本当は私が姉さんと少しでも長く一緒にいたかっただけ。姉さんのためになにかしたかっただけ。全部、自分のエゴだったんです」

後悔に胸を焼かれ、澪は言葉を詰まらせる。

「……それでどうなった？」

「希望通り私が執刀をして、手術は成功しました。姉さんは退院して、また記者として働こうとしました。けれど、……ダメでした」

「なぜだ？　手術はうまくいったなら、シムネス患者でもまだ働けたはずだ」

「姉の上司が現場に行くことを、取材することを許可しなかったんです。もし人工肛門部のパッチが外れたりしたら、取材対象に迷惑をかけるって」

「ひどい判断だな……。抗議はしなかったのか？」竜崎の眉根《まゆね》が寄る。

「もちろんしました。姉さんはそんなことは起きないようにする。気をつけると訴えましたけど、会社の判断は変わりませんでした。姉さんは……絶望しました。少しでも長く記者として働くために手術を受けたのに、逆に記者生命が途絶えてしまって……」

「それでどうなった……」

「手術から二ヶ月後、シムネスで肺にできた腫瘍に対して放射線療法を行うために、姉さんは再入院しました。落ち込んでいる姉さんに私は伝えました。『たとえ記者じゃなくっても、姉さんが生きてくれているだけで嬉《うれ》しい』って。いま思えばあれは、直腸腫瘍の手術を強引に勧めた罪悪感をごまかすためだったのかもしれませんね……」

澪が弱々しく首を振ると、竜崎は「姉はなんて答えた？」と先を促した。

「姉さんは哀しそうにこう言いました。『記者じゃない私に価値なんてないの。私は死ぬまで記者でいたい』って。私はなんにも言えなくなって、姉さんの病室から出ていきました。私は一番大切な人に寄り添うことをせず、よりにもよって、逃げたんです！家族のくせに！　主治医のくせに！」

「それがお前にとって『姉を殺した』ということになるのか？」

澪は「いいえ……」と蚊の鳴くような声で言った。

「その日の深夜、姉さんから電話がありました。けれど、姉さんと話すことが怖くて、私は出られませんでした。そうしたら、姉さんは留守電に短いメッセージを残したんです。……『こんなことになってごめんね。本当にごめんね』って」

竜崎の頬が軽く引きつった。

「不吉な予感がした私は、すぐに姉さんに電話をしたけど、繋《つな》がりませんでした。だから、すぐに病院に向かいました。激しい雨が降っている中、車を飛ばして病院の駐車場に着いた私が見たのは、そこに停まっている何台ものパトカーでした」

「……なにがあった？」

「姉さんが駐車場で死んでいたんです。屋上から飛び降りて……」

うつ伏せに倒れている姉の体の下から、血液が混じった雨水が流れ出している光景を思い出し、心臓が締め付けられる。食いしばった奥歯が軋《きし》みを上げた。

「姉の気持ちに寄り添うことなく手術を行い、その結果、姉の命を奪ってしまった。それがお前の背負っている十字架か……。だからお前は、メスを捨てたのか」

抑揚のない口調で竜崎が言う。澪は胸を押さえたまま、ゆっくりとあごを引いた。

「大切な人を殺した私に、医師の資格なんてあるわけないですから。あれ以来、医療行為ができなくなりました。注射一つでもやろうとすると、アスファルトに倒れている姉さんの姿がフラッシュバックして、パニック発作を起こすようになったんです」

「……そんなお前が、どうしてナースエイドになってうちの病院で働いている？」

「火神教授のお陰です」

「教授の？」竜崎の目がすっと細くなる。

「去年、火神先生がうちの病院に手術指導に来た際に助手を務めさせていただいた縁で、先端外科医学研究所の見学に参加させてもらいました。そこでスカウトされて、今年の四月から、統合外科で勤務する予定だったんです」

「教授のおめがねにかなったのか。やはり、外科技術はなかなかのもののようだな」

「けれど姉の件があって、私は推薦を辞退しようと火神先生に会いに行きました。そのとき、先生が提案してくれたんです。『それなら、ナースエイドとして、うちの病院で働いてみないか』って。凄くありがたかったです。医療現場で働きたいって気持ちはずっとありましたから……。ナースエイドなら、医療行為をしないで、患者さんに寄り添うことができる。私のしたかった、するべきだった理想の医療ができるから」

語り終えた澪は息を吐く。この数ヶ月、胸に秘め続けた想い。それを竜崎に向かって吐き出したいま、なぜか体が軽くなったような気がしていた。休職中、同じ話を何度もカウンセラーに話した。けれど、いまのように心が軽くなることはなかった。

相手が自分と同じ外科医だからだろうか？　いや、それだけではない。澪は竜崎の瞳《ひとみ》を見つめる。そこに深い闇の片鱗《へんりん》を見た。

目の前の男も、胸に闇を秘めている。そしてその闇こそが、異常なまでの外科技術に対する執念を生み出している。そんな気がした。

話を聞き終えた竜崎が口を開くことはなかった。澪と竜崎が至近距離で視線を合わせたまま、時間だけが過ぎていく。壁時計の針が時を刻む音がやけに大きく聞こえた。澪はなぜかこの沈黙に心地よさをおぼえていた。不意に竜崎は身を翻すと、近くに置かれた椅子の背に掛けていたTシャツを着て、玄関に向かう。

「あ、あの、竜崎先生、どうしたんですか？」

戸惑う澪に、竜崎は親指を立てて壁時計を指す。

「十時半になった。この部屋はお前に貸す約束だ。それに、いまからやることがある」

「やること？　こんな夜遅くにまだトレーニングをするんですか？」

澪が驚くと、竜崎は振りむき、「なにを言っているんだ？」と鼻を鳴らす。

「手術の延期をスタッフに伝えないといけない。かなりの人数がかかわっているんで、これから方々に連絡を入れる必要がある。まったく、面倒くさいことこのうえない」

わざとらしくため息を吐く竜崎の言葉に、澪は目を見開く。

「あ、ありがとうございます！　本当にありがとうございます！」

澪が頭を下げると、竜崎は「やめろよ」とかぶりを振った。

「お前のためなんかじゃない。患者のため、そしてなにより俺の完璧《かんぺき》な手術のためだ」

「そうだとしても、ありがとうございます」

澪が感謝を重ねると、竜崎は唇の端をわずかに上げて部屋から出ていった。

閉じた扉に向かって、澪は笑顔で頭を下げ続けた。

6

「やっぱり自分の部屋は落ち着く」

和室の中心に立って澪は大きく両手を広げる。何者かに部屋を荒らされた翌週の夕暮れ、澪はようやく自室に戻ってきていた。

この一週間、時間を見つけてものが散乱した部屋の整理を行い、大家が厚意でアパートの敷地内にいくつかの防犯カメラを取り付けてくれた。澪自身も玄関扉の錠を新しいものに交換したうえ、警備会社と契約をして警報装置を設置してもらった。それなりの出費だが、引っ越しするよりははるかに安く上がった。

澪は座布団に腰をおろすと、そばにあるちゃぶ台に載っているビール缶に手を伸ばす。プルタブを開けた澪は、冷えきった缶の中身を一気に喉《のど》の奥に流し込んだ。炭酸の痛みにも似た刺激が、喉を滑り落ちていくのが心地よかった。

缶の半分ほどを一気に飲み干した澪は、この数日の出来事を思い出す。

二〇二号室で自らのトラウマを竜崎に伝えた翌日、予定されていた加賀野姉妹の手術は延期された。何週間もかけて用意されていた手術が前日にいきなりキャンセルになり、統合外科や手術部は大混乱に陥ったようだが、竜崎が「完璧な手術のために修正が必要になった」と告げると、少なくとも表立っては誰からも文句は出なかった。

百合は自分の本当の気持ちを両親に、そしてずっと一緒に生きてきたすみれに告げた。澪が昼食の配膳《はいぜん》に加賀野姉妹の病室を訪れた際、四人の家族が泣きながら抱き合っていた。それが哀しみからではなく、家族の気持ちが一つになったからだということは、涙を流している百合が幸せそうな笑みを浮かべていることからも明らかだった。そして百合の希望通り、分離手術は中手をすみれが引き継ぐ形であらためて計画され、来月に執刀される予定だということだ。

「今回はあの人に、本当にお世話になっちゃったな……」

ひとりごつ澪の頭に、無愛想な天才外科医の端整な顔が浮かぶ。

竜崎がいなければ、誰もが幸せになる形での分離手術はできなかっただろうし、一週間も二〇二号室を寝床として使わせてくれた。さすがに菓子折りぐらいもってお礼にいくべきだろうか？　けど、下手にお礼なんかしたら「そのかわりに外科医に戻れ」とか言われそう……。澪が迷っていると、ピンポーンというチャイム音が響き渡った。

時刻は午後七時を回っている。こんな時間に誰だろう？　ビール缶をちゃぶ台において立ち上がった澪は、玄関へと向かう。

荷物が届く予定はないし、この部屋に訪れる用事がある者など限られている。大家か、隣のゴミ部屋に住む外科医、もしくは……。緊張が体を満たしていく。

誰がどうして、この部屋に侵入し、荒らしていったのか、まだ分かっていない。犯行の目的が分からない以上、犯人がまたやってくる可能性は否定できなかった。

玄関にたどり着いた澪は、そばの壁に設置されている警備会社の警報ボタンに手を添える。これを押せば、数分以内に警備員が駆け付けてくれることになっていた。

澪はドアスコープを覗《のぞ》き込む。外に立っている人物を見て、澪は目をしばたたく。そこにいたのは大家でも、竜崎でもなかった。ただ、澪はその人物をよく知っていた。

「橘《たちばな》さん⁉」澪は甲高い声を上げながら玄関扉を開ける。

「やあ、澪ちゃん。久しぶりだね」

外廊下に立っていた長身で体格の良い男、橘信也《しんや》は、いかつい顔に似合わない弱々しい笑みを浮かべて軽く手を挙げた。

「唯の葬式以来だから、半年ぐらいになるかな？」

「ええ、たぶんそのくらい……。けど、どうしたんですか、急に？」

「いや、この部屋に空き巣が入ったって聞いて、ちょっと澪ちゃんと話をしたくてね」

「え、橘さんがこの事件の担当になったんですか？」

橘信也は新宿《しんじゅく》署刑事課に所属する刑事であり、そして姉の唯の恋人だった。三年ほど前、歌舞伎町《かぶきちょう》で起きた殺人事件を取材している際、唯は捜査本部に加わっている橘に捜査情報を得ようと接触した。事件自体はすぐに解決したのだが、唯に一目ぼれした橘の猛アタックにより二人は交際するようになった。

最初、姉に恋人として橘を紹介された澪の頭に浮かんだ単語は『美女と野獣』だった。しかし、二人が幸せそうに仲睦《なかむつ》まじくしている様子を見て、お似合いのカップルだと思い、祝福するようになっていった。

新聞社という昔ながらの男社会で必死にのし上がろうとしていた唯にとって、自分の全てを受け入れてくれる包容力のある橘は、理想のパートナーだったのだろう。

唯がシムネスを発症してからも、二人の絆《きずな》は亀裂《きれつ》が入るどころか、さらに強固なものになっていった。唯が入院中も、橘は時間を見つけては見舞いにやってきていて、「この人、主治医の澪より私のそばにいる時間が長いのよ」と唯にからかわれていたほどだ。

だからこそ、唯が死んだときの橘の哀しみは、澪に勝るとも劣らないほど深いものだった。葬式にやってきた橘の顔が死人のように青ざめていたことを思い出す。

「いや、ここはたしかにうちの署の管轄だけど、俺が担当ってわけじゃない」

橘の顔に暗い影がさすのを見て澪は確信する。自分と同じように、橘もまだ心に深い傷を抱えていると。よく見るとスーツがやけにだぶついて見える。記憶の中の橘はもっと固太りしていた。おそらくこの半年で十キロ以上は痩《や》せている。

「なら、どうして空き巣についての話なんて聞きに来たんですか？」

澪は緩んでいた警戒心を再び強める。目の前の男は、優しくおおらかだった姉の恋人ではない。愛する人を残酷な形で喪《うしな》い、そのショックで精神の安定を欠いている男だ。もしかしたら橘さんは、姉さんの自殺を私のせいだと思っているのかもしれない。だとしたら、この人にとって私は復讐《ふくしゅう》対象だ。

澪は橘に気づかれないように、そっと警報ボタンに手を伸ばした。

「ずっと疑っていたことが、澪ちゃんの部屋が荒らされたと聞いて、確信に変わった。だから伝えにきたんだ。君にとっても、すごく大切なことを」

「すごく大切なこと？」

いつでも警報ボタンを鳴らせるように準備しつつ、澪は呟《つぶや》く。

「ああ、そうだ」

橘は虚《うつ》ろな目で空中を眺める。

「あれは自殺なんかじゃない。唯は……殺されたんだ」

警報ボタンに添えていた澪の手が、だらりと垂れ下がった。

第3章　潜在意識の告発

1

「桜庭さん？　桜庭さんってば」

物思いに耽《ふけ》っていた澪は、声をかけられてはっとする。

「は、はい、何でしょう？」

「何でしょうじゃなくて、エレベーター来てるよ」

目の前の車椅子に座っている笹原遥未《ささはらはるみ》が、振り返って澪を見上げていた。澪は「あ、ごめんなさい」と車椅子の後ろについてるグリップを握ると、押しながらエレベーターに乗り込み、『5』のボタンを押す。

「どうしたの、今日はやけにぼーっとしちゃって。なにか悩み事？　もしかして、恋の悩みとか？　お姉さんが相談に乗ってあげようか？」

「お姉さんって、遥未さんと私、そんなに年齢変わらないじゃないですか」

「なに言っているの。私の方が二歳年上じゃない。やっぱり女が三十路《みそじ》になってはじめて見えてくるものっていうのがあるのよ。それに私、恋愛経験は結構豊富だし」

カウンセラーの仕事をしているだけあって話すことが好きなのか、遥末は顔を合わすたびに「最近、面白いことあった？ 特に男関係で」とガールズトークを仕掛けてくるのだ。研修医時代に恋人と別れてから、異性関係はからっきしの澪は辟易《へきえき》していた。

それに、いまはそれどころじゃないし……。

澪の頭に、三週間前、自宅アパートに突然訪れた橘との会話が蘇《よみがえ》ってくる。

「姉さんが殺されたって……どういうことですか⁉」

橘に「唯は殺されたんだ」と告げられた澪は、かすれ声を絞り出した。

「そのままの意味だよ。唯は飛び降りたんじゃない。誰かに突き落とされたんだ」

「でも、警察は自殺だって断定したじゃないですか！」

「あの日は雨が降っていて、屋上に残った痕跡《こんせき》は洗い流されていた。それに、末期がんで入院中の患者が屋上から墜落死すれば、病気を苦に自殺したと考えるのは当然だ。しかも唯は、会社から現場に出ることを禁止され、大きなショックを受けていた」

「……いいえ、姉さんは自殺したんです。私に強引に勧められて手術したのに、会社から現場に行くことを止められて、絶望して」

——こんなことになってごめんね。本当にごめんね。

姉が留守電に遺《のこ》したメッセージを思い出し、澪は唇を噛《か》む。

「会社から言われて、唯が大人しく引き下がると思うかい？」

橘の言葉に虚を衝《つ》かれた澪は、「え？」と呆《ほう》けた声を漏らす。

「澪ちゃん、よく考えてみなよ。唯は、君のお姉さんは、会社から禁止されたからって、唯々諾々とそれに従うような女性だったのか」

……いや、違う。わずか数秒思考を巡らしただけで、澪はそう結論付ける。

姉さんはそんなに弱い人ではなかった。記者という仕事に、強い誇りと使命感を持っていた。心臓が激しく脈打ち、全身に血液を送っていく。体が火照っていく。

「俺の知っている唯は、本物のジャーナリストだった。上司に禁止されたからって、大人しく取材を止めるわけがない。それどころか……」

「逆にジャーナリスト魂に火がついたはず」

澪が言葉を引き継ぐと、橘は「その通り」と満足そうに頷《うなず》いた。

「で、でもだからって、誰かに屋上から突き落とされたなんて飛躍しすぎています。姉さんは人から恨まれるような人じゃなかった」

「それは、澪ちゃんが唯の一面しか知らないからだよ。たしかに唯はとても朗らかで、優しくて、誰からも愛されていた。……彼女の取材対象を除いて」

「取材対象……」

「そうだ。唯は優しい女性だが、正義感も強かった。彼女の優しさは悪人には向けられなかった。唯はペンという武器で、悪と闘っていたんだ」

「つまり、こういうことですか？」澪は声をひそめる。「姉さんは会社に止められても、独自に取材を続けていた。その取材対象は姉さんに、都合の悪い情報を摑《つか》まれた。だから……姉さんを屋上から突き落とした」

橘は「そうだ」とあごを引いた。

「唯が自殺するわけなんてないと思いつつも、あれが殺人事件だったという確証はなかった。だから、これまで、動けずにいた。けれど、この部屋に何者かが侵入して、荒らしていったと聞いて確信したんだ。唯は殺されたって」

「うちに空き巣が入ったこととどう関係が？」

「犯人はこの部屋でなにかを探していた。そうじゃないか？」

「……そうです」

「犯人は証拠を探していたんだよ。唯が見つけた悪事の証拠品を」

「姉さんが見つけた証拠品？　どういう意味ですか？」

「きっと、犯人はこれまでの間、必死に唯が遺したものを調べたんだろう。けれど、目的の証拠品を見つけることはできなかった。だから考えたんだ。もしかしたら、唯が死ぬ前に、妹に証拠品を託していたんじゃないかって」

「私はそんなもの持っていません！」澪は大きくかぶりを振る。

姉の遺品は一通り見たが、目ぼしいものはなかった。そもそも、姉のことを思い出してしまうので形見はもらっていない。福島の実家にいる両親には、姉が使っていた車だけでも引きとらないかと言われているが、東京では駐車場代も馬鹿にならないので断っていた。

「実際に持っているかどうかは関係ない。犯人がそう思い込んでいるということだ」

姉さんを殺した犯人が、部屋を荒らしたのかもしれない。背中に冷たい震えが走る。

「で、でも、私の部屋をあれだけ探してもなにも見つからなかったってことは、私は関係ないって犯人にも分かったってことですよね」

「それは分からない。君が他の場所に隠していると思ったかもしれない」

まだ私は狙われているかもしれない。犯人はまた私に接触してくるかもしれない。

強い恐怖をおぼえると同時に、なぜか胸郭内で炎が灯《とも》っているかのように、体が熱くなっていた。澪は拳《こぶし》を握りしめると、橘を見据えた。

「橘さんは知っているんですか？　姉さんが死ぬ前、どんな事件を追っていたのか」

「ああ、知っているよ」橘は重々しく頷いた。「検事総長収賄事件だ」

「検事総長……。それって、半年くらい前にすごい話題になっていたやつじゃ……」

澪は必死に記憶を探る。姉の死の衝撃により、ひどい抑うつ状態になって休職していた時期、孤独に押しつぶされそうになってテレビをつけるとワイドショーなどで大きく取り上げられていた。

違法薬物の売買を中心に組織的に犯罪を行っていた反社会的勢力が警察や検事などの複数の有力者に賄賂《わいろ》を贈り、捜査情報を手に入れたり、逮捕された際、不起訴になるように裏で手を回してもらうなどを依頼していたことが明らかになった。その中には、検事の最高位である検事総長も含まれていて、世間に大きな衝撃を与えていた。賄賂を受け取っていた者たちは軒並み逮捕されたが、それを贈っていた反社会的勢力のボスは姿をくらまし、指名手配されている。

「そうだよ」橘は大きく頷く。「検事総長が賄賂を受け取っているという噂は一年ほど前から上がっていた。ただ相手が大物ということもあって、東京地検特捜部も警視庁の捜査二課も半年間かけて慎重に捜査し、証拠を集めていた。その動きを察知したマスコミ関係者の中には、独自に事件について調べる者たちもいた」

「姉さんもその一人だったんですね」

「ああ、相手は半グレの中でもかなり大きなグループで、しかも東南アジアから密輸した違法薬物の売買で莫大《ばくだい》な利益を上げていた。危険だって俺は何度も止めようとしたんだ。ただ、唯は『司法の腐敗は許せない』って、聞く耳を持たなかったよ」

「半グレ？」聞きなれない言葉に、澪は首をひねる。

「従来の暴力団とは別に、組織的な犯罪を行うグループのことだよ。暴対法の施行以来、従来のヤクザの勢力は弱まっている。その代わりに生まれてきたのが、ヤクザほどの明確な組織性がなく、上下関係も薄い犯罪組織だ」

「その組織が姉さんを……殺したと、橘さんは思っているんですか？」

「きっとそうだ。あのグループは半グレの中でもかなりの武闘派で、縄張り争いで他の半グレや暴力団と抗争を起こしていた。おそらく、敵対組織のメンバーを何人か殺しているはずだ。あのボスなら、記者一人を殺すなんて、なんのためらいもないよ」

「ボス……」

「ああ、辰巳《たつみ》浩二《こうじ》という男だ。もともとは暴走族だったらしいが、その後、表向きは更生して大学を出て、商社に就職したらしい。そこでかなりグレーな取引にもかかわり、様々な国の犯罪組織とビジネスをしたと聞いている。そのコネを使って、違法薬物を密輸するようになり、暴走族時代の仲間を集めて半グレを組織して、全国的に薬物を売り捌《さば》く大規模な麻薬ビジネスを立ち上げた」

「……そいつはいま、どこにいるんですか?」澪の声が低くなる。

「分からない。収賄事件の関係者が一斉逮捕された頃に姿を消して、行方はいまも不明だよ。これまでに稼いだ莫大な資産を持って、海外に逃げたと考えられている」

「それじゃあ、もし姉さんを殺した犯人だとしても逮捕できないじゃないですか!」

「そうとは限らないよ。海外で逮捕されて送還されてくるかもしれないし、また日本に戻ってくるかもしれない。だから、俺はあの男のことを徹底的に調べて、唯を殺したという証拠をつかむつもりだ。殺人事件の容疑者だって証明できれば、海外の捜査機関への協力も、さらに積極的に行えるからね。だから、澪ちゃん……」

　言葉を切った橘は、澪の目を覗《のぞ》き込む。

「もし、唯について情報が手に入ったら、俺に教えてくれ。どんな些細《ささい》なことでもいい。

俺は唯の仇《かたき》を討ちたいんだ」

「ほら、またぼーっとしている」

エレベーターを降りた澪は、再び遥未にからかうように言われる。

「あ、ごめんなさい」

「そんなに思い悩んでいるってことは、恋の悩みでしょ。ねえ、そうでしょ」

「だから、そんなのじゃないですよ。そもそも、ナースエイドになったばかりでおぼえることも多くて、恋愛をしている余裕なんてないんです」

「えー、でも早乙女さんがこの前、言っていたじゃない。『いい男探しに、毎週合コンに行ってます』って。彼女もナースエイドになったばかりなんでしょ？」

「え、若菜ちゃん、遥未さんにまでそんなこと言っているんですか？」

「ううん、聞こえてくるだけ。知らないの？　私の病室の隣、看護助手控室なんだよ」

「もしかして、盗み聞きしていたんですか？」

「人聞きの悪いこと言わないでよ。壁が薄いから少しだけ聞こえてきちゃうの」

「少しだけって、どんなことを知っているですか」

「園田さんがお孫さんがいい大学に入れて喜んでいることとか、遠藤さんが学童保育から娘さんが午後六時に帰ってくるから、それまでに絶対に家に帰らないといけないこととか、若菜ちゃんが男に浮気されたせいで看護師の国家試験を失敗したこととか……」

指折り数える遥未に、澪は「めちゃくちゃ聞いているじゃないですか！」と、思わず突っ込んでしまう。二日ほど前、病室を訪れると遥未がベッドで、壁に頭をくっつけるようにして昼寝をしていたことがあった。そのときは特に気にしなかったが、控室から漏れてくる声を聞いているうちに眠ってしまっていたのか。

「入院中、暇なんだもん。盗み聞きをやめて欲しければ、私と恋バナして、好奇心を満足させてよ。手術の成功のためにも、私たちが会話に慣れておくのって重要でしょ」

遥未は振り返ると、ウィンクをしてきた。澪の表情がわずかに引き締まる。

たしかに、遥未との会話は極めて重要だ。彼女の手術に澪も立ち会い、そして手術中の遥未と会話をし続けることになっているから。

遥未が患っている膠芽腫《こうがしゅ》は極めて悪性度が高い病気で、溶けるように周囲の脳に浸潤していく。それゆえ、手術で根治を目指すためには、腫瘍《しゅよう》をその周りの脳組織とともにできるだけ大きく摘出する必要があった。

しかし、必要な脳組織まで取り去ってしまえば、大きな後遺症を残してしまう。そのため、切除可能か否かを、慎重に探りつつ腫瘍切除を行っていかねばならない。

遥未の腫瘍はかなり小さいが、言語中枢に近い位置にあった。もし言語中枢を傷つけてしまったら、遥未は今後、言葉を使うことができなくなる。それを避けるために、覚《かく》醒《せい》下開頭頭蓋《ずがい》内腫瘍摘出術という方法がとられる予定になっていた。

覚醒下開頭頭蓋内腫瘍摘出術では、まずは全身麻酔をかけて開頭を行い、脳を露出させた段階で麻酔を切り、患者を覚醒させる。そして、患者と言語療法士などが会話を行いながら、執刀医が脳に電気刺激を加えていく。言語中枢に電気刺激が加わると、患者に失語症の症状が生じる。そのようにして、言語中枢の位置を慎重に把握し、そこを傷つけないようにしながら、腫瘍を周りの脳組織とともに摘出していくのだ。

澪は言語療法士とともに術中、遥未と会話をするよう、執刀医である竜崎から指示されていた。最初は自分には荷が重すぎると断ろうとしたが、竜崎は「親しいスタッフなら手術中、安心して会話できるはずだ。患者に寄り添うためだぞ」と説得してきた。

竜崎が自分を外科医に戻すために、手術に入れようとしていることは理解していたが、「患者に寄り添うため」と言われては、断ることができなかった。かくして、澪はこの数日、できるだけ遥未といる時間を増やしていた。

「けど、意識がある状態で脳を切られるとか、やっぱ怖いよね。痛そうだし」

「脳には痛覚神経はないので、痛みは感じないはずです」

「玲香《れいか》先生にもそう説明されたけどさ、やっぱり怖いものは怖いよ。というわけでさ、少しでも恐怖をまぎらわすために、楽しいお話がしたいのよ。と言うわけで、桜庭さんの恋愛について教えてよ。片思いしている人とかでもいいからさ」

「だから、本当にぜんぜんないんですよ。いろいろとバタバタしていて」

姉が殺されたのかもしれないと聞いてからずっと、胸の奥がざわついていた。

もしかしたら、姉さんの死は私のせいじゃないのかもしれない。半年以上、ずっと背中に乗っていた罪悪感を下ろすことができるかもしれない。そんな希望と、もし姉さんを殺した犯人がいるなら、絶対に追い詰め、後悔させてやるという復讐心《ふくしゅう》がふつふつと沸き上がり続けていた。ただ、本当に収賄事件のせいで姉さんが殺されたとしても、私になにができるというのだろう？　この数週間、くり返し続けた疑問が澪の頭に湧く。

賄賂を受け取った者たちは既に逮捕されているし、それを贈った辰巳という人物は警視庁が威信をかけて追っているにもかかわらず、いまだに所在がつかめていない。橘の言うように海外に逃亡しているなら捕まる可能性は低いし、まだ国内にいるとしても、警察が見つけられない容疑者を自分のような素人が捕まえられるわけがない。

火で炙《あぶ》られるかのようなもどかしさに、澪は苦しめられ続けていた。

「えー、つまらない」遥未が、唇を尖《とが》らす。

「そんなに言うなら、遥未さんの話をして下さいよ。恋人とかいるんですか？」

病室に近づいたところで澪が反撃すると、遥未は肩をすくめた。

「いないわよ。最近、ピンとくる人がいなくてね。この齢《とし》になると遊びの恋愛している場合じゃないし。そろそろ、一生を共にする運命の人に出会いたいなぁ。あ、そうだ！　桜庭さんさ、竜崎先生と親しかったりする？　入院したときさ、一度だけ会いに来てくれたんだよね。めっちゃイケメンでびっくりしちゃった。しかも、寡黙で渋いし」

あれは、コミュ障で他人との会話が苦手なだけなのに……。唇をへの字にする澪の前で、遥未はうっとりとした表情で語り続ける。

「あんな若いのに最高の外科医で、来年にはアメリカの有名な病院に行くんでしょ。それに噂じゃ、港区《みなと》にあるタワーマンションのペントハウスに住んでいるらしいし」

前半は正しいけど、後半は完全に間違いですよ……。

澪は愛想笑いを浮かべながら「竜崎先生はあまりお薦めしませんよ」とアドバイスする。

「えー、なんで？　あんな優良物件、なかなかないわよ。あの人をゲットしたりしたら、玉の輿《こし》じゃない。婚活中の女から見たら、金の延べ棒みたいに輝いて見えるはずよ」

その延べ棒、金メッキしてあるだけで、中身はスカスカなのよね……。苦笑しつつ、澪は目的の病室の前で車椅子を停め、引き戸を開いた。

「遥未さんは玉の輿に乗る必要なんてないじゃないですか」

遥未は「まあね」と得意げに鼻を鳴らす。

「けど、私みたいないい女だと、なかなか釣り合う男がいなくて困っているのよ。その点、竜崎先生なら完璧《かんぺき》じゃない？」

澪が病室の窓際まで車椅子を押していくと、遥未は微笑みながらベッドへと移る。

「いえいえ、遥未さんみたいな素敵な人には、もっと素晴らしい男性がいますって」

車椅子を畳む澪を、遥未はじっと見つめてくる。

「……ねえ、さっきから私が竜崎先生にアタックするのを止めようとするけど、もしかして桜庭さん、彼といい仲だったりるす？」

「ないないない、そんなこと絶対ありません！」

「そんなに必死に否定するの、逆に怪しいなあ」

頭痛をおぼえた澪が額を押さえていると、ノックの音が響き、引き戸が開いた。ほっそりとした長身を白衣に包んだ女性医師が「失礼します」と病室に入って来る。

遥未が「あ、玲香先生、こんにちは」と手を振ると、女性医師、火神玲香はその整った顔に涼やかな笑みを浮かべて近づいてきた。

「あ、桜庭さんもいたのね。お仕事、お疲れ様」

目を細める玲香に、澪は「お疲れ様です」と頭を下げる。火神玲香は統合外科に所属するゴールドの外科医で、その特徴的な苗字《みょうじ》からも分かるように、火神教授の一人娘だった。年齢はまだ三十歳になったばかりのはずだが、その外科技術はゴールドの中でもトップクラスで、数年以内には間違いなくプラチナに上がることになるという噂だ。

遥未の病棟担当医が玲香であったため、自然と澪も話をするようになった。統合外科の医師にはナースエイドを見下す者も多いが、玲香はフランクに接してくれる。それゆえ、何気ない会話を交わす仲になっていた。

「何を話していたんですか？　楽しそうだったけど」

玲香の問いに、遥未は「恋バナです。玲香先生もどう？」と満面の笑みを浮かべた。

「恋バナ、良いですね。二人とも、お相手はいるんですか？」

「私の方はからっきし。でも、桜庭さんは竜崎先生とちょっといい関係なのかも」

澪は「ちょっと、遥未さん！」と目を剝《む》く。

「そんなに焦らなくてもいいじゃない」

けらけらと笑う遥未に顔をしかめつつ、澪はそっと横目で玲香の反応をうかがった。

「桜庭さん、竜崎先輩とお付き合いしているの？」玲香は切れ長の目をしばたたいた。

「そんなわけないじゃないですか。私は竜崎先生なんかに興味ありません」

「さっきからやけに強く否定するんで、逆に怪しいんですよ。あんな素敵な竜崎先生に『なんか』なんていう言葉使わないでしょ。玲香先生はそう思いません？」

遥未は玲香に水を向ける。玲香は形のよい唇に、ほっそりとした指を当てた。

「そうですねぇ。たしかに、竜崎先輩は手術の最中はすごくかっこいいですね。私もよく助手に指名されるんですけど、そのたびにその手技に見蕩《みと》れちゃいます」

「あれ？　もしかして、玲香先生も竜崎先生のことを狙っていたりします？」

有名女優と比べても遜色《そんしょく》ない美貌《びぼう》と、モデルさながらのスタイルを持つ玲香なら、たしかに竜崎とお似合いに見えるだろう。美形の二人が並んでいるだけで、まるでファッション雑誌の表紙を眺めているような錯覚に陥るに違いない。

澪がそんなことを考えていると、玲香ははにかむような苦笑を浮かべた。

「いやあ、さすがに竜崎先輩は私には荷が重すぎるかな」

「え、そんなことないですよ。玲香先生くらい美人なら釣り合いますって」

遥未のセリフに、玲香は首を横に振った。

「外見の問題じゃなくて、竜崎先輩の性格の問題。あそこまでストイックな人がパートナーだと、プレッシャーでこっちが潰《つぶ》れちゃう」

「ストイックですか？」遥未は小首を傾げる。

「そう。あの人は外科の技術について、誰よりもストイック、というか偏執的と言った方が正しいかな。十年以上見てきたから、私にはついていけないってよく分かってる」

「十年以上？」澪が思わず聞き返した。「たしか、竜崎先生って三十五歳でしたよね。それじゃあ、まだ医者になってから十年ちょっとしか経っていないんじゃないですか？」

「ええ、けど、あの人は十七年間、外科医のトレーニングを毎日詰み続けてきている」

「どういうことですか？」興味を惹《ひ》かれ、澪は前のめりになる。

「うーん、隠すようなことじゃないし、まあいいかな。私の父が統合外科を立ち上げたのが十八年前。最高の外科医の集団を作るって意気込んでいた父は、火神細胞の特許で入ってきたお金をはたいて、外科医のトレーニングのための技術修練室を作ったの」

技術修練室は知っている。去年、先端外科医学研究所の見学に同年代の外科医数人と参加して、教授である火神に直接案内してもらった。あまりにも素晴らしい設備に感動していると、火神は「もっとすごいものを見せてあげよう」と、澪たちを修練室の奥へと連れていった。去年の記憶を思い起こしている澪の前で、玲香は言葉を続ける。

「修練室には最新の外科トレーニング機器が揃っていたけど、最初の頃、医局員は少なかったし、みんな仕事が忙しかったから、ほとんど使う人がいなかった。宝の持ち腐れ。けど、修練室が完成してから一年後、そこを使いたいっていう人物が現れた」

「それが、竜崎先生……」

澪が呟《つぶや》くと、玲香は「そう」と唇の片端を上げた。

「そのとき、竜崎先輩は星嶺大学医学部の一年生で、十八歳だった。学生に大切な機器を使わせるわけにはいかないって、父はすぐに断ったらしいわね」

「けど、結局は使わせたんですよね」

「何度ダメだって言っても、毎日のように教授室の近くにいて頼み込んできたんだって。『ストーカーみたいで怖かった』って、父は冗談を言っていたわよ」

いや、たぶんそれは本当に怖かったんじゃないかな？　ことあるたびに、不意に現れる竜崎に「外科医に戻れ」と言われる澪は、火神の気持ちが分かる気がした。

「結局、根負けした父は修練室の使用を許可したの。どうせ、誰も使ってないし、少ししたら飽きるだろうって思ってね。けど、父はすぐに自分の間違いに気づいた」

「竜崎先生は飽きたりするわけないですもんね」

澪が呟くと、玲香は「あら、よく理解しているのね」と、からかうように言う。

「いえ、なんとなくそんな気がしただけで……」

「まあ、その通り。竜崎先輩は一日も欠かすことなく、毎日深夜まで修練室に入り浸るようになった。ひどいときには寝袋を持ち込んで泊まっていたりしたらしいわね。あまりにも熱心にトレーニングをする姿を見て、父はこう思った。『この学生を統合外科の象徴にしよう』って」

「統合外科の象徴、ですか？」澪は聞き返す。

「そう。父の夢は統合外科を世界最高の外科医集団にすることで、その養成プログラムを考えていた。竜崎先輩にそのプログラムをやらせて、最高の外科医に育て上げ、自分の理論が間違っていないことを証明しようとしたわけ。それで、父は熱心に竜崎先輩に自分の技術を指導しはじめた。竜崎先輩もそれをどんどん吸収したうえ、さらに修練を積んだ。医学生のうちにベテラン外科医を遥《はる》かに超える技術を身につけていった」

「そうやって、竜崎先生は最高の外科医になった……」

澪が言葉を引き継ぐと、玲香は「そういうこと」と唇の片端を上げた。

「竜崎先輩は父が創り上げたロボットみたいなものなの。だから、あの人をパートナーにするなんて無理。人間とロボットは、似て非なるものだから」

それまで黙って玲香の話を聞いていた遥未が、「ふーん」と目を細める。

「つまり、玲香先生にとって竜崎先生は、恋愛対象じゃなくてライバルってわけね」

玲香は「え……？」とまばたきをする。

「だってそうでしょ。自分も外科医になったのに、お父さんは竜崎先生にかかりっきり。一人娘として複雑なんじゃないですか？　竜崎先生より手術がうまくなって、お父さんに褒めてもらいたい、お父さんを独占したいとか思っているんじゃないですか？」

どこか挑発的な遥未の言葉に、澪ははらはらしながら成り行きを見守る。一見するとあっけらかんとしている遥未もきっと、大手術を控えてナーバスになっているのだろう。だからこそ、その鬱憤《うっぷん》が知らずと周りの者に向いてしまっている。

触れれば切れそうなほどの緊張が病室に満ちる。数秒後、ふっと玲香が相好を崩した。

「竜崎先輩に手術の腕で勝つなんて、逆立ちしたって無理ですよ。外科医としては私があの人に追いつくことなんてできません」

「白旗を揚げるんですか？」

遥未が再度、挑発的に言うと、玲香の顔に妖艶《ようえん》な笑みが浮かんだ。

「白旗を揚げる？　まさか。私は竜崎先輩に勝ちますよ」

「え、でも、いま勝てないって……」遥未が戸惑い顔になる。

「いいえ、あくまで『手術の腕では勝てない』というだけです。私は別の方法であの人に勝って、父の夢を叶《かな》えます。ただそのためには……」

玲香が横目で澪に視線を向ける。澪は「な、なんですか？」と軽くのけぞった。

「ううん、なんでもない」

玲香は小さく首を横に振ると、柏手《かしわで》を打つように胸の前で手を合わせた。

「というわけで、私にとって竜崎先輩は尊敬する先輩ではあるけれど、恋愛対象にはなりません。そもそも私、竜崎先輩みたいな唯我独尊のタイプじゃなくて、年下で癒《いや》し系の方が好みなんです。ちなみに、遥未さんは恋人はいらっしゃるんですか？」

遥未は、「いたら、こんなに恋バナに飢えていませんよ」とため息をついた。

「二年くらい前に浮気されて別れてから、からっきしです。あの男、私と付き合っている間に一年近くも、出張に行くとか嘘ついて、他の女の家に泊まっていたんですよ。玲香先生、どうやったら男の浮気を防げるんでしょうね」

「簡単ですよ。GPSで居場所をいつでも確認できるようにするんですよ」

無邪気な笑みを浮かべる玲香の答えに、遥未は表情を引きつらせる。

「え……、そんなことをしているんですか？　恋人の私物にGPS装置を仕込むとか？」

「いいえ、スマホのアプリを入れさせるんです。その他にも、車のカーナビを定期的にチェックするのも大切ですね。どんなところに行ったのか、履歴が残りますから」

玲香が口にした言葉を聞いた瞬間、澪は雷に打たれたかのように全身を硬直させた。

「……カーナビ」半開きになった澪の口から声が漏れる。

「あら、桜庭さん、どうしたの？」

不思議そうに玲香が訊《たず》ねてくるが、澪は答えることができなかった。

胸の奥で燻《くすぶ》っていた炎が、新鮮な酸素を送り込まれて燃え上がるのを澪は感じていた。

2

こんなところで、姉さんは何をしていたんだろう。澪はヘッドライトに浮かび上がる、整備が不十分な山道を眺めながらアクセルを踏み込んでいく。病室で遥未、玲香と話した翌日、土曜日の夜十時過ぎ、澪は都心から車で一時間半ほどにある、奥多摩《おくたま》の山林を車で進んでいた。少し前まではキャンプ場へと続く横道がいくつかあったが、かなり山奥まで進んだこの辺りにはそれも見当たらず、ただ延々と荒れた道が続いている。

今朝早く、福島にある実家を訪れ、姉の唯が生前に使っていたプリウスのカーナビの履歴を確認した。その大部分は唯の自宅マンションや、勤務先など都心部だったが、一ヶ所だけ、奥多摩の山中がよく訪れる場所として登録されていた。

詳しく履歴を確認したところ、唯は死亡する半年ほど前から月に二、三回、合計十回以上、その場所を訪れていることが分かった。

澪はネット上の地図でその場所を確認してみたが、特に目ぼしい施設はなかった。

この場所に手がかりがある。そう確信した澪は、泊まっていくように言う両親に「ごめん、また今度」と謝り、プリウスを借りて実家をあとにしたのだった。

福島から東京までは遠く、目的地近くまで到着する頃には夜になっていた。長時間の運転で体の奥にはヘドロのように疲労がたまっている。本当なら、自宅に戻って体を休め、明日《あした》あらためて調査に向かった方がよいのだろう。しかし、姉の死の真相を一刻も早く知りたいという衝動がそれを許さなかった。

すでに三十分以上、この暗い森の中を進み続けている。目的地まであと数百メートルだ。この先にいったい何があるというのだろうか？　心臓の鼓動が加速していくのを感じながら、澪はフロントグラスの向こう側に目をこらす。

『間もなく、目的地周辺です』

カーナビから人工音声が響くと同時に、道のわきにある小さな駐車場が、ヘッドライトの光に映し出された。澪はハンドルを切ってその駐車場に入ったところでプリウスを停める。カーナビを確認すると、間違いなく目的地はこの駐車場だった。エンジンを止めた澪は、グローブボックスから懐中電灯を取り出し、車から降りる。

「姉さんはなんでこんなところに……」

懐中電灯で辺りを照らすが、四方に鬱蒼《うっそう》とした森が広がっているだけだった。澪は空を見上げる。都心と違って空気が澄み、さらに周りに明かりがないため、美しい星空が広がっていた。その光景に思わず目を奪われた澪は、懐中電灯の光を消す。

辺りが闇に満たされ、さらに空に浮かぶ星々の瞬きがはっきりと見えるようになる。

「星を見に来ていたの？」天の川が流れる空を仰ぎながら、澪は呟く。

カーナビの履歴からすると、ここに来るようになったとき、すでに唯はシムネスに侵されていた。世をはかなんで、死ぬ前に綺麗《きれい》な光景を見ようとしてもおかしくはない。

「けっきょく無駄足……」

星空を見上げる澪の口から、蚊の鳴くような声が漏れる。高揚で忘れていた疲労感が一気に押し寄せて、気を抜けば崩れ落ちてしまいそうだった。家に戻ろう。体を休めて、捜査の真似事なんて二度と考えないようにしよう。

「私に犯人を捜すなんて、できるわけがなかったんだ……」

うめくように放った言葉を、夜風が掻《か》き消していく。車に乗り込もうとしたとき、澪ははっと顔を上げた。なにかが聞こえた気がした。なにか、人が話すような声が。

風の音……？　耳を澄ました澪は目を見開いた。間違いない、人の話し声だ。ここから離れていない場所に、誰かがいる。聴覚に全神経を集中させて、声が聞こえてくる方向を探る。それは暗い森の奥から風に乗って運ばれてきていた。

どうしよう？　闇に満たされた森を眺めながら、澪は逡巡《しゅんじゅん》する。人里離れた夜の森には危険が溢《あふ》れている。遭難のリスクも高いし、崖《がけ》に気づかず滑落する危険もある。

数十秒悩んだあと、澪は足を進める。半年以上、背負い続けた姉の死の責任という十字架。それを下ろせるかもしれないなら、リスクをとる価値はある。

懐中電灯で足元を照らしつつ息を切らして、声を頼りに三十分近く森の中を進んだとき、森の奥にぼんやりと明かりが見えた。こちらから見えるということは、相手にも気づかれる可能性があるということだ。澪は懐中電灯の明かりを消して息を殺す。

姉さんは間違いなく、この先にあるものを調べていた。慎重に森の中を進んだので、駐車場からは数百メートルしか離れていないだろう。位置関係からすると、さっき進んできた山道をさらに登ったところにある場所といったところか。

車で行けば数分のところを、わざわざ手前の駐車場から森を突っ切って進んだということは、取材対象がそれだけ危険だということだ。

必死に思考を巡らしながら、澪は一歩一歩慎重に斜面を登っていく。やがて、密に生えた樹々の向こう側に、建物が見えてきた。避暑地で富裕層が別荘として所持しているような、高級感を醸し出す二階建ての洋館。その手前にある広い駐車場には三台のトラックが停まっており、数人の男たちがそこから荷物を運び出しているようだった。Tシャツの袖《そで》をまくった男たちの腕に、派手なタトゥーが施されていることに気づき、澪の体に緊張が走る。明らかに堅気ではない。

いったい彼らは何者なのだろう。あの建物はなんなのだろう。

太い樹の幹の陰に隠れつつ、澪は森の中から様子をうかがう。男たちが数人がかりでトラックから出したものを見て、澪は鼻のつけ根にしわを寄せた。

それは麻酔器だった。手術の際、全身麻酔がかかっている患者の鎮静を保つとともに、人工呼吸を行うための医療機器。それを男たちは、洋館の中へ運び込んでいる。

「なんであんなものを……」

澪はスマートフォンを取り出すと、シャッター音が響かない設定にしつつ、男たちの写真を撮っていく。麻酔器だけではなく、救急用のカート、様々な医薬品、はては分解された手術台まで、男たちは汗だくになりながら、次々に洋館の中に運んでいった。

なにが起きているのか分からない。ただ、一つだけ確実なことがあった。この洋館で手術が行われようとしているということ。

けれど、なぜこのような人里離れた場所で手術をしなければならないというのだろう？　必要な医療機器だけでも数千万円は下らないだろうし、不測の事態により大病院への搬送や、輸血用血液製剤の補充が必要になったとしても、すぐには対応できない。そのデメリットを受け入れてさえ、こんな山奥で手術をしなければならない理由。

「非合法な手術……」

口の中で言葉を転がした瞬間、ぶるりと体が震えた。噂では聞いたことがある。大金と引き換えに、形成手術で指名手配犯の顔を変えたり、本来は通報しなければならない銃による負傷を秘密裡《ひみつり》に治療したりする医師がいると。

いや、それならまだましだ。患者が手術に同意しているのだから。最悪、拉致《らち》した人間から、闇市場で売りさばくための違法移植用臓器を摘出し、殺害しようとしているのかもしれない。

そんな凶悪犯罪がこの平和な日本で行われるなどと、にわかには考えづらい。しかし、いまも医療器具をトラックから洋館に運び込んでいる男たちが全身から醸し出している、反社会的な雰囲気を見ると、その可能性もあながち否定できないとすら思ってしまう。

姉さんが追っていたのは、この洋館で行われている違法手術だったのだろうか？　そこまで考えたところで、澪は首を振った。いや、違う。いま次々に医療機器を運び込んでいるところを見ると、ここで手術が行われるのはこれからだ。

それじゃあ、いったいなにを……。口元に手を当ててうつむいた澪は、「いつまでかかってるんだ！　早くしろ！」という怒声で顔を上げる。ハイブランドのジャケットをまとった中年男が、秘書らしきスーツ姿の美女を連れて洋館から出てきて、医療機器を運び出している男たちを怒鳴りつけていた。

澪は大きく息を呑《の》む。その男の顔に見覚えがあった。辰巳浩二。検事総長をはじめとする司法・捜査関係者の収賄事件で指名手配され、海外に逃げたはずの男。

ここは辰巳の隠れ家だった。収賄事件を追っていた姉さんは、それを突き止め、そして取材を行っていた。辰巳は反社会組織のボスだ。この隠れ家を取材していた姉さんに致命的な秘密を握られた辰巳は、口封じを試みた。

あいつだ。あの男が姉さんを殺したんだ。澪は手にしているスマートフォンを操作すると、『緊急通報』のアイコンを表示させる。画面に触れようとした瞬間、澪の顔が引きつる。画面の上方に『圏外』と表示されていた。

人がほとんど訪れないこんな山奥では、電波が届かないのも当然だ。それに……。

澪はジーンズのポケットにスマートフォンを戻す。いま通報すれば、辰巳は逮捕されるだろう。しかし、それはあくまで収賄事件についてだ。すでに自殺ということで処理されている姉さんの事件についてまで、警察が追及してくれる可能性は低い。写真に撮るだけではダメだ。もっと近づいて動画を撮影し、そして姉さんについて辰巳が言及している音声を録音しなければ。澪は忍び足で森の中を移動し、洋館に近づいていく。駐車場にはトラック以外にも何台か車が停まっていた。

トラックの周りは人が多い。離れた位置に停まっているアルファードの陰が一番安全なはずだ。そう判断した澪は身をかがめながら、慎重に移動していく。

「お、先生、手術室の準備はどうですか？　手術に問題はなさそうですか？」

さっきの罵声《ばせい》とはうって変わって、やけに愛想のよい辰巳の声が聞こえてくる。

先生？　ということは、違法手術の執刀医？

澪は森の中を移動する足を速める。ここからでは、トラックの死角になって、『先生』とやらの姿を確認することはできなかった。早く撮影しなければ。

「ああ、良かったです。自分の手術なんで最高の機器を買った甲斐《かい》がありましたよ」

どうやら手術を受けるのは辰巳自身のようだ。やはり形成手術で顔を変えようとしているのだろうか？　澪は腰をかがめて森を出ると、巨大なアルファードの陰に隠れる。

「手術の準備はお任せします。私は来週まで、安全なところに身を隠していますので」

しゃがみ込んでアルファードのボディに背中を預けながら、澪は顔をしかめる。

この洋館に滞在するかと思っていたが、どうやら他にも隠れ家があるらしい。そこに移動されては、警察に通報したとしても辰巳を逮捕できる保証はない。

どうすればいいか迷いつつも、スマートフォンでの動画撮影の準備をしていた澪の耳に、他の男の声が聞こえていた。

「金はどうした？　前払いの約束だった」

頭が真っ白になる。いまの声に聞き覚えがあった。

いや、そんなことがあるはずない。気のせいに決まっている。必死に自らに言い聞かせた澪は、アルファードの隣に停車しているSUVに気づき、口を半開きにする。

それと全く同じ車を見たことがあった。いや、それどころか、毎日のように見ていた。自宅アパートの駐車場で。

「ああ、すみません。すぐにお渡ししますよ」

辰巳の声を聞いて我に返った、澪はアルファードの陰からそっと顔を出す。網膜に映し出された光景を見て、澪は激しいめまいに襲われた。

札束がぎっしり入ったアタッシェケースを開けて見せている辰巳の目の前に、見知った男が立っていた。隣のゴミ部屋に住んでいる変人の天才外科医が。

「これが手術代です。これだけの大金を払うんだ。絶対に成功させて下さいよ。さもないと、私も何をするか分かりませんからね」

危険な笑みを浮かべてアタッシェケースを閉めた辰巳は、目の前に立つ男に言う。

「ああ、もちろんだ。完璧《かんぺき》な手術を約束しよう」

竜崎大河はわずかに唇の端を上げると、辰巳の手からアタッシェケースを受け取った。

3

「どこに行くつもりなのよ……」

ハンドルを握りアクセルを踏み込みながら、澪はフロントグラスの向こう側に見えるカイエンを睨《にら》みつける。奥多摩の山中で、竜崎と辰巳が接触しているのを目撃した四日後、水曜日の昼下がり、澪は竜崎の愛車を尾行していた。

竜崎の部屋に乗り込んで辰巳との関係を問いただそうとも思ったが、実行はしなかった。もし竜崎を問い詰めれば、隠れ家が見つかったことを辰巳に気づかれるだろう。そうすれば、辰巳は再び海外へと逃亡する可能性が高い。週末、あの洋館に現れた辰巳を警察に逮捕させるためにも、それまでは竜崎を問い詰めることはできない。その代わりとして思いついたのが、竜崎の尾行だった。

土日と研究日となっている水曜日、竜崎は星嶺大学医学部附属病院には現れない。しかし、一日中部屋にいることはほとんどなく、トレーニングルームと化している二〇二号室や二〇一号室で朝から過ごしたあと、カイエンに乗って出かけていくことが多い。壁が薄いお陰で、竜崎の行動パターンはほぼ把握していた。

日常的に犯罪者を相手にしているのかもしれない。だとしたら、調べる価値はある。そう考えた澪は今日、有休を使って竜崎を尾行することに決めた。午前九時ごろ近くのコインパーキングに停めたプリウスに乗り込み、監視を始めた。十一時ごろ、トレーニングを終えた竜崎は、辰巳から受け取った大金が入ったアタッシェケースを持って部屋から出てきた。彼がそのままカイエンに乗って出発したのを確認した澪は、プリウスのエンジンをかけて尾行を開始したのだった。

ふと、澪はカーナビに視線を向ける。四日前に行った奥多摩の山奥の履歴が残っているのを見て、澪は大きなため息を吐く。一昨日《おととい》、昼休み中にスマートフォンで、辰巳の洋館があったあたりの情報を調べていると、その近くにあるキャンプ場がいくつも検索結果に出てきた。なんとなしに、「『奥多摩憩いのコテージキャンプ場』か……」とその一つの名前を読み上げると、いきなり「桜庭さん、あのキャンプ場、知っているの⁉」と遠藤が反応した。遠藤の説明によると、自然に溢《あふ》れているうえ、コテージに全てが揃っている素晴らしいキャンプ場で、今度、娘を連れていくつもりだということだった。それを聞いた悦子が、孫たちもキャンプが好きだから一緒に行きたいと言い出し、若菜も勉強の息抜きに行ってみたいと賛成した。

　そんなこんなで数週間後に、五階西病棟ナースエイドの慰安旅行として、みんなでキャンプに行くことになった。澪は断りたかったが、楽しげに盛り上がる同僚たちを見ると言い出せず、結局参加する流れになってしまった。

　まあ、いい。数週間後のことより、いまは尾行に集中しないと。澪は前方を走るカイエンを睨みつける。すでに三十分ほどプリウスを走らせている。当初はまた、奥多摩にある洋館に向かうのかと思っていたが、方向が明らかに違うことにすぐに気づいた。現在は板橋《いたばし》区に入っている。

　都心を脱出したおかげで片側二車線の広い道路にもかかわらず、車はかなり少なくなっていた。だいぶ尾行はしやすくなったが、その一方で竜崎から気づかれるリスクも高まっている。ある程度、距離をとらなければ。

もともと十数メートル空けてついて行っていたが、その距離をさらに十メートルほど広げる。そのとき、唐突に前を走るカイエンが速度を上げた。慌てて澪もアクセルを踏み込むが、スポーツカーの加速にかなうはずもなく、みるみる引き離されていく。

百メートルほど先にある、大通りとの交差点の信号が黄色く変わる。しかし、前方を走るカイエンは減速するどころかさらにスピードを上げた。おそらく時速百四十キロほどは出ているだろう。信号が赤に変わると同時に、カイエンは交差点を抜けていく。

顔を引きつらせながら澪はブレーキを踏み込む。車が横切りはじめた交差点の手前でプリウスは急停止した。

失敗した。尾行に気づかれたのだろうか？　澪は思わず拳《こぶし》をハンドルに叩《たた》きつける。響き渡った大きなクラクションが、いくらか冷静さを取り戻してくれる。

澪は目をこらして、次々と車が横切っている交差点の向こうに延びる車道を見つめる。はるか遠くでカイエンが減速し、そして細い路地へと入っていくのが見えた。

もしかしたら目的地が近くにあるのかもしれない。信号が青になると澪はプリウスを発進させ、さっきカイエンが入っていった路地へと車を進めた。

車がすれ違うのにも苦労するような、住宅街の路地。澪はカーナビに周囲の駐車場を表示させる。竜崎の目的地がこの近くなら、どこかに車を停めたはずだ。駐車場をしらみつぶしに確認していけば、竜崎のカイエンを見つけることができるかもしれない。

液晶画面に映る周囲一キロ以内にある駐車場を確認しながら、澪は車を進めて行った。

あった！　路地を彷徨《さまよ》うこと一時間以上、澪はようやく竜崎のカイエンが広いコインパーキングに停まっているのを発見した。

　車内に竜崎の姿はない。少し迷った澪は、カイエンから一番離れた駐車スペースにプリウスを停止させると、助手席に置いていたウェストポーチを肩からわきへとたすき掛けにし、野球帽を目深にかぶって外へと出る。

　辺りを歩いてみる。そこはなんの変哲もない住宅街だった。どこかで手術をするつもりなのかもしれないと、カーナビで周囲の施設を確認していたが、小さなクリニックがいくつかあるだけで、手術ができるような医療施設は数キロ圏内には存在しなかった。

　ここにいったい何があるというのだろう？　あてもなく数十分、周辺を歩き続けた澪は、子どもの歓声に足を止める。低いブロック塀の向こう側に、バスケットコートほどのグラウンドがあり、そこで数人の幼児が楽しそうに鬼ごっこをしていた。

　幼稚園だろうか？　一瞬そう思うが、グラウンドの奥には、四階建ての古びたマンションのような建物があり、最近の幼稚園や保育園のような華やかさは感じられなかった。

　なんとなしに澪が眺めていると、ランドセルを背負って髪を三つ編みにした少女が、その敷地に足を踏み入れる。少女は鬼ごっこをしている幼児たちに笑顔で軽く手を振ると、建物の中に入っていった。澪は建物の出入り口のわきに『児童養護施設　板橋羽ばたき園』と記されていた。

「児童養護施設……」澪は呟《つぶや》く。

保護者がいなかったり、虐待されたりして保護された児童が生活する施設。だからいろいろな年代の子どもがいるのか。納得して再び歩きはじめようとしたとき、澪は大きく体を震わせた。気配を感じる。すぐ後ろに誰かが立っている。

ジャンプするように一歩前進し、勢いよく身を翻した澪の喉《のど》から、うめき声が漏れた。

「こんなところでなにをしているんだ、お前は」

冷めた目で澪を見据えながら、竜崎はいつも通りの抑揚のない声で言った。

「ど、どなたでしょう?」澪は顔を隠すように、かぶっている帽子のつばを下げる。

「……ふざけているのか?」竜崎が素早く伸ばした手が、澪の帽子をはぎ取った。

「あ、ああ、竜崎先生、こんなところで会うなんて偶然ですね……」

「偶然? アパートからずっと尾行してきたのも偶然なのか?」

「……気づいて、いたんですか?」

「当然だ。あんな分かりやすい尾行に気づかない方がどうかしている。さて、質問に答えてもらおうか。こんなところでなにをしている? なんで俺をつけてきた?」

竜崎の目つきが鋭くなる。ごまかしはきかない。それなら、正面からぶつかるだけだ。

奥歯を嚙《か》みしめた澪は、たすき掛けにしたウェストポーチの中からスマートフォンを取り出して操作すると、竜崎の顔の前に掲げた。

『これが手術代です。これだけの大金を払うんだ。絶対に成功させて下さいよ。さもないと、私も何をするか分かりませんからね』

『ああ、もちろんだ。完璧《かんぺき》な手術を約束しよう』

四日前、奥多摩の山奥で竜崎が大金の入ったアタッシェケースを、辰巳から受け取る動画が映し出される。竜崎の片眉《まゆ》がピクリと上がった。

「……あんな山奥まで俺を追いかけてくるとは、お前、ストーカーか？」

「姉さんの事件を追って辰巳の隠れ家を見つけたら、そこにあなたが現れたんです」

「事件？　お前の姉は自殺したんだろ？」竜崎は訝《いぶか》しげに眉をひそめる。

「そんなことより、この動画を説明して下さい。あの山奥で、何をしていたんですか？」

「説明もなにも、見たままだ。手術の報酬を受け取っていた。まあ、前払いなので、手術自体をするのは今週末だがな」

「相手は犯罪者ですよ！　恥ずかしくないんですか⁉」

「恥ずかしい？　なぜだ？」竜崎はすっと目を細めた。

「なぜって、犯罪者を助けるなんて……」

「犯罪者には医療を受ける権利はないとでも言うのか？」

「それは……」澪は言葉に詰まった。

「医者の仕事は、苦しんでいる患者を救うことだ。どんな人間かなんて関係ない。たとえ大量殺人犯でも、目の前で死に瀕《ひん》しているなら、俺はその命を救う」

一呼吸置いた竜崎は、静かに付け加える。

「罪を裁くのは裁判官の仕事だ。俺たち医者にそんな権利はない。自惚《うぬぼ》れるな」

竜崎の迫力に一瞬気圧《けお》された澪だったが、すぐに腹に力を込めて口を開いた。

「ごまかそうとしてもダメです。辰巳はどう見たってすぐ治療が必要な状態ではないじゃないですか。どうせ大金をもらって、逃亡のために顔を変えるような形成手術でもするつもりだったんでしょ。そんなの完全に犯罪者の味方じゃないですか。医者失格です」

「俺が医者失格だと？　勝手な想像で……」

怒気を孕《はら》んだ口調で反論しかけた竜崎が振り返る。見ると、さっきランドセルを背負っていた三つ編みの少女が顔をのぞかせ、不安げにこちらを見つめていた。

「……場所を変えるぞ」

「分かりました。ただし、前を歩いて下さい。おかしなことをしたら大声を出します」

竜崎はつまらなそうに「好きにしろ」と言うと、澪とすれ違って進んでいく。

「どこに向かっているんですか？」

「俺の車を停めてある駐車場だ。ここでの用事は済んだからな」

「用事って、お金を誰かに渡すことですか？　あんな大金を何に使ったんですか？」

「……お前には関係ない」

振り返ることもしない竜崎の態度に苛立《いらだ》ちをおぼえた澪は、声を荒らげる。

「関係ないわけないでしょ！　私の姉が殺されたんですよ！」

澪は竜崎に並ぶと、その肩をつかんだ。竜崎は顔をしかめて澪の手を振り払う。

「さっきからなにを言っているんだ？　お前の姉がなんの関係がある？」

「姉さんはあなたに金を渡した男に、辰巳に殺されたんです！」

「あの男がお前の姉を……？」竜崎が足を止め、目を見開いた。

「しらばっくれないで下さい。姉さんはあいつの『事業』について取材をしていた。知られちゃまずい致命的な情報を姉さんに摑《つか》まれた辰巳は、病院の屋上に姉さんを呼び出して、そこから突き落として口封じをしたんです」

「なるほど……、あり得なくはないな」

「白々しい！　そうだ、私の部屋を荒らしたのはあなたなんでしょ。辰巳から命令されて、私の隣の部屋に住んだんでしょ。私が姉さんから証拠になるものを受け取っているんじゃないかって疑って監視していたんでしょ！」

「馬鹿なことを……」竜崎はため息をつくと、再び歩きはじめた。

澪が「逃げないで！」と追いかけると、竜崎は顔の横で人差し指を立てた。

「落ち着け。外科医は常に冷静でいるべきだ」

「ごまかさないで！　あなたが辰巳のスパイだってことは……」

声を荒らげる澪の唇に、竜崎は立てていた人差し指をそっと当てて黙らせた。

「もう一度言う。落ち着け。お前の推理は完全に破綻《はたん》しているだろ」

竜崎の手をはたきのけた澪は、「破綻している？」と聞き返す。

「ああ、そうだ」竜崎は再び歩きはじめる。「俺がお前を追ってあのアパートに住んだわけじゃない。俺の住んでいるアパートにお前が越してきたんだ」

澪の口から「あ……」という呆《ほう》けた声が漏れる。頭に血がのぼってしまい、そんな簡単なことにも気づかなかった。顔を火照らせた澪は、頭を激しく振る。

「たしかに、私をスパイするために隣の部屋に住んだっていうのは間違いかもしれません。けど、先生が部屋を荒らした犯人だっていうことまでは否定できませんよ。先生の隣に、偶然私が住んでいることを知った辰巳が、隙を見て忍びこむように命令を……」

「だから、少しは脳で考えてから喋《しゃべ》れ。お前は脊髄《せきずい》反射で生きているのか、原生動物か」

「原生動物って……」

「お前の部屋が荒らされた日、俺は午前八時には手術部にいて、先天性左室低形成の乳児に対するフォンタン手術と、拡張型心筋症に対するバチスタ手術を連続して午後六時まで行った。疑うなら手術記録を確認してみろ」

「フォンタンにバチスタ……」

どちらも極めて難易度の高い心臓手術だ。それを一日で行うなんて……。

「で、でも、私が部屋に戻ったのは午後八時ごろです。午後六時に手術が終わったなら、十分に空き巣をする時間があったはずです」

「午後六時から俺が何をしていたのか、覚えていないのか……」

「あ……」

竜崎にうながされて思い出す。あの日、午後六時ごろから加賀野姉妹のコンサートを聴こうと講堂にいたら、竜崎が隣の席に座り、「外科医に戻れ」と言ってきたのだ。午後七時半にコンサートが終わるまで、竜崎が前方の席にいたのをおぼえている。ということは……。

「竜崎先生にはアリバイがある……」やけにざらつく言葉が澪の口から漏れる。

「ようやく理解したようだな。俺がお前の姉の件とは完全に無関係だと」

「じゃ、じゃあ、姉さんを殺したかもしれない辰巳が、先生に手術を依頼したのも偶然だって言うんですか？　そんなことあり得るって言うんですか」

「富裕層は手術が必要になったとき、金を積んで俺に依頼することが多い。特に後ろ暗いところがある富裕層はな。そして、そういう奴らが隠している『後ろ暗い部分』を暴こうとするのが、ジャーナリストという人種だ。あり得ないことじゃない」

淡々と語られる竜崎の言葉は論理的で、説得力があった。竜崎への疑念がじわじわと薄れていく。

姉の死の真相に近づくための、最重要参考人を見つけたと思っていた。竜崎を問い詰めれば、背中に乗っている重い十字架を下ろせるのではないか。そんな淡い期待を抱いていた。しかし、それは幻想に過ぎなかった。追えば消える蜃気楼《しんきろう》のような幻想。

二人は無言のまま、並んで歩き続けた。

「俺への容疑は晴れたようだな。もう質問がないなら、帰らせてもらうぞ」

竜崎が歩く速度を上げたのを見て、澪ははっと我に返る。たしかに、竜崎は姉の死には関係していなかったかもしれない。しかし、この男が最大の容疑者である辰巳と繫《つな》がっているのは間違いないのだ。

「勝手に終わらせないでください。まだ私の質問に答えてもらいます。これは命令です」

「……なぜ、お前の命令を聞く必要がある？」竜崎の唇が歪《ゆが》んだ。

「なぜ？　そんなの決まっているじゃないですか。先生が辰巳から大金をもらっている動画を持っているからですよ」

「あれは手術に対する正当な報酬だ」

「相手は指名手配犯ですよ。分かっているんですか⁉」

「相手が指名手配犯だとは、お前に教えてもらうまで知らなかった。辰巳という名前すら、いま初めて知った」

「とぼけないでください。あんな大金を払う相手の素性を調べないなんて」

「あんな大金を払うからこそ、素性を調べないんだ」

禅問答のような言葉に、澪は「どういう意味ですか？」と首をひねる。

「俺の手術費用の中には、口止め料も含まれている。世間に決して知られることなく手術を希望する患者も少なくない。そういう患者たちは、俺の腕だけではなく、口の堅さに対しても報酬を払っているんだ。それに……」

竜崎は皮肉っぽく唇の片端を上げる。

「余計なことを調べないのは、自分の安全のためでもある。下手なことを知れば、口止めでなく、口封じをしようとしてくる奴らもいるからな」

「……なんでそんなリスクを冒してまで、グレーゾーンの、いえほとんど真っ黒の手術を引き受けようとするんですか？」

「金のために決まっているだろ」

即座に返された答えに、澪は顔をしかめる。

「お金がそんなに大切なんですか？　悪人に利用されるかもしれないのに、お金のために必死に身につけた自分の技術を使うんですか？」

「ああ、大切だ。金は力だ。力があれば命を救える。死ぬ必要のない人間の命をな」

淡々と、しかしながら強い意志を孕んで発せられたその言葉に、怯《ひる》んでしまう。

「た、たしかにお金で人を救うことはできるかもしれませんけど、だからって犯罪の片棒を担ぐ必要なんてないじゃないですか」

「だから、あの男が犯罪者だということは、俺は知らなかったんだ」

「しらを切ろうたって、そうはいきませんからね。中年の男が顔を別人に変える形成手術を受けるなんて、犯罪がらみ以外にないでしょ」

「顔を変える手術？　なにを言っているんだ？」竜崎の眉根《まゆね》が寄った。

「え、違うんですか？　だって、辰巳は全然病人って感じじゃなかったのに、全身麻酔をする大手術を受けるようだから、逃亡用に顔を変えようとしてるんだと……」

「お前、早とちりしすぎだとか、思い込みが激しいとか注意されることはないか？」

湿った眼差《まなざ》しを向けられ、澪《はる》は「……あります」と首をすくめる。

「形成手術なら、俺よりも遥かに腕がよく、俺よりも遥かに仕事を選ばない、裏社会御《ご》用達《ようたし》の天才形成外科医が六本木《ろっぽんぎ》にいる。顔を完全に変えて別人になりたい犯罪者は、俺なんかではなく、そいつに依頼する」

「先生より腕がいい外科医がいるんですか⁉」

この唯我独尊で、プライドの権化みたいな人が、他人を認めるなんて……。

「形成手術に限ってだ。しかも金に汚く、人間性にも大いに問題がある人格破綻者だ」

……同族嫌悪かな？　澪がそんなことを考えていると、竜崎は気を取り直すように「というわけで」と脱線した話を強引に修正する。

「俺は形成手術などしないし、あの男が誰だかも興味がない。俺はただ報酬を提示され、そして自分が執刀する価値があると判断したから、手術を引き受けただけだ」

「先生、いったい何の手術を引き受けたんですか？」

「何度も言うが、お前には関係ない」

「いいえ、関係あります。あの男が姉さんを殺したんだと、私は疑っているんですから。あの男を助けようとするなら、先生は私の敵です」

「……敵だったとしたら、どうだというんだ？」

「警察に通報します。来週、奥多摩の洋館に現れたところで辰巳は逮捕されるでしょうし、先生は反社会的組織と関係したということで、大きな問題になるでしょうね」

澪が挑発的に言うと、竜崎は鼻の付け根にしわを寄せた。

「あの男が反社会的組織の人間だとは知らなかったと、何度言えばいいんだ」

「それを警察が信じてくれますかね？　逮捕とかはされなくても、結構なスキャンダルになるはずです。噂では先生って、来年にアメリカの有名病院に就職が決まっているんですよね。こんなスキャンダルで、その夢が水泡に帰さないと良いですね」

「……なるほど、脅迫というわけか」竜崎は皮肉っぽく呟《つぶや》く。「で、要求はなんだ？」

「今週末、あの洋館には行かないで下さい。あとは警察が、手術を受けに来た辰巳を捕まえて、姉さんの件について尋問して真実をあばいてくれます」

「それはできない」

竜崎の答えに、澪の奥歯はぎりりと軋《きし》んだ。

「これはお願いじゃありません。あの男が手術を受けられないで逮捕されることは確定しているんです。違いは、先生が巻き込まれるかどうかだけです」

「いいや、手術は絶対に行う」

「なに意固地になっているんですか？　下手すれば医師免許を取り消されますよ。この手術のせいで、自分の未来を捨ててもいいって言うんですか」

「ああ、かまわない」

即答した竜崎に、澪は一瞬言葉を失う。

「そんなに辰巳を助けたいんですか？　それとも、金が大切なんですか？」

いつの間にかカイエンとプリウスが停めてあるコインパーキングの前まで戻っていた。

竜崎は足を止めると、澪をまっすぐに見る。

「……救うと決めた患者を見捨てたら、俺は俺でなくなる。医師免許よりも、自分が医者であるという自負の方が俺には大切だ」

強い決意のこもった眼差しに射すくめられ、澪は頭を弱々しく横に振る。

「なにを言っているんですか？　先生はこの週末、なにをするつもりなんですか？」

数秒、考え込むようなそぶりを見せたあと、竜崎はふっと相好を崩した。

「仕方ない。お前にも見せてやろう。ついてこい」

4

「ここは、どこなんですか？」

お洒落《しゃれ》なカフェや雑貨店が並んでいる道を歩きながら、澪はせわしなく左右を見回す。

「麻布十番《あざぶじゅうばん》だ。知らないのか？」すぐ前を歩く竜崎が振り返ることもせずに言った。

「それくらい知っています。私が聞いているのは、いまどこに向かっているかです」

数十分前、竜崎に「ついてこい」と指示された澪は、竜崎が運転するカイエンを再び追って、麻布十番にやってきていた。駐車場で停めた車からそれぞれ降りると、竜崎は

「こっちだ」と歩きはじめた。

車を降りてからの数分間、澪は辺りを警戒しつつ竜崎について行っている。まだ竜崎に対する疑念が晴れたわけではない。医師免許をかけてまで辰巳を救おうとしていることから見ても、辰巳の仲間である可能性は高い。

平日昼間の昼下がりだが、人通りは多い。往来で危害を加えられることは無いだろう。しかし、どこか屋内に連れ込まれたら、どんな危険があるか分からない。

「ほら、ここだ」足を止めた竜崎があごをしゃくる。

澪は視線を上げる。そこには、五階建ての小綺麗《こぎれい》なビルがあった。

「なんですか、ここ？」

建物を見上げながら澪が訊《たず》ねると、竜崎は「どう見ても病院だろ」と建物の正面入り口へと進んでいく。自動ドアが開き、二人は院内に入った。

「そういうことを聞いているんじゃありません。ここになんの用なんですか？」

竜崎は歩いたまま「病院ではお静かに」と唇の前で指を立てた。本当に神経を逆撫《さかな》でする態度ばかりとる男だ。いつか絶対に、そのすました顔に平手打ちを見舞ってやる。

胸の中で決意を固めながら、澪はラグジュアリーホテルのロビーのような雰囲気を醸し出しているフロアを見回す。一階は外来になっているらしく、革張りのやけに高級感のあるソファーに、患者らしき人々がぽつぽつと座っていた。

入ってすぐのところにある受付にいた女性が、竜崎を見て会釈をする。竜崎はポケットからキーケースを取り出し、受付のそばにある『関係者以外立入厳禁』と記された扉の鍵を開けた。どうやら、この病院とはかなり密接な関係を築いているようだ。

扉の中に入るとエレベーターがあった。エレベーターに乗り込む竜崎を後ろで見つめながら、澪は迷う。このまま一緒に行って大丈夫だろうか？　表向きは少し高級感のある普通の病院に見えるが、こんな怪しいエレベーターがあるということは、なにか裏があるのだろう。この先に、どんな危険があるか分からない。

「乗らないのか？　なら、帰れ。たしかにその方が賢明だ」

「……どういう意味ですか？」警戒心を隠すことなく、澪は訊ねる。

「ここからは裏の世界だ。堅気の医者は足を踏み入れない、裏の医療の世界」

「裏の医療の世界……」

「そうだ。ここで回れ右をして表の世界に、まともな世界に戻る。それが正しい判断だ」

たしかにその通りだ。こんな怪しい病院にのこのこついてくるなんてどうかしている。いますぐに帰るべきだ。踵《きびす》を返そうとした瞬間、雨の中、うつ伏せに倒れる女性の姿が頭をよぎる。澪は唇を噛《か》むと、大きく足を踏み出した。前方へと……。

「……来るのか？」エレベーターに乗り込んだ澪に、竜崎が確認してくる。

「もちろんです。その『裏の医療の世界』に、姉さんに何があったのかを知る手がかりがある。それなら行くまでです。さっさと連れていってください」

「いい度胸だ」

　竜崎はにっと口角を上げると、『5』のボタンを押す。扉が閉まり、エレベーターが低い駆動音を響かせながら上昇しはじめた。

「一階と五階にしか止まらないんですね」

「二階から四階はまともな病棟でしかないからな。まあ、個室代はかなり高いが……」

　つまり、五階は『まともでない病棟』ということか。いったいどんな世界が広がっているというのだろう。心臓の鼓動が加速していくのを感じながら身構える澪の前で、扉が開いていく。

　口から「え……？」という声が漏れる。そこはなんの変哲もない病棟だった。ナースステーションでは、数人の看護師が忙しそうに動き回り、エレベーターホールの左右に延びる磨き上げられた廊下には、個室病室の入り口らしき引き戸がいくつか見られる。

「あの……、ここが『裏の医療の世界』ですか？　なんか、普通の病棟じゃ……」

　澪が困惑しながら訊ねると、竜崎は薄い唇に小馬鹿にするような笑みを浮かべた。

「ぼろぼろの廃墟《はいきょ》でも想像していたか？　それとも、麻薬中毒者がゴロゴロと倒れている、十九世紀の阿片窟《あへんくつ》かな？　だとしたら、世間知らずもいいところだな。一見すると普通の病棟としか思えないかもしれない。しかし、ここは極めて特別な病棟だ」

　ナースステーションの看護師たちに軽く手を挙げると、竜崎は廊下を進みはじめる。

　いったい、どこが特別だというのだろう？　竜崎の後ろを歩きながら辺りに視線を這《は》わせていた澪は、病室の引き戸のわきについているパネルに気づく。

「あれは指紋認証装置だ。あらかじめ登録された者の指紋を当てなければ開くことはない。このフロア自体、さっき使ったエレベーターと、地下の駐車場からの直通エレベーターでしか入ることができない。窓ガラスはすべて防弾仕様で、ライフルの銃弾も通さないし、ここで働いている看護師をはじめとするスタッフは、徹底的に身元を確認されたうえに、秘密保持契約を交わした者だけだ」

「すごいセキュリティ……」

澪が呟くと、竜崎は「当然だ」とあごを引く。

「さらに設備も充実している。このフロアにはCT、MRI、手術室に分娩《ぶんべん》室まで揃っている。ここに入院している患者たちは、決して外に情報が漏れることなく、高いレベルの治療を受けられるからこそ、極めて高額の個室料金を払っているんだからな」

「高額って、どれくらいですか……？」

「安い部屋でも一泊五十万は下らない。高い部屋だと、三百万くらいだな。もちろん、それは個室料金だけなので、医療費は別額だ」

「五十万っ⁉　一泊で⁉」

「ここの患者たちは、お前のようにそれくらいの値段で驚くことのない人物ってことだ」

「……驚いて悪かったですね。先生みたいに、怪しい手術で儲《もう》けたりしたことないんで、懐が寂しいんですよ。つまり、この病棟は有名人とかが世間に知られることなく治療を受けられる場所なんですね」

そういう医療施設があってもおかしくない。だが、それだけで『裏の医療の世界』とは大げさではないか。澪が拍子抜けしていると、竜崎は「それだけではない」と付け足す。

「ここは世間だけでなく、警察からも完全に遮断された世界だ」

「え、それって……」澪の声が震える。

「そうだ、犯罪者であろうと、この病棟では安心して治療を受けることができる。普通なら通報される銃創や薬物中毒でもな。たとえ患者が大量殺人犯であろうと、金さえ払えるならこの病院は絶対に情報を漏らすことなく治療を行う」

「……そんなこと、許されるんですか？」

「許されるか、許されないか議論しても意味はない。そういう病院だというだけだ」

犯罪者も受け入れる『裏の医療の世界』……。鼻のつけ根にしわが寄ってしまう。

「先生は、いつもここに入院するような人に手術をしているんですか？」

「いつもというわけじゃない。ただ、金に糸目をつけず俺の手術を望む患者の中には、ここを使いたがる者は多い」

「それで、こんなところに私を連れてきたんですか？　裏社会とのつながりを見せて、私を脅そうとでもしているんですか？」

「いちいち嚙みついてくるな」

竜崎は引き戸の前で足を止めると、すぐそばの壁にあるパネルに親指を当てた。パネルが光り、続いて引き戸が横に動いていく。

「ここに、俺がこの週末に手術をして救う患者がいる」

週末に手術をする患者？ この病室に辰巳が入院している!? 澪は目を見開く。

そうだ。大金さえ払えば、どんな患者の秘密も守る病院。辰巳が身を隠すのに、最適な場所ではないか。

騙《だま》された。油断した。やはり、竜崎はここで私を拉致《らち》するつもりなんだ。

逃げようと身を翻しかけた瞬間、目に飛び込んできた光景に澪は動きを止める。

豪奢《ごうしゃ》なインテリアで彩られた広い病室。その奥に置かれたベッドには、小さな男の子が横たわっていた。

「母親は不在なようだな。心身ともにかなり参っていたからな……」

竜崎はソファーやデスク、トイレ、バスルームまで揃っている、高級ホテルのような部屋を見回す。

「その子は誰なんですか？」

部屋の奥に置かれたベッドに近づいた澪は、横たわっている子どもを見て、唇に力を込めた。年齢は二歳ぐらいだろう。その首筋には点滴のラインが差し込まれ、数種類の薬剤がゆっくりと流し込まれていた。その皮膚はミカンのように黄色っぽく変色している。

「黄疸《おうだん》……」

「ああ、そうだ。先天性胆道閉塞症だ」

先天性胆道閉塞《へいそく》症は、胆汁が流れる管が生まれつき閉塞している疾患。胆汁の排泄《はいせつ》ができないため黄疸が生じ、そのまま放置すると肝硬変から肝不全を起こし、命を落とす。

「待ってください。ここに入院しているのは辰巳じゃないんですか？」

「辰巳？　あの男がいまどこに隠れているかなんて、俺は知らないぞ」

「でも、さっき先生が自分で言ったじゃないですか。今週末、自分が手術をする患者がこの病室にいるって」

「ああ、その通りだ。俺は三日後、この子の手術をする」

竜崎はベッドに横たわる子どもの頭をそっと撫《な》でる。その顔には、これまで見たことがない穏やかな微笑が浮かんでいた。

「ま、待ってください」混乱した澪はこめかみを押さえる。「先天性胆道閉塞症の手術ってことは胆管か肝門部の空腸吻合《ふんごう》術ですよね。今週末は辰巳じゃなくて、この子にその手術をするということですか？」

「この子は生後二ヶ月ですでに、肝門部空腸吻合術を受けている。しかし、執刀医の技術がいまいちだったせいで、術後の胆汁排泄が不十分だった。そのため、肝硬変が進み、肝不全を起こしている。このままだと、余命はあと二、三ヶ月といったところだろう」

「末期肝硬変患者への手術、それってまさか……」

言葉を失う澪の前で、竜崎は「そう、肝移植だ」と頷《うなず》いた。

「肝移植……。こんな小さな子どもに……」

肝移植はドナーから取り出した肝臓の一部を、患者の血管や胆管と接合する極めて難易度の高い手術だ。特に小児に対する肝移植手術は、顕微鏡をのぞきながらミクロの折り鶴を作るような、高い技術が必要とされる。

大学病院クラスの設備とマンパワーがあっても困難な手術を、この人はこんな小規模な施設でやろうとしているの……？　唖然《あぜん》とする澪の前で、竜崎は淡々と話を続ける。

「ただし、この年齢の子どもに適した脳死ドナーからの移植臓器が出てくることはほとんどない。なので、生体肝移植が必要になる。ただ、母親は血液型からして不適合だった。唯一残っていたのが、……父親だ」

「この子の父親ってもしかして……」

「そう、辰巳だ。俺は三日後、あの洋館で辰巳から肝臓の一部を取り出し、そしてこの子に移植する」

すべてを理解した澪の口から「ああ……」とうめき声が漏れる。

「この子の母親は辰巳の愛人だったが、出産後、辰巳のような裏の世界に子どもをかかわらせたくないと距離を置いた。しかし、子どもに生体肝移植が必要となり自分がドナーになれないことを知って、藁《わら》にもすがる思いで二年ぶりに辰巳に連絡を取ったんだ」

「それで、辰巳は逃亡先から日本に戻ってきて、先生に手術を依頼したんですね。自分が逮捕される危険を冒してまで……」

姉の仇《かたき》である可能性の高い男が見せた献身的な愛情に、複雑な感情が胸で渦巻く。

黙り込む澪に向かって、竜崎が「さて」と声をかけた。

「これで、俺が誰を救いたいか理解できたな。それで、お前はどうする？　警察に通報して辰巳を逮捕させ、ドナーからの臓器摘出をできなくするのか」

澪は子どもに視線を送る。もし辰巳が手術前に逮捕されれば、こんな幼い子どもがもうすぐ命を落とすことになる。そんなことができるはずもなかった。

「……手術はしてください。そのあと、逮捕させます」

「それは難しいと思うぞ。あの男は、極めて警戒心が強い。おそらく、当日は周囲に多くの見張りを立てたうえで、手術後はすぐに移動して身を隠すつもりだろう」

「それでもやるしかないんです！　姉さんのために！」

澪が声を荒らげると、眠っていた子どもが「うー」と声を上げた。澪は慌てて両手で口を押さえた。子どもが再び寝息を立てるのを確認して、澪は竜崎を睨《ね》めつける。

「……竜崎先生、私を土曜日、あの洋館で行われる手術に連れていってください」

「ついてきてどうする？　どうやって手術の邪魔をせず、辰巳を逮捕させるんだ？」

「分かりませんけど、このまま何もしないなんてできないんです。お願いします」

「お願いされても無理だ。裏の世界では、可能な限り不確定要素を削《そ》ぎ落すのが鉄則だ。自分の手術が失敗するリスクを上げるわけにはいかない」

悲痛な訴えを一言で切り捨てられた澪は、力なくうなだれる。

「ただし、脅迫されたら別だ」

竜崎のセリフに、澪は「え？」と顔を上げる。

「なにを、塩をかけられたナメクジみたいになっているんだ。さっきみたいに脅迫しないのか？　連れていかなければ、この手術とお前の未来を潰《つぶ》してやるって」

「それは……」

意図が摑《つか》めず困惑する澪の前で、竜崎はおどけるように肩をすくめた。

「そう脅されたら、俺はお前を連れていくしかなくなるな」

5

「あと十分くらいで目的地だ。最後にもう一度、手筈《てはず》を確認しておけ」

運転席の竜崎が言う。その口調はいつも通り抑揚がないが、かすかな緊張を孕《はら》んでいた。

三日後の土曜、朝七時過ぎ、澪はカイエンの助手席に乗って、辰巳の手術が行われる洋館へと向かっていた。

「はい。私は先生の助手として、荷物運びや手術中の補助をすることになっています。目的地に着いたら後ろの席の荷物を台車に載せて手術室まで運びます」

澪は振り返って後部座席を見る。そこには手術用のメスや鉗子《かんし》、ピンセットなどの器具や、滅菌ガウンに滅菌手袋、マスク、手術帽、肝臓を入れて運ぶための氷をいっぱいに詰めたアイスボックスなど、様々な物が置かれていた。

竜崎は手術器具に強いこだわりがあるらしく、星嶺大学医学部附属病院以外の場所で手術を行うときは、こうして愛用の道具を持ち込むということだった。

「それで、どうする？」ハンドルを握る竜崎が確認してくる。

「私は隙をついて、術後に辰巳を乗せて移動する車に、これをつけます」

澪は拳《こぶし》を開く。掌《てのひら》にはピンポン玉サイズの半透明で平べったい機器が置かれていた。

「このGPSトラッカーをつければ、竜崎がどこに移動したのか分かります。先生が手術を終えて、移植用の肝臓を麻布十番まで運んだところで、橘さん……、知り合いの刑事に匿名で連絡を入れて、辰巳を逮捕してもらいます」

「かなり不確定要素の多い作戦だな。辰巳が途中で車を替えたら、それで失敗だ」

たしかに、粗い作戦だ。しかし、これ以外に方法は思いつかなかった。

「少なくとも、最初にどこに辰巳が向かったは分かります。警察ならそこから監視カメラの映像で、辰巳を見つけられるはずです」

「どうだかな。まあいい。ただ、油断はするなよ。助手を連れていくという連絡を入れたことで、辰巳は間違いなく警戒を強めている。予定にはなかったことだからな」

「分かっています」

「今日、なによりも優先すべきは、あの洋館での手術を予定通り行い、ドナーである辰巳から移植用の肝臓を取り出すことだ。トラブルでその手術が中止になれば、水曜に見たあの子は、物心つく前にその人生を終えることになる」

頷いた澪の頭に、大量の薬剤を点滴され、肌が黄色く変色した子どもの姿が浮かぶ。

澪がGPSトラッカーを握りしめたとき、竜崎が「ここだ」とハンドルを切って脇道に入る。先週、澪がプリウスを停めた駐車場からさらに十分ほど山道を進んだところにある、獣道のように細く整備がされていない路地。この奥に、あれほど豪奢《ごうしゃ》な洋館が建っているとは、誰も思わないだろう。たしかに、隠れ家としては理想的だ。

数分進んでいくと、左右に覆いかぶさるように立ち並んでいた樹々が無くなり、視界が開ける。そこには、先週見た白亜の洋館がそびえ立っていた。

澪はフロントグラスの向こう側に見える駐車場を確認する。一番奥の駐車スペースに、小型のコンテナを積んだトラックが停まっていた。おそらくは、あれが手術後に辰巳が乗る車だろう。あのコンテナの内部が移動用の処置室に改造されている可能性が高い。

できれば、カイエンをトラックのそばに停めて欲しかった。しかし、コンテナの周りの駐車スペースには、すでに他の車が停められていた。

「できるだけ近くに停めるから、隙をついて臨機応変にやれ。ただ、無理はするな」

竜崎はトラックから乗用車二台を挟んだ駐車スペースにカイエンを滑り込ませた。誰もいない。すぐに降りてトラックにGPSトラッカーを仕込めば作戦成功だ。そう思った澪が助手席のドアを開けかけたとき、洋館の扉が開き、数人の男が出てきた。

「おはようございます、先生。晴れてよかった」先頭にいる辰巳が両手を広げる。

これではトラックに近づくことはできない。澪が焦燥をおぼえていると、竜崎は「焦るな。慎重にやれ」と囁《ささや》いて、車を降りた。

「体調は問題ないですか。指示通り、昨日の夜から食事はしていませんね」

竜崎の問いに「ええ、もちろんですよ」と笑みを浮かべた辰巳は、助手席に座ったままの澪に視線を向けてきた。表情こそ穏やかだが、その双眸《そうぼう》には危険な光が宿っていた。肉食獣に狙われているような心地になり、背中に冷たい震えが走る。

「あの子が連絡を頂いた『助手』ですか？」

急いで車から出た澪は、「はい、よろしくお願いします」と深々と頭を下げた。

「なるほど、助手ねえ……」

値踏みをするように、無遠慮な視線を澪に浴びせたあと、辰巳は竜崎に向き直る。

「最初の予定では、先生一人がいらっしゃるはずでしたが？」

「先週、確認してみて分かったんですよ。もともと医療施設ではない場所に簡易手術室を作ると、器具の配置などで無理が出る。だから、器具管理のプロフェッショナルを連れてきた。すべて完璧《かんぺき》な手術をするため、あなたの息子さんの命を確実に救うためだ」

辰巳の顔から嘘っぽい笑みがはぎ取られ、苦悩に満ちた表情になる。

「……息子の命のためならしかたないな。それじゃあ、とりあえず先生と助手さん、二人ともボディチェックを受けて下さい」

「ボディチェック!?」澪の心臓が大きく脈打つ。

もしボディチェックを受ければ、手にしているGPSトラッカーが見つかってしまう。どうしよう？　どうすれば……？　焦っているうちに腕に派手なタトゥーを入れた若い男がつかつかと澪に近づいてくる。男の顔に猥雑《わいざつ》な笑みが浮かぶのを見て、澪が強い嫌悪をおぼえた瞬間、目の前に腕が突き出された。

「まさか、この男にボディチェックをさせるつもりじゃないでしょうね」

タトゥーの男の行く手を遮った竜崎が、辰巳を睨みつける。

「念のためですよ。それくらいはがまんして下さい」辰巳は首筋を掻《か》いた。

「いいや、俺の助手を侮辱することは許さない。彼女が動揺していては、俺が求める完璧な手術はできない。悪いが、帰らせてもらう」

竜崎は助手席の扉を開けると、あごをしゃくって車内に入るように澪を促す。

「なんだその態度は？」

タトゥーの男が竜崎の襟首をつかむ。その瞬間、竜崎は目にもとまらぬスピードで男に足払いをした。隙をつかれた男の体が宙に浮き、背中から地面に叩《たた》きつけられる。肺から強制的に空気が押し出され、倒れたまま激しく咳《せ》き込む男の首筋に、竜崎は片膝《かたひざ》を乗せて体重をかける。男の口から、轢《ひ》かれたカエルのようなうめき声が漏れた。

「こっちは手術に命をかけているんだ。生半可な覚悟で邪魔をするな」

低い声で告げると、竜崎はタトゥー男を制圧したまま辰巳に視線を送る。

「部下の教育がなっていないようですね」

「……その馬鹿については謝ります。けれど安全のためにボディチェックは必須《ひっす》なんですよ。盗聴器とか、GPS装置とか隠されていたら困りますからね」

辰巳の言葉に、澪の体が震えた。

「あなたの秘書の女性がいるでしょう。彼女なら俺の助手のボディチェックを許そう」

「はいはい、分かりましたよ」

辰巳は大きくため息をつくと、スマートフォンを取り出して電話をはじめた。

竜崎は制圧していたタトゥー男から膝をどかす。立ち上がった男が怒りで顔を歪《ゆが》めながらも離れていくのを確認した竜崎は、振り返り澪に向かって目配《めくば》せをした。

「俺がボディチェックを受けている間、お前は荷物を出して台車に載せておけ」

この稼いだ時間でGPSトラッカーを捨てなくては。竜崎の意図を汲《く》み取った澪は頷《うなず》いて、後部ドアを開き、折り畳み式の台車を取り出す。辰巳の部下の一人が竜崎に念入りなボディチェックをはじめるのを横目に、澪は手にしていたGPSトラッカーをポケットに押し込み、後部座席に乗っている器具を次々に台車に載せていった。

GPSトラッカーを捨てなければ見つかってしまう。しかし捨てれば、辰巳を警察に逮捕させ、姉の死の真相を突き止めるという計画は破綻《はたん》する。

どうする？　どうすればいいの……？　迷いながら大量の氷が入っているアイスボッ

クスを台車に載せたところで、洋館から辰巳の秘書が出てきた。

……こうするしかない。澪はポケットからGPSトラッカーを取り出す。

女性秘書は辰巳から耳打ちをされたあと、ヒールを鳴らしながら澪に近づいてきた。慇懃《いんぎん》な態度で「失礼します」と言ったあと、秘書は服の上から執拗《しつよう》に、胸や下腹部も一切の遠慮なくまさぐってくる。

辰巳が「おい」とあごをしゃくる。周りにいた部下の男たちが、澪が台車に載せた医療器具を熱心に調べはじめた。滅菌パックされている器具を一つ一つ確認し、アイスボックスの氷を掻き分ける徹底ぶりだった。

「両手を開いて下さい」

三分ほどかけて澪の全身をくまなくチェックした秘書が言う。澪は両手を上げると、握っていた拳を開いた。掌になにも握っていないことを確認した秘書は、振り返って辰巳に頷く。それと同時に、器具を調べていた男たちも「問題ないっス」と声を上げた。

「不愉快な思いをさせてしまい、申し訳ございませんでした」

途端に愛想よくなった辰巳は、芝居じみた仕草で胸に手を当てて一礼する。

「なお、手術中は部下が常に警戒していることをお忘れなく。万が一おかしな動きをしたり、手術中に警察が押しかけてきたりしたら、お二人の命はないと思って下さい」

6

空気が重い……。麻酔器のモニターから発せられる電子音と、人工呼吸器のポンプの音だけが響く部屋で、澪は額を拭《ぬぐ》う。手の甲に汗がべっとりとついた。

手術室の出入り口には、辰巳のボディガードが二人、仁王立ちになっている。そのうちの一人は、さっき竜崎に投げ飛ばされたタトゥー男だった。彼らのズボンに拳銃《けんじゅう》が挟まっているのを見て、再び澪の額に脂汗が滲《にじ》んできた。

ドナーである辰巳からの移植用肝臓摘出手術がはじまってから、一時間以上が経っていた。執刀医である竜崎は、いつも通りにまるで楽器を奏でるかのように鮮やかに手術を進め、間もなく肝臓が摘出できるというところまで進んでいた。

手術自体は極めて順調だ。しかし、執刀がはじまってから、いやこの手術室に入ってからずっと、澪は酸素が薄くなったかのような息苦しさを感じていた。

麻酔科医、第一助手、第二助手、機械出しの看護師、それらのスタッフは全員が外国人だった。意思疎通は英語で行っているが、その独特のイントネーションからすると東南アジア系だと推察できた。

少しでも逮捕されるリスクを減らすため、わざわざ潜伏先から医者を連れてきたということだろう。日本での医師免許を持たないであろう彼らにとって、この手術は完全な違法行為だ。しかし、異国で犯罪行為をしているというのに、彼らに一切の緊張は見られず、淡々と竜崎のサポートをしている。この手の裏の仕事に慣れているのだろう。

異国での違法手術を躊躇《ちゅうちょ》なく行うスタッフたちと、拳銃を持って監視をする男たち。ここは完全に裏の世界だ。人の命、その尊厳が簡単に金に換えられてしまう世界。

ここでは法もモラルも通用しない。少しでもボタンを掛け違えれば、体に鉛玉を撃ち込まれるだろう。あごが震えてマスクの下でカチカチと歯が音を立てる。

こんな状況なのに……。緊張を息に溶かして吐き出そうとするかのように、必死に深呼吸をくり返しながら澪は、切り開かれた辰巳の腹腔《ふくこう》内に両手を差し込み、肝臓を切り出している竜崎を見る。眉一つ動かすことなく、正確にそれでいて軽やかに執刀を進めていく姿は、星嶺大学医学部附属病院の手術室と全く変わりなかった。

竜崎がこのような危険な仕事に慣れていることが、ひしひしと伝わってくる。

ついさっき、竜崎が足払い一発でタトゥー男を宙に舞わせた光景を思い出す。普段、竜崎が体を鍛えているのも、きっと裏の仕事で必要だからなのだろう。

たしかに竜崎ほどの腕を持つ外科医がこのような裏の仕事を引き受ければ、大金を手に入れることができる。しかし、そんなリスクを冒さなくても、来年アメリカの病院に就職してメスを振るえば、あの医療にも完全な資本主義が取り入れられている国で、竜崎は目も眩《くら》むほどの大金を合法的に手に入れられるはずだ。

いったい、竜崎はなぜそこまで焦って金を稼ごうとしているのだろう？　なにが彼を突き動かしているのだろう。

思考を巡らせていた澪は、電気メスを器具台に置いた竜崎の「臓器、出るぞ」という言葉ではっとして、ラテックス製の手袋を嵌《は》めて手術台に近づいていく。

竜崎の両手がゆっくりと辰巳の腹腔から出る。新生児を抱き上げるように優しく開かれた両掌《てのひら》には、赤黒く光沢のあるお椀《わん》ほどの大きさの臓器が載っていた。

わずか三百グラムほどの肝臓。成人男性である辰巳からすれば、臓器全体の二十パーセント程度の大きさでしかない。しかしそれが肝不全で苦しむ子どもに、百年近い未来を与えることができる。

第一助手が開いた滅菌されたビニール袋に肝臓をそっと入れた竜崎は、袋の口を固く閉じると、澪に視線を向けた。

「アイスボックスの中に入れておいてくれ。慎重にな」

竜崎が差し出してきた肝臓が入った袋を、澪は両手で慎重に受け取る。ペットボトル一本分の重量もないはずなのに、その袋はずしりと重く感じた。

これは命の重さ。肌を黄色く変色させ、苦しげにベッドに横たわっていた子どもの前に広がる、無限の可能性の重さ。緊張や恐怖はもう感じなかった。ただ、この臓器を確実に、麻布十番の病院で待つ男の子のもとに届ける。それ以外の雑念は消え去っていた。

手術室の隅に置かれているアイスボックスの中に、肝臓の入ったビニール袋を静かに置くと、その上にそっと氷をかぶせていく。これで、劣化を最小限にして移植臓器を届けることができる。

アイスボックスの蓋《ふた》を閉じた澪は、大きく息を吐いて振り返る。竜崎は肝臓の止血を終え、腹腔内の洗浄を行い、そして閉腹に入っていた。

相変わらず、超人的なスピードで腹膜、筋肉、皮膚の縫合を進めて行く。

いまだ。いましかない。唇を固く嚙《か》んだ澪は、嵌めていた手袋を脱ぎ捨て、新しい滅菌手袋へと交換すると、手術台へと近づいていく。

竜崎は近づいてきた澪に気づき、「どうした」と顔を上げる。

「私にやらせて下さい！」澪は腹の底から声を出す。

「やらせるって、なにをだ？」

「傷の保護です。あとはガーゼを貼るだけですよね。それを私がやります」

「……できるのか？」

澪が「はい、できます」と力強く言うと、竜崎は手術台から離れて、纏《まと》っていた手術用のガウンを脱ぎ、血の付いたラテックス製の手袋を取って床に投げ捨てる。

「では、頼む。俺は移植臓器搬送の準備をしている」

「おい、なんであんな助手の女に手術をやらせているんだよ！」

怒鳴り声を上げるタトゥーの男に竜崎は一瞥《いちべつ》をくれた。

「手術じゃない。たんに傷の上にガーゼを貼るだけだ。その間に俺が移植臓器のチェックをした方が効率的だ。臓器を早く運び出すことができ、それだけ移植手術の成功率が上がるんだ。分かったら素人は黙っていろ！」

竜崎がタトゥー男を一喝するのを聞きながら、澪は手術台に近づきガーゼを厚く折りたたむと、傷の上に添える。その瞬間、雨の中、うつ伏せに倒れる姉の姿が頭の中で弾《はじ》けた。激しい吐き気の波が襲い掛かってくる。

フラッシュバックだ。この程度の医療行為でもやはり生じてしまうのか。

視界の上から白い幕が下りてきた。このままだと、気絶してしまう。

無理だった。私にトラウマを乗り越えることなんて、できるわけがなかったんだ。

絶望しかけたとき、姉の墜落現場の光景と重なるように、脳の奥底から姉との記憶が次々に蘇《よみがえ》ってきた。

小学校への通学路、手をつないでくれた。試験勉強のとき、隣で優しく教えてくれた。医学部に合格したとき、誰よりも喜んでくれた。外科医になると決めたとき、「頑張って」と微笑んだ。

そして、私の手術を受ける前日の夜、病室を訪れて不安じゃないかと訊《たず》ねたとき、力強く抱きしめて耳元で囁《ささや》いてくれた。

──ううん、不安なんてないよ。だって、誰より大切で、誰より信頼している自慢の妹に手術してもらえるんだもん。どんな結果になっても私は後悔なんてしない。だから、澪も心配しないで。

ああ、なんで私はこんな大切な思い出を忘れていたんだろう。姉さんが自殺したと思い込み、そのショックであの夜の記憶を封印していた。

そうだ、姉さんが自殺なんてするわけがない。あんなに強くて、あんなに優しい人が、私を残して自ら逝くわけがないんだ。

息苦しさが消える。心臓が力強く脈打ち、全身に熱い血液を送り出し、白く濁っていた視界が鮮明になる。

「……問題ないか？」

背中からわずかな不安を孕《はら》んだ竜崎の声が聞こえてくる。澪は振り返ると、「問題ありません」と力強く答えた。澪の顔を見て、二、三度まばたきをしたあと、竜崎はシニカルな笑みを浮かべる。

「なら、しっかりやれ」

澪は「はい！」と大きく頷《うなず》くと、正面に向き直り、ガーゼをテープで傷の上に固定していく。

トラウマを完全に克服したわけではない。医療行為をすることに対する拒否感はまだまだ強い。気を抜けば、全身が震え出しそうだ。けれど、姉さんの死の真相を知るためなら、姉さんをあんな目に遭わせた犯人の正体をあばくためならできるはず。

「終わりました」

三分ほどで処置を終えた澪は、「お疲れさまでした」と一礼する。言葉は分からないだろうが、外国人の助手や看護師、麻酔科医たちもそれに倣って頭を下げた。

倒れ込みそうなほどに消耗しつつも、久しぶりの充実感を味わっていると、肩を叩《たた》かれた。振り返ると、アイスボックスを持った竜崎が後ろに立っていた。

「よくやった」

褒められた瞬間、鼻の奥にツーンとした痛みが走る。口を開けば嗚咽《おえつ》を漏らしてしまいそうで、澪は何度もくり返し頷くことしかできなかった。

「すぐに麻布十番に向かうぞ。今度は移植手術だ」

助手たちが辰巳の体を覆っていた滅菌カバーを剝《は》がしていき、麻酔科医が全身麻酔からの覚醒《かくせい》の準備を整えていく。それを尻目《しりめ》に、出入り口へと向かった澪たちの前に、さっき竜崎に投げられたタトゥーの男が立ちふさがった。その手にリボルバー式の拳銃《けんじゅう》が握られていることに気づき、澪は息を吞《の》む。

「ちょっと待ちな」

タトゥー男は銃口を上げ、竜崎の眉間《みけん》に狙いを定める。しかし、竜崎はほとんど表情を変えることがなかった。

「なんのつもりだ？　早く麻布十番の病院にこれを持っていく必要があるんだ」

竜崎はベルトでたすき掛けにし、わきに抱えているアイスボックスに視線を落とした。

「ああ、あんたはさっさと行きな。ただ、その助手の姉ちゃんは残しておけ」

タトゥー男の顔にいやらしい笑みが広がっていくのを見て、澪は身の毛がよだつような恐怖と嫌悪をおぼえる。

「……ボスの指示か？」竜崎の声が低くなる。

「いいや。ただ、ボスはいま寝ている。なら、その間は部下の俺たちが臨機応変に対応するべきだろ」

「彼女は俺の助手だ。この後の手術でも必要になる」

低い声で竜崎が言うと、タトゥー男は大きく鼻を鳴らす。

「他の奴でどうにかしろよ。なんにしろ、安全な場所に移動するまで、この姉ちゃんは人質として預からせてもらう。安心しろって。警察が追ってきたりしなけりゃ、夜には解放してやるよ。まあ、それまでちょっと楽しませてもらうかもしれないけどな」

猥雑《わいざつ》な笑い声をあげるタトゥー男に、澪の足が震えていく。さっきは竜崎が一瞬で投げ飛ばしたが、いま相手は拳銃を持っている。それにこの男を倒せたところで、この洋館には男の仲間が何人もいる。いくら竜崎が強くても、逃げられるとは思えなかった。

絶望する澪の鼓膜を、竜崎の低い声が揺らした。

「断る。彼女を残して俺がここを去ることはない」

「てめえ……」タトゥー男の顔が醜く歪《ゆが》んだ。「自分の立場が分かってねえのか。いつでもお前の頭を吹っ飛ばせるんだぞ」

指が引き金にかかるのを見て、竜崎は天井に顔を向けて哄笑《こうしょう》を上げはじめる。

「なに笑っているんだ！　本気で撃つぞ！」

タトゥー男が銃口を竜崎の眉間に当てる。竜崎はうすら笑いを浮かべたまま、大きく肩をすくめた。

「やってみればいい。ただ、そうなればお前も道連れだぞ」

「なにを言って……」

「このアイスボックスに入っている肝臓がなければ、お前たちのボスの息子は助からない。つまり、俺がいま持っているのは、ボスの息子の命そのものだ」

「なら、俺たちの誰かがそれを麻布十番まで届ければいいだろ」

「そして、お前たちがこの肝臓の移植手術を行うのか」

「そ、それは……」タトゥー男の目が泳ぐ。

「わずか二歳の小児への肝移植術。この日本でも執刀できるのは十人にも満たない超難手術だ。俺をここで殺したら、誰がボスの息子を救うんだ？」

もはや、タトゥー男の口から反論が漏れることはなかった。竜崎は眉間につきつけられている拳銃を軽く払うと、額がつきそうなほどにタトゥー男に顔を近づける。

「もしお前のせいで手術ができなくなったとしたら、ボスは許してくれるかな？　せっかく大金をはたき、逮捕されるリスクを冒して日本に戻ってきたうえ、自分の腹を捌《さば》いたというのに、その全てが無駄になるんだぞ。お前はどうやってその責任をとるんだろうな？　ボスと同じように切腹ぐらいは必要だろうな。もちろん麻酔なしで」

タトゥー男はもはや弱々しくうめくことしかできなかった。

「俺たちは最初から『ボスの息子』という重要な人質を手にしているんだ。分かったら、そこをどけ。俺たちはいまからその人質の命を救いに行くんだからな」

竜崎はタトゥー男の肩に手を添えると、無造作に払った。力が抜けていたのか、バランスを崩して尻餅《しりもち》をつくのを見下ろした竜崎は、「行くぞ」と振り返って澪に言う。

「はい!」

快活な澪の声が、部屋の壁に反響した。

7

「それで、うまく忍びこませることができたのか?」

助手席で膝《ひざ》に載ったアイスボックスに両手を回し、抱きかかえるようにしている澪に、竜崎が声をかけてくる。辰巳の隠れ家の洋館を出てから、すでに十分ほどが経っていた。前方には鬱蒼《うっそう》とした森を通る山道が続いている。

「え、何のことですか?」

澪が聞き返すと、ハンドルを握って正面を見たまま竜崎は唇の端を上げた。

「GPSトラッカーだよ。ガーゼの中に、あれを忍びこませたんだろ」

「……気づいていたんですか?」

「当たり前だ。あれだけ医療行為を拒絶していたお前が、急に処置を申し出るんだからな。ただ、一つだけ分からないことがある」

辰巳は左手をハンドルから離すと、口元に手を当てた。

「どうやってあれを手術室まで持ち込んだ？　半透明で小さいとはいえ、あそこまで執《しっ》拗《よう》にボディチェックと器具の確認をされたら、まず見つかるはずだ。てっきり、俺がボディチェックを受けている隙に、森の中に投げ捨てたものだと思っていた」

「簡単ですよ。木を隠すなら森の中っていうじゃないですか。半透明な装置を隠すなら、大量の似た物に混ぜるのが一番です」

「……なるほど、アイスボックスの中か」辰巳の唇がほころんだ。「たしかにあの大量の氷の中に混ざったら、まず気づかない。それに手術の最後、臓器を保管する際、自然に取り出すことができる。よくあんな追い詰められた状況で思いついたな。いい度胸だ」

「度胸があるのは、先生の方ですよ。よく拳銃を頭につきつけられて、平然としていられましたね」

「修羅場には慣れているからな」

「いつも、こんな危険なことをしているんですか？」

「いつもじゃない。年に一、二回は、今日のようなトラブルに巻き込まれる」

「なんでそこまでする必要があるんですか？　なんのために命を危険に晒《さら》してまで、裏の世界でメスを振るって、大金を稼ごうとするんですか？」

竜崎は反応しなかった。澪は諦《あきら》めることなく言葉を続ける。

「私はなんで外科医を辞めたのか、なんでナースエイドになったのか、全部隠さずに話しました。先生だけ自分のことを話さないなんて不公平です」

最初はたんなる金の亡者だと思っていた。しかし、大きなリスクを負いながらも、絶対に子どもを助けようとするその姿を見て、この変人天才外科医にはなにか複雑な背景があると感じていた。きっとそれは、彼が偏執的なまでに手術の技術を求める一方で、患者と心を通わすのを忌避することと深く関係しているのだろう。それを知りたかった。

「……今日の手術はこれからが本番だ。移植手術は深夜までかかる。それを完璧《かんぺき》にやり遂げるためにも、精神統一をさせてくれ。二歳の子どもの命がかかっているんだ」

そう言われては、これ以上、問い詰めることなどできるはずがなかった。澪がうなだれると、竜崎は「ところで」と言葉を続ける。

「お前は当然、移植手術にも立ち会うんだろうな。まさか、自分の目的だけはたして、お役御免だと思ってはいないだろうな」

「ええ、もちろんです」澪は微笑んで頷《うなず》く。「医療従事者として、……ナースエイドとして、最後まで見届けさせてもらいます」

竜崎は正面に延びる山道を眺めたまま、わずかに目を細めた。

疲れた……。間もなく日付が変わろうかという時刻、澪はリクライニングさせたカイエンの助手席で船をこいでいた。血液が水銀に置き換わったかのように体が重い。これまで経験したことのないほどの疲労に全身の細胞が侵されていた。

半日前、奥多摩の山奥から麻布十番の病院にたどり着いた竜崎は、すぐに五階にある秘密病棟へ向かった。予定通り移植用臓器を搬送しているという連絡を受けていた病院は、すでに辰巳の息子の麻酔導入を終え、開腹まで済まして移植が開始できる状態を整えていた。

すぐに手術着に着替え、手の洗浄を終えて、手術帽、マスク、滅菌ガウン、滅菌手袋を身に着けた竜崎は、肝硬変を起こしてその機能を失っている肝臓の切除をはじめた。その間に、他の外科医が辰巳から摘出した移植用肝臓の処置を行うのを、澪は手術室の隅で眺めていた。

小児肝移植という極めて高度な医療に携わるだけあって、全てのスタッフがスムーズに動いており、彼らが一流の医療者であることが伝わってきた。

秘密の手術にこれだけの人数のプロフェッショナルがかかわっていることが衝撃的で、澪は手術が進むにつれ、現実感が薄れていく感覚をおぼえていた。

普通なら朝からはじめても一日がかり、下手をすれば日をまたぐこともある難手術だが、竜崎は午後九時には執刀を終えていた。それから、男の子は五階病棟のＩＣＵに移され、竜崎が麻酔科医、小児科医とともに術後管理を行い、状態が完全に安定したころには、午後十一時を回っていた。

「移植手術って、術後管理が重要なんですよね。後を任せて来て大丈夫なんですか？」

澪は睡魔をごまかすため、竜崎に話しかける。

「ああ、問題ない。たしかに規模は小さいが、あの病院のドクターは超一流だ。術後管理なら、俺より完璧にこなすはずだ」

「……あの子、大丈夫ですよね？」

「当然だ。俺が執刀したんだからな。八十年、うまくいけば百年以上生きられるはずだ」

「それならよかったです」微笑んだ澪は、重いまぶたをこする。

「……お前の方はどうなんだ？　辰巳は逮捕されたのか？」

「分かりません」

澪は手にしているスマートフォンの液晶画面を見る。着信の履歴はなかった。

一昨日《おととい》、新宿のネットカフェでフリーメールのアカウントを作り、今日の午後三時に橘のアドレスへメールを送信するように設定していた。そのメールに『このGPSが示す場所に辰巳がいる』のメッセージとともに、GPSトラッカーのIDとパスワード、そして先週あの洋館で撮影した辰巳の写真を添付しておいた。辰巳の逮捕に執念を燃やしていた橘なら、きっと動いてくれるはずだ。

「ただ、辰巳を逮捕したら、姉の恋人だった刑事さんは、私にきっと連絡を入れてくれるはずです。きっと……」

体が沈んでいくような感覚をおぼえる。さすがに限界だった。澪が睡魔に抗《あらが》うことを諦めたとき、ポップミュージックが車内の空気を揺らした。深く暗い場所に落ちかけていた意識が、一気に掬《すく》い上げられる。

陽気な着信音を奏でるスマートフォンの画面には、『橘さん』と表示されていた。目を見開いた澪が迷うことなく『通話』のアイコンに触れると、陰鬱《いんうつ》な声が車内に響いた。

『もしもし、澪ちゃん。橘だけど、遅くにごめん。いま、ちょっとだけ話せるかな』

「はい、大丈夫です。どうかしましたか？」

この音量では竜崎にも聞こえるだろうが、そんなことを気にしている余裕はなかった。辰巳は捕まったのだろうか？　あの男が姉さんを殺したのだろうか？

『実は辰巳が逮捕されたんだ』

やった！　内心で喝采《かっさい》を上げながら、澪は「本当ですか？」と訊《たず》ねる。

『ああ、匿名のタレコミがあって、歌舞伎町の外れにあるやつらの隠れ家のマンションを見つけた。仲間は逃げたが、辰巳は怪我をしていたのか動けなくて、逮捕できた』

「それで、辰巳が姉さんを殺したんですか？　もうあいつは自白したんですか？」

興奮と期待で、声を抑えることができなかった。

『いいや、いまは病院で怪我を診てもらっている。一応話は聞こうとしたが、完全に黙秘している。本格的な尋問は後日だが、このままなにも話さない可能性が高い』

「それでも、調べればあいつが姉さんを殺したって分かるんですよね。あいつが姉さんを屋上から突き落としたって！」

『……澪ちゃん、ごめん。……俺の勘違いだった』

後ろめたそうな橘の声に、塩をかけられたナメクジのように興奮がしぼんでいく。

「勘違いって……どういうことですか……」

『辰巳も、やつに賄賂《わいろ》もらっていた奴らも、唯を殺した犯人なんかじゃないんだよ』

「な、なにを……」澪は耳を疑う。「この前、橘さんが言っていたじゃないですか！　収賄事件の関係者が犯行を隠すために、姉さんを殺したはずだって！」

『あのときはそう思ったんだ。だけど、そのあと詳しく調べたら、間違いだって分かった。唯が死ぬ数日前には、すでに東京地検特捜部が動いて、金を受け取った全員に接触していたんだよ。収賄側と贈賄側、その両方があの時点で、特捜部が収賄事件の真相をつかんでいることを知っていた。だから、辰巳は唯が死ぬ二日前、タイに向けて出国している。あの日、辰巳は国内にいなかったんだよ』

「本人がいなくても、部下にやらせたかもしれないじゃないですか」

『わざわざ病院に忍びこみ、唯を誘いだして殺すなんてこと、辰巳にはなんのメリットもない。唯はスクープを摑《つか》んでいたわけじゃなかった。捜査機関に先をいかれていたんだ。検事総長や辰巳にとって、唯は自分たちの周りを嗅《か》ぎまわっている多くのマスコミの一人にすぎなかったんだ』

「そんな……」

言葉を失う澪に、『また、落ち着いたら連絡するよ』と言い残し、回線が切れた。澪の手からスマートフォンが零《こぼ》れ落ちる。

姉の死の真相が分かると思った。押しつぶされそうになっていた罪の意識から逃れられるかと思った。

けれど、その希望は掌《てのひら》に落ちた雪の結晶のように儚《はかな》く消えてしまった。

「……大丈夫か？」

竜崎が声をかけてくるが、澪は俯《うつむ》いたまま力なく首を横に振ることしかできなかった。

「すみません、変なことに巻き込んでしまって……。よく考えたら、辰巳が逮捕されれば、先生が手術したことがバレて迷惑をかけることになるかもしれないのに……」

そんなことも気づかないほど、期待で視野が狭くなっていた。

「気にするな。辰巳は喋《しゃべ》らない。喋れば肝移植を受けたばかりの息子のところに警察が押しかけ、リスクが上がることが分かっているからな。それに、俺は正当な報酬で合法的な医療行為を行っただけだ。たとえバレたところで、大きな問題にはならない」

「ならよかったです……」

蚊の鳴くような声で澪は言う。車内が鉛のように重い沈黙で満たされた。

数分後、沈黙を破ったのは竜崎だった。

「三日前、お前が俺を尾行したとき、養護施設があったのはおぼえているか？」

「え……？　あ、はい。おぼえていますけど、それがどうしました？」

「俺はあそこの出身だ」

唐突な告白に目を見開く澪を尻目《しりめ》に、竜崎は抑揚のない口調で言葉を続けた。

「父が物心つく前に亡くなり、女手一つで俺を育ててくれた母も、俺が中学一年生のときに子宮頸《けい》がんで命を落とした。そこから成人するまで、俺はあの施設で過ごした」

そこで言葉を切った竜崎は、横目で澪に視線を向ける。

「このことを知っているのは、院内でも火神教授くらいだ。絶対に口外するなよ」

「な、なんでそんな重要な話を私に話してくれるんですか？」

「お前が訊《き》いてきたんだろ。なぜリスクの高い裏の仕事をしてまで、大金を稼ごうとするのかって」

「もしかして、あの施設にお金を……」

「ああ、裏の仕事で稼いだ金は、あの養護施設に全部寄付している。あそこは民間で経営されていてな、国から補助金は入るがそれだけでは最低限の衣食住しか提供できない。あそこに入っている子どもたちが、自分の将来を切り開くために十分な教育を受けるには、金がかかるんだ」

「じゃあ、先生はあそこの子どもたちのために、大金を寄付し続けているってことですか？」

「あの施設にいる子供たちは家族みたいなものだ。兄が幼い妹、弟の面倒を見るのは当然だろ。俺は医者になるためにかなり苦労した。バイトして参考書を買い、大学の学費は奨学金で何とか賄った。そんな苦労をあいつらにはさせたくないんだよ」

竜崎は目を細める。

「みんな一生懸命、自分の将来のための教育を受けている。毎年、帝都大をはじめとする国立大学の合格者が出るし、興味のある専門学校に行って専門職に就く子も多い。この前はとうとう、弁護士になった出身生も出たんだ」

自慢げに言う竜崎の表情は、これまで見たことがないほどに幸せそうだった。

なぜ、急に竜崎が自らの根幹にかかわることを教えてくれたのかは分からない。あまりに落ち込んでいる姿に同情したのだろうか。それとも、ともに修羅場を乗り越えた仲間意識からだろうか。どちらにしても、殻にこもり、外界から自分を切り離して、ただただ外科技術を突き詰めている竜崎の内面に触れられた気がして嬉《うれ》しかった。

いまなら、あの質問にも答えてもらえるかもしれない。澪は慎重に訊ねる。

「先生は、どうして外科医を目指したんですか？　どうして、そこまで患者さんとの交流を絶って、技術だけを追求しているんですか？」

竜崎の表情から笑みが消え、綻《ほころ》んでいた唇が固く結ばれる。その姿を見て、いまの質問が、竜崎の心の柔らかい部分に触れてしまったことに気づいた。

謝ろうと澪が口を開きかけたとき、竜崎が平板な声で話しはじめた。

「さっき、俺の母が子宮頸がんで死んだと言っただろ」

竜崎が大切なことを語ろうとしている。澪は唾《つば》を呑《の》み込むと、「はい」と頷《うなず》いた。

「母は近くの総合病院の産婦人科に通っていた。そこの主治医を信頼していたからだ。その主治医は俺が生まれたときに取り上げてくれた医者でもあり、人柄がよく、患者に親身になってくれて、多くの人々に慕われている医者だった」

「いい、ドクターだったんですね」

澪が合いの手を入れるが、竜崎はそれを肯定することなく話を続ける。

「俺が小学生の頃、母に不正出血が起きるようになった。少量だが、生理でもないのに出血することに不安になった母は、主治医に相談に行った。主治医は詳しく話を聞いてくれたあと、『仕事が忙しすぎるんだね。そのストレスで不正出血が起きることはよくあるよ』と、貧血用の鉄剤だけを処方して終わらせた。母はそれを聞いて安心していたよ。けれど、その次の年に受けた子宮頸がん検診でがんが見つかった。しかも、すでに進行している浸潤がんだった」

そのときのことを思い出したのか、竜崎は痛みに耐えるように顔をゆがめた。

「まだ、HPVワクチンがない時代だからな。若い女性でも不正出血があれば、子宮頸がんのチェックはするべきだった。けれど、あの主治医はそれを怠り、話を聞いただけで、『ストレスのせい』と適当な診断を下したんだ」

ハンドルを摑む竜崎の手が細かく震え出す。

「それで……、どうなったんですか？」

「まだ手術可能な状態だったので、広汎《こうはん》子宮全摘術が行われた。執刀したのは……、その主治医だ」

竜崎は憎々しげに吐き捨てた。その態度で、悪い結果になったことを澪は悟る。

「手術の操作が雑だったせいか、術後に酷《ひど》い排尿障害と、リンパ浮腫《ふしゅ》が起こった。常に尿道カテーテルの留置が必要になり、リンパ浮腫を起こした両足は、まるで象の足のように腫《は》れあがって痛みが出た。そして、リンパ節郭清が不十分だったせいで、すぐに腹《ふく》腔《こう》内に播《は》種《しゅ》する形でがんが再発した」

あまりにも悲惨な状況に、澪は言葉を失う。

「それから、がんで亡くなるまでの半年間、母は苦しみぬいた。けれど、最後まで主治医に対しての文句は言わなかった。術後も主治医は毎日回診に来ては、母の話を聞いて『寄り添って』くれたからだ!」

竜崎は抑えきれなくなったのか、拳《こぶし》をハンドルに打ち付ける。拳銃《けんじゅう》を眉間《みけん》につきつけられても眉《まゆ》一つ動かさなかった竜崎が見せた感情的な行動に、母の死が彼の心にどれだけの傷痕《きずあと》を残したのかは明らかだった。

「母の病気に何もできなかったことが、ただただ悔しかった。そして、いかに優しく患者想いであろうと、技術がない医者は患者を殺すということを知った。だから、母の葬儀のあと、俺は医師になると誓ったんだ。あの主治医とは反対に、どこまでも技術を高め、患者の命を救う医師にな」

竜崎は普段の淡々とした口調に戻る。再び沈黙が車内に降りる。しかし、それはついさっきのように重苦しいものではなかった。

竜崎がなぜ外科医を目指したきっかけを、自らのトラウマを語ってくれたのか、なぜ自分を気にかけ、外科医に戻ろうとしているのか、澪はようやく分かった気がした。

医療に対するスタンスは正反対だが、お互いに家族を喪《うしな》い、そして患者を救いたいと強く思っている。竜崎は、そこにシンパシーをおぼえたのだろう。

やはり、竜崎先生と私はコインの裏表のようなものだ。一人孤独に技術を追求し続けてきた竜崎先生にとって、私ははじめて見つけた仲間のように見えているのかもしれない。

「着いたな……」

ぼそりと竜崎が呟《つぶや》く。竜崎の横顔を眺めていた澪が正面に視線を向けると、いつの間にか自宅アパートのそばまでやってきていた。

アパート前の駐車スペースに滑り込んだカイエンのエンジンが止まる。

「今日はよくやった。明後日《あさって》は笹原遥未さんの膠芽腫《こうがしゅ》の手術がある。予定通り、術中、お前に彼女と話をしてもらう。明日《あした》はしっかり休んで、体調を整えておくんだ」

車から降りた竜崎はアパートに向かう。澪もそのあとについて行った。

階段を上って二階に上がると、竜崎が自室である二〇三号室ではなく、一番手前の二〇一号室の前で止まった。

「え、部屋に戻るんじゃないんですか？」

「寝る前にトレーニングをするんだ」

「トレーニングって、いまからですか⁉」

「疲労困憊《こんぱい》の状態でも執刀できるようにする必要があるんだ」

「はあ、そうですか……」

感心と呆《あき》れがブレンドされた口調で澪が言うと、竜崎が扉を開けた。二〇二号室と同様にリフォームされた部屋に、ヘルメット型のVR装置がいくつか置かれ、そしてそれらの中心には、長径三メートルほどの繭状の機器が鎮座している。

「あ、懐かしい」

澪が声を上げると、竜崎が「懐かしい？」と片眉を上げた。

「あの手術トレーニング用VR装置のことか？　お前はあれを使えるのか？」

「あ、それもそうですけど、真ん中にある大きな機械もです。修練室の下の階にあるやつですよね。星嶺大学医学部に同僚たちと見学に行ったとき、火神教授が『いま研究中の機械だ』って見せてくれて、全員乗ってみました。私以外の全員、すぐに酔ってギブアップしちゃいましたけどね」

「……お前は大丈夫だったのか？」

「はい、私、むかしから乗り物酔いとか全然しないんです。あとVRゲームとか得意だし。まあ、バーチャルとはいえ医療行為の練習なんで、いまは無理でしょうけど、あのときは一時間近く、血管内を進んでいくシミュレーションをシューティングゲーム感覚で楽しみました」

「一時間……」竜崎の目が大きくなる。

澪が「どうかしましたか？」と訊《たず》ねると、竜崎はゆっくりを口を開いた。

「お前の姉を殺した犯人を見つけるのに、俺も全力で協力してやる」

「は？　え？　なにを……？」

戸惑う澪の目を竜崎はまっすぐに見つめる。

「その代わり、犯人が見つかったらお前は外科医に戻れ。戻って、あの機械のオペレーターをするんだ」

8

「遥未さん、これはなんだか分かる？」

澪が話しかけると、笹原遥未は焦点のぼやけた目を、言語療法士が持っているパネルに向ける。

「花……、チューリップ……」

たどたどしく遥未が答えるのを聞いて、言語療法士は視線を上げて頷く。筒状の巨大な顕微鏡を覗《のぞ》き込んでいた竜崎は、小さく頷き返すと、両手をわずかに動かした。

二日後の月曜、澪は予定通り、竜崎が執刀する腫瘍《しゅよう》摘出術に参加していた。すでに頭《ず》蓋骨《がいこつ》が外され、遥未は全身麻酔から覚醒《かくせい》し、鎮痛剤と特殊な麻酔薬でうとうととしているような状態になっていた。

竜崎が腫瘍の周囲の脳組織に電極を当て、その部分を麻痺《まひ》させたうえで、澪が言語療法士とともに言語能力を確認し、切除可能かどうかを調べていた。言語野を傷つけ、失語症になることを防ぐために、慎重に手術を進めなければならぬため、すでに執刀開始から十時間近くが経っている。スタッフたちの表情にも疲労の色が浮かんでいるが、執刀医である竜崎だけは全く疲れを見せていなかった。

髪の毛で蝶結《ちょうむす》びをするかのような緻密《ちみつ》な手術を何時間も続けている竜崎を眺めながら、澪は二日前の夜の出来事を思い出す。

――お前の姉を殺した犯人を見つけるのに、俺も全力で協力してやる。その代わり、犯人が見つかったらお前は外科医に戻れ。

そう言った竜崎の態度は真剣そのものだった。これまで、何度も「外科医に戻れ」と言われたが、それとは明らかに違う迫力に圧倒されてしまった。

きっと、あの繭状のVR機器に乗れたということが大きかったのだろう。

一年ほど前、あの装置に乗ったときのことを思い出す。火神の説明では、現在、大手製薬会社とともに研究している新しい医療機器のシミュレーターだということだった。なかにある深くリクライニングしたシートに腰かけると、上下左右くまなく光点が生じるとともに、これまで経験したことのない浮遊感に襲われた。まるで無重力の世界で、星空の中に浮かんでいるような心地になった。

あとから、ともに見学した者たちに聞いたところ、他の全員はその段階で、ひどい車酔いをしたかのような状態になり、緊急停止をしたらしい。しかし、澪は苦しむどころか、生まれて初めてのその感覚を楽しんだ。

指先を動かすと、周りに散らばっている光点を自在に動かすことができた。その操作に慣れてきたころ、目の前に巨大な人間のホログラムが現れ、大動脈から手足の先の毛細血管まで、全身の血管が黒く映し出された。

「光の粒子を操って、血管を循環させてみなさい」

高揚を孕《はら》んだ火神の声が機器の内部にこだましたのを聞いて、澪が指示通りに粒子を操って大腿《だいたい》動脈から光の粒子を注ぎ込んだ。それらは瞬く間に全身を循環しはじめ、黒く染まっていた血管が淡く輝きはじめた。

「今度は、肝臓にある血管の塊に粒子を集中させるんだ」

響いてくる火神の声からは、興奮が抑えきれなくなっているのが伝わってきた。

血管をめぐり続けている粒子を操るのに苦労しつつ、澪は火神の言う『新しい医療機器』ががんの治療法であることに気づいた。肝臓にある血管の塊は、明らかに悪性腫瘍が栄養を奪い取るため血管新生を行い、周りから血液を集めたものだった。

四苦八苦しつつ、澪はなんとか粒子を門脈に集めようとしたが、一気に流し込みすぎたのか、血管から光が一気に噴き出し、ホログラムの体全体が黄色く染まった。

きっと血管を破ってしまったということなんだろうな……。澪がそう気づくと同時に機器の中は真っ暗になり、すぐに重い音とともに蓋《ふた》が開いたのだった。

あのあと、火神が満面の笑みを浮かべ「お疲れ様」と握手を求めてきたのをおぼえている。世界的にも有名な人物にそんな応対をされ、緊張で頭が真っ白になっていたが、いま思えばあれが、自分が火神にスカウトされた理由なのだろう。

ほとんどの人間が耐えられない開発中の新装置のシミュレーター。それを使いこなせる自分を、試作機のオペレーター候補として手元に置こうとしていた。だからこそ、ナースエイドとして星嶺大学医学部附属病院で働かないかと誘ってきたのだ。

火神の娘である玲香がよくしてくれるのも、きっと父の研究にとって重要な人材だと知っているからだろう。竜崎の捜査協力の提案も、間違いなく尊敬する火神のための打算で自分が重宝されていることに失望をおぼえる一方、裏社会ともつながりがある竜崎の協力はありがたくもあった。

ただ、辰巳が無関係だったことで、手がかりは皆無になってしまった。これからどう動けばいいのか、皆目見当がつかなかった。

本当に姉さんは殺されたんだろうか？　私はその犯人を見つけられるのだろうか？

澪が考えこんでいると、「腫瘍、出るぞ」という竜崎の声が聞こえる。視線を上げると、竜崎が手にしている脳外科手術用の長いピンセットの先に、赤黒い塊、周りの脳組織と一塊にして摘出した膠芽腫が摘《つ》まれていた。

張り詰めていた手術室の空気が一気に弛緩《しかん》《ずがい》する。あとは、脳外科を専門とするゴールドの外科医が、最終的な処置をして頭蓋の閉鎖を行えば手術は終わる。

スタッフが一斉に動きはじめ、役目を終えた言語療法士が離れていく。澪は「終わりましたよ。本当にお疲れ様」と遥未に話しかけた。遥未は「終わった……」とたどたどしく呟《つぶや》く。

「彼女はどうだ？　問題ないか？」

ゴールドにあとの処置を任せ、滅菌ガウンを脱いだ竜崎が声をかけてくる。

「はい、問題ありません。意識は朦朧《もうろう》としていますけど」

澪が答えたとき、遥未の口がパクパクと動く。澪は「何か言いたいんですか？」と耳を近づけた。

「遅くまで……お疲れ様。今日、合コン……あるんだけど、桜庭さん……も来ない？」

遥未が耳を澄まさなければ聞こえないほどの声量で、たどたどしく言う。竜崎が「合コン？」と訝《いぶか》しげに視線を向けてきた。

「ち、違いますよ。私は行ってません。これ、先週の準夜勤終わりに、同僚の若菜ちゃんが私に言った内容です。看護助手控室と遥未さんの病室、隣り合っていて壁が薄いから、会話が筒抜けなんです」

「なるほど、過去に聞いた会話をくり返しているということか。言語野に電気刺激を受けたうえ、麻酔薬を投与されているせいだな。時間とともに回復するはずだ」

竜崎はあごに手を当てる。

「でも、この会話ってかなり遅い時間だったはずですよ。本当なら、遥未さんは寝ている時間のはずなのに……」

「眠っていてもレム睡眠中は脳の一部が覚醒している。逆に無意識状態で聞いた会話の記憶が蓄積されていた部位が、電気的刺激を受けて活性化されたのかもしれない。人間の脳には、まだ謎が多いからな」

二人が声をひそめて話し合っていると、再び遥未の口から、か細い声が漏れだす。

「桜庭唯の……データをどこに……桜庭さんは隠している……。あれが火神……教授に渡ったら……おしまい……」

澪と竜崎は顔を見合わせた。

「いまのって……」

澪がかすれ声を絞り出すと、竜崎は押し殺した声で言った。

「どうやら、お前の同僚の中に犯人がいるようだな」

第4章　家族のために

1

「ああ、もう。おぼえること多すぎて嫌になる！」

早乙女若菜がペンを持った手で、茶色く染まった髪を掻《か》き上げる。若菜の前のテーブルには、看護師国家試験の参考書が置かれていた。

「お疲れ様。早乙女さんが勉強なんて珍しいね」

スマートフォンで娘の写真を眺めていた遠藤が言うと、若菜は頬を膨らませた。

「毎日、夜に勉強しているんですよ。昨日が合コンで余裕なかったから、その分をやっているだけです。来年には絶対にオペナースになるんだから」

「若菜ちゃん、手術部に配属希望なんだ」弁当を食べていた園田悦子が顔を上げる。

「はい、だってオペナースってかっこいいじゃないですか」

「私も昔ちょっとだけ、手術部でナースエイドをしていたことあるのよ。ただ、基本的に備品の搬送と整頓《せいとん》ばっかりでつまらないから、病棟勤務に戻してもらったけど。特にうちの病院の手術部は、統合外科があるから忙しいこと忙しいこと」

「統合外科があるからこそ、ここの手術部で働きたいんですよ。星嶺大学医学部附属病院のオペナースをしていたって言えば、どこの病院でも引く手あまたですから」

「あら、しっかり者」悦子はおどけるように言う。「それなら、今年度こそ国家試験受からないとね。何回も浪人していると、うちの手術部に配属されるの難しくなるわよ」

「そうなんですよ。それに、看護学校時代の奨学金の返済もあるし……」

若菜がため息をついていると、「桜庭さん、大丈夫？　なんか顔色悪いけど」と遠藤が澪に声をかけてきた。澪は「大丈夫です……」と押し殺した声で答える。

笹原遥未の覚醒《かくせい》下脳腫瘍《のうしゅよう》摘出術から四日後、金曜日の昼下がり、澪は同僚の三人とともに看護助手控室で遅めの昼休みを取っていた。

「本当に大丈夫なの？　なんか、今週ずっと元気ないけど」

悦子が顔を覗《のぞ》き込んでくる。澪は表情筋を無理やり動かし、人工的な笑みを浮かべた。

「ちょっと疲れているだけです。最近、いろいろと悩みごとがあって」

あなたたちの誰が犯人なのかっていう悩みがね……。澪は胸の中で付け足すと、三人の同僚を見回す。

このうちの誰が『犯人』なのだろうか？　その人物はおそらく、アパート裏手の雨水管をよじのぼり、窓を割って部屋に侵入している。一番可能性が高いのは元自衛隊員で体力のある遠藤だろう。あとは、細身で身軽な若菜か。ただ、遠藤が犯人だとすると、気になることがある。遠藤はいつも午後六時に学童から娘が帰ってくるので、それまでに絶対に帰宅することにしている。空き巣に入られた日も、午後五時の定時で帰っていったのをおぼえている。

そのあと、アパートまで行って侵入することもできなくはないが、そこからあれほど徹底的に部屋を荒らし、さらに午後六時までに自宅に帰ることは不可能だろう。

あの日だけ、娘を知り合いに任せたということだろうか？　けれど、シングルファーザーで頼る親戚《しんせき》もいないと言っていた遠藤が、あれだけ溺愛《できあい》している娘を他人に任せたりするだろうか？　それに、遥未が手術中に口走った『犯人』のセリフは、彼女が眠っているかなり遅い時間に、薄い壁を挟んで隣にあったこの看護助手控室で発されたものの可能性が高い。だとすると、やはり定時に帰宅する遠藤が犯人とは考えづらい。

それなら……。難しい顔で参考書を眺めている早乙女若菜を、澪は見つめる。

若菜ちゃんが私の部屋を荒らしたの？……若菜ちゃんが姉さんを殺したの？

澪の視線に気づいたのか、若菜が顔を上げた。

「どうしたんですか、桜庭さん？　あ、もしかしてこの前の合コンに行かなかったの、後悔していたりします？　なら、明日《あした》も予定あるから一緒に行きますか？」

若菜の誘いに、澪はかぶりを振った。

「ありがとう。けど、週末は忙しいんだ。姉の遺品の整理をしないといけないから」

「お姉さんの……？」若菜のきれいに整えられた眉《まゆ》がピクリと動いた。

「うん、そうなの。去年に亡くなったうちの姉、ジャーナリストをしていたんだけど、重要な資料とかを保管する倉庫を借りていたんだって。この前、そこの大家さんからうちの実家に、賃料が振り込まれていないって連絡が来てはじめて知ったの。で、引き払わないといけないから、この週末はそこの荷物を運び出す予定」

「……大変ですね。お手伝いしましょうか？」若菜が視線を送ってきた。

「そんな、試験勉強が忙しい若菜ちゃんの時間を取らせるの悪いし」

「娘と遊園地に行く予定がなければ手伝ってあげられるんだけど」

「私も一番下の孫が野球部の試合に出るんで、見に行くことになっているのよね」

遠藤と悦子が申し訳なさそうに言う。澪は「大丈夫です」と目を細めた。

「小さな倉庫みたいだから、一人で十分片づけられると思います」

「余裕あったら手伝いに行きますから、場所だけ教えて下さいよ」若菜が前のめりになる。

「ありがとう。えっとね、倉庫の住所はたしか江東区芝浦《こうとうくしばうら》の……」

澪が住所と倉庫の名前を伝えると、若菜はそれをせわしなく参考書にメモしていく。

「あ、そろそろお昼休憩おわりね。それじゃあ、午後も張り切っていきましょう」

悦子の声を合図に、澪たちは出入り口に向かう。控室を出て廊下を進んでいくと、若菜が隣に並んできた。

「明日って何時から倉庫の片づけする予定なんですか？」

「そうね……。できれば一日で全部終わらせたいから、朝の七時ごろにはいく予定」

「七時⁉　早すぎません？」

「運び出した荷物、夕方には全部、姉さんの同僚だった人に渡す約束をしているんだ。姉さんが生きていた頃に集めた、貴重な情報とかあるかもしれないからさ」

「そ、そうなんですか。大変ですね」

若菜が上ずった声で言ったとき、彼女が担当の病室から看護師が顔を出し、「ナースエイドさん、患者さんをレントゲン室まで搬送お願い」と声を上げる。

「あ、行かなきゃ。それじゃあ、桜庭さん。またあとでね」

早足で廊下を進んでいく若菜の背中に、澪は冷たい眼差《まなざ》しを注ぐ。

「ええ、……またあとで会いましょ。若菜ちゃん」

口の中で言葉を転がすと、澪はゆっくりと歩いていく。これから、午後の手術を受ける患者の搬送があった。目的の病室に入ると、押し殺した声が聞こえてくる。

「いやあ、そんなそんな。悪いですよ」

一番手前のカーテンの隙間から、肥満体を白衣に包んだ中年男の姿が見えた。統合外科の医局長である壺倉だ。階級はゴールドだが、医局長という統合外科の実務を一手に担う立場にいるということで、プラチナに近い権力を持つ男だった。

たしか、このベッドの患者は来週、竜崎先生の冠動脈バイパス術を受ける予定のはず。病棟担当医も玲香先生だから、壺倉先生は関係ないのにどうして……？　首をひねった澪は、ベッドの端に腰かけている患者が白い封筒を差し出していることに気づく。

「そうおっしゃらずに。ほんのお気持ちですから。壺倉先生のお陰で、最高の先生に手術をして頂けることになりました。本当に感謝しております」

「いやあ、仕方ないなぁ。でも、お気持ちを受け取らないのも失礼ですしね」

愛想笑いを浮かべた壺倉が封筒を受け取るのを見て、澪はなにをしているのか気づく。患者からの心づけの金を受け取っているのだ。かつてはこのようなことが日常的に行われていたが、医療倫理的に問題があるということで、現在は大部分の病院で断っている。なのにこの人は……。澪が呆《あき》れていると、壺倉が気配に気づいたのか振り返った。

「……なんだお前は？」壺倉は澪を睨《にら》みつける。

「あ、ナースエイドです。奥の患者さんの搬送に……」

「いま患者さんと大切な話をしているんだ。少し外で待っていろ」

虫でも追い払うように手を振られた澪は、唇を尖《とが》らせつつも言われた通りにする。苛《いら》立《だ》ちながら病室の前で待っていると、火神玲香が通りかかった。

「あれ、桜庭さん、なにしているの？　宿題忘れて廊下に立たされた小学生みたい」

「壺倉先生が、患者さんの『お気持ち』を受け取っているんですよ」

「ああ、またやってるの、あの人」玲香は苦笑する。

「またって、いつものことなんですか？」

「そう。あの人、プラチナの外科医に執刀される患者さんに『私が何々先生に手術できるように手配しておきましたよ』って言って回っているの。どの患者さんの執刀をするかは、プラチナのドクターたちが自分たちで選んでいるのにね」

「嘘ついているってことですか？」

「嘘とはいえないかな。手術のスケジュールを組んでいるのはたしかにあの人だから」

「それで、たくさんの患者さんから心づけを受け取っているんですね」

「そう。病院のルールとしてはダメなんだけど、別に犯罪ってわけじゃないし、どうしても渡したいって患者さんもいるから、難しいところよね」

「……火神教授は、このことを知っているんですか？」

「ええ、知ってて黙認している。医局長の仕事はかなり忙しいのに、技術至上主義の統合外科ではそういう実務はあまり評価されないからね。面倒な仕事を押し付けているぶん、少しくらいの役得は認めようってことなんじゃない？」

火神教授も……。澪が軽い失望をおぼえていると、壺倉が病室から出てきた。

「お前、名前は？」壺倉が澪を睥睨《へいげい》する。

「桜庭澪です」

「桜庭……」壺倉の眉間《みけん》に深いしわが寄る。「そうか、お前が……」

「え、私がなにか……？」

澪が訊《たず》ねると、壺倉は「なんでもない」と言い残して大股《おおまた》で去っていった。

首をかしげる澪の肩を、玲香が叩《たた》く。

「木下花江さんの件で、竜崎先輩に嚙《か》みついて、啖呵《たんか》を切った件じゃない？　桜庭さんクビになるんじゃないかって、院内中で噂だったんだから」

「噛みついたわけじゃ……。やっぱりクビになりそうだったんですね、私……」

「大丈夫大丈夫、桜庭さんがクビになるわけないんだから」玲香は屈託なく笑う。

「……それって、火神教授が研究している新しい治療法に関係しています？」

澪の問いに、玲香の表情が引き締まった。数秒の沈黙のあと、玲香は口を開いた。

「そう。あなたにはあの装置の研究に協力して欲しいと思っている」

「……玲香先生、私が元外科医だってことを知っていますね。そして、PTSDで一切の医療行為ができなくなって、ナースエイドになったってことを」

澪が低い声で訊ねると、玲香は「ええ……」ためらいがちに頷《うなず》いた。

「それなら、私があの装置を使えないことは分かっているじゃないですか。あれはシミュレーターとはいえ、明らかに医療行為の、がん治療のための装置です」

「分かってる。あなたに無理なことを期待していることは分かっているの。それでも、諦《あきら》めきれないの。……父さんの最後の夢を実現させるために」

「火神教授の最後の夢？　どういうことですか？」

「……なんでもない。いまの話は忘れて。それより、そろそろ患者さんを手術部に連れていかないといけないんじゃない？」

澪は「え？」と腕時計を見る。玲香の言う通り、搬送予定時刻が近づいていた。急がないと。澪が顔を上げると、いつの間にか玲香は離れていっていた。

最後の夢とは、どういう意味なんだろう。この病院では何が起きているのだろう。いつもより小さく見える玲香の背中を見送った澪は、もやもやする気持ちを抱えながら病室の奥へと入った。

「なんとか間に合った……」

手術部の入り口で患者をオペナースに引き継いだ澪は、大きな息を吐く。壺倉に追い出されたり、玲香と話をしたりしたため、予定時間ぎりぎりになってしまった。ちゃんと仕事に集中しなければ。たとえ今夜、大切な用事があったとしても。

澪が病棟へ戻ろうとしたとき、「遅い」という、聞きなれた声が聞こえてくる。振り返ると、手術着姿の竜崎が立っていた。

「え、どうしたんですか？　いまの患者さんの執刀、竜崎先生じゃありませんよね」

「お前を待っていたんだ。前の手術が予定より早く終わったからな。で、計画は順調に進んでいるのか？」

「はい……、しっかりとエサは撒《ま》きました」

澪が小声で答えると、竜崎は「よし！」と唇の片端をシニカルに上げた。

「今夜は夜釣りとしゃれこむぞ」

2

埃《ほこり》をかぶったタイヤのない車のボディに背中を預けた竜崎は、ジャケットのポケットから縫合糸を取り出すと、ドアノブに引っ掛ける。

「こんなときでも、練習をするんですね」

ピアニストが演奏するかのように華麗に指を動かし、次々に糸に結び目を作っていく竜崎に、澪が呆れ声を出す。この廃車の陰に隠れて四時間ほど経つが、その間、竜崎は延々と糸結びの練習を続けていた。ドアノブやサイドミラーには竜崎が結んだ縫合糸が無数に垂れ下がり、まるですだれのようになっている。

「糸結びは外科医の基礎の基礎だ。常に練習しておく必要がある」

竜崎はポケットから新しい糸を取り出すと、「お前もやってみろ」と差し出す。押し付けられるように縫合糸を受け取った澪は、緩慢な動きでそれをドアノブに引っ掛けると、大きく息を吐いて結びはじめた。外科医を目指してから何万、何十万回とくり返した動作。考える前に指が動き、次々に結び目を作っていく。

「スムーズで良い糸結びだ。やはりお前は外科医に戻るべきだ」

耳にたこができるほどにくり返された言葉。しかし、そこにはこれまでと比較になら
「暇だな……」

ないほどの熱意と重量がこめられてた。

「……それって、あの繭状のVRシミュレーターと何か関係があるんですか？」

竜崎は答えない。その沈黙は澪の指摘が正しいことを如実に表していた。

「あれって、火神教授が研究している新しいがん治療の装置ですよね。先生も玲香さんも、そして火神教授自身も、私にあれのオペレーターをやらせようとしている。けど、なんで私なんですか？　竜崎先生がやればいいじゃないですか」

「……俺じゃだめなんだ」悔しげに竜崎が言う。「何度も挑戦してみた。シミュレーターのプロトタイプを低額で譲ってもらって二〇一号室において、なんとか慣れようとまでした。それでも、俺には耐えられなかった。あまりにも大量に五感に流れ込んでくる情報、そして洗濯機の中にでも放り込まれたかのような浮遊感に、三半規管と脳が悲鳴をあげて、三分ともたずに限界が来て、何十分と吐き気や頭痛、めまいに悩まされる。俺だけじゃない、玲香も、他の医局員たちも全員同じだ。あれは欠陥品なんだ」

「欠陥品……」

「そうだ。だが、その欠陥を直すためには、誰も使えないあのシミュレーターを誰かが使いこなして膨大なデータをとる必要がある。その矛盾で、完全に行き詰まっていた」

「……でも、私はあれを使いこなせた」

「そうだ。あの治療法を確立して火神細胞を完成させるために、お前が必要なんだ」

「火神細胞を完成？」澪は眉根《まゆね》を寄せる。「どういう意味ですか？　火神教授はどんな治療法を開発しようとしているんですか？」

「新火神細胞による治療だ」

「新火神細胞⁉」澪の声が大きくなる。

「ああ。これまでの万能免疫細胞療法では、たんにマクロファージのようにがん細胞を貪食《どんしょく》する作用がある火神細胞を注入するだけだった。それだと、血管やリンパに這《は》い込んでいる細かいがん細胞に対しては効果があるが、腫瘍塊《しゅよう》そのものに対しては、その成長を遅くさせる程度の効果しかなかった」

「腫瘍の内部まで破壊する能力は、火神細胞にはありませんからね」

「そうだ。だからこそ教授は培養した火神細胞に、ミクロ単位のバイオコンピューター回路を組み込み、『新火神細胞』を作った」

「新火神細胞？　バイオコンピューターを組み込むと何が起きるんですか」

「外部から自在に、火神細胞を操作できるようになる。患者の血管から注入した火神細胞を、外部からの電気刺激と磁力で指令を与えることで血管を通じて好きな場所に移動できるようになるんだ」

「じゃあ、火神細胞を腫瘍に集めて……」

「そうだ。腫瘍全体を一気に食い尽くすことができる。手術のような侵襲性もなく、がんを消滅させられるんだ。それが火神教授が開発中の新治療であり、それを可能にする操作システムが outside operated Higami cell machine system、通称オームスだ」

「オームス……。あの繭みたいな機械がそのシミュレーター……」

「ああ、将来的にはオームスのオペレーターはAIで補助されながら、新火神細胞を操作していく予定になっている。だが、AIに学習させるためには、オペレーターがくり返しあの機械に乗って、シミュレーションをする必要がある。しかし、あまりにも多くの情報の洪水に大抵の者はすぐに限界が来てしまうため、まだデータがほとんど取れていない状態だ。このままでは、実用までに何十年もかかってしまう」

「けど、私だったらあれを使ってデータが取れる……」

「しかもお前は外科医としての知識と経験がある。お前こそが、火神細胞でがん治療を根本から変え、多くの人々を救うという火神教授の宿願を果たすための、最後のパーツなんだ」

「私は人間です。新治療のための部品ではありません」澪は静かに言う。

「……たしかにそうだな。無神経な発言をして悪かった」

素直に謝罪する竜崎に、澪は驚く。出会った頃のこの男なら、「個人の感傷など捨てろ、医療の進歩の前には無意味だ」とでも言っただろう。

私とともに患者の心に寄り添うことで、最高の手術を目指していくうちに、この人も変わったのかもしれない。そして、同じように私も……。

「けど、私もその治療法は素晴らしいと思います。患者さんへの侵襲が少なく、がんを手術と同じように治せるならたくさんの人を救えるはずです」

竜崎が「なら……」と前のめりになるが、澪は首を横に振る。

「いまのままではダメです。シミュレーターとは言え、腫瘍を光の粒子で破壊するあれは完全な医療行為でした。いまの私があの装置に乗っても、パニック発作を起こしてすぐに脱出しないといけなくなります」

「トラウマを克服して外科医に戻れば、あれを使えるようになるんだな」

「たぶん……。約束はできませんけど」

「それで十分だ」竜崎は力強く頷《うなず》く。「教授の夢を叶える可能性が少しでもあるなら、俺はなんでもしよう」

「本当に火神教授を尊敬しているんですね」少しだけからかうように澪は言う。

「当然だ。あの人のお陰でいまの俺がある。あの人から受けた恩を、俺はまだまだ返せていない。一刻も早く、オームスを完成させないといけないんだ」

竜崎の声に焦りを感じ取り、澪はわずかに首を傾ける。なにを焦っているのだろう？来年、自分が日本を離れる前に恩返しをしたいということだろうか？

「ただ、それとは関係なく、俺はお前を外科医に戻したいと思っている」

「はいはい、人を救える技術を持っているのに、それを社会に還元しないのは怠慢だって言いたいんでしょ。分かっていますって」

澪がおどけるように両手を上げると、竜崎は「それだけじゃない」と呟《つぶや》く。

「お前は『患者の心に寄り添う』という、俺とは正反対のスタンスで何人もの患者の人生をより良いものに変えてきた。ナースエイドとして培ったその経験を持って外科医に戻れば、きっと俺とは、いや従来の外科医とは全く違うタイプのドクターになり、多くの患者の命と心を救える唯一無二の存在になれるはずだ」

いつもの抑揚のない口調。しかし、その言葉は火傷《やけど》しそうなほどの熱を孕《はら》んでいた。

正反対の思想を持つ、この天才外科医に認められたことが、自分でも驚くほど嬉《うれ》しかった。ナースエイドとして必死に患者の心に寄り添ってきた日々が報われた気がした。

「そのためにも、今夜の『釣り』を成功させないとな」竜崎はニヒルに口角を上げる。

この場所は東京湾沿いの港に建つガレージだった。小学校の体育館ほどのスペースに、数台の廃車と、タイヤチェンジャーやガレージデッキ、高圧洗浄器などの修理器具が置かれていた。かなり前に廃業した自動車整備工場を、竜崎が借りたものらしい。看護助手控室で、姉の遺品の話をした日の夜、澪は竜崎とともにこのガレージに潜んでいた。

昼に姉の倉庫として若菜たちに教えたのが、ここだった。唯が取材の資料などを保管していた倉庫、その疑似餌を撒《ま》けば、犯人は間違いなく食らいついてくる。

「もうすぐ、日付が変わりますよ。本当に犯人、来ますかね」

「来るさ。お前の家を荒らすという乱暴な手段に出たことから見ても、犯人は間違いなく焦っている。絶対に今夜、ここに現れる。そこを拘束する」

「拘束って、そんな簡単にできますか？　逃げられたりしませんかね？」

「逃げられたら逃げられたでかまわない。あれがあるからな」

竜崎は少し離れたところにあるトラックの運転席にセットされている防犯カメラを指さす。このガレージには、五個の防犯カメラが設置されており、録画を行っていた。

たしかに、途中で犯人が罠《わな》に気づいて引き返したとしても、倉庫に入った時点で不法侵入の証拠を手に入れることができる。そうすれば警察に引き渡し、きっと橘さんが私の部屋の空き巣、そして姉さんの事件への関与まで口を割らせてくれるはずだ。

そこまで考えたとき、同僚たちの顔が頭をよぎり、澪は唇を固く結んだ。

あの三人の中に姉さんを殺した人物がいるのだろうか？　それは誰で、姉さんにいったいどんな情報を握られていたというのだろうか？

この作戦が成功すれば、きっとその謎はすべて解ける。そして私はこの八ヶ月以上、全身を縛っていたトラウマから解放され、そしてまた外科医として……。

思考が止まる。また外科医に戻る、本当にそれでいいのだろうか？　私はナースエイドとして患者に寄り添い続けると、心に決めたはずだ。トラウマから解放されたからといって、すぐにその決意を翻してよいものなのだろうか？

私の理想の医療、私の進むべき道……。考え込んでいる澪の鼓膜を、低い振動音が揺らす。竜崎がジャケットの内ポケットから素早くスマートフォンを取り出していた。

「ちょっと竜崎先生、音が出ないようにしておいてくださいよ」

澪が文句を言うが、竜崎は答えなかった。こわばった表情でスマートフォンの液晶画面を凝視している竜崎のただならぬ様子に気づき、澪はおそるおそる「あの……、大丈夫ですか？」と声をかける。

「……中止だ」竜崎はかすれ声で言う。「用事ができた。今日の作戦は中止だ」

「はぁ？　なにを言っているんですか？　中止ってそんなこと……」

文句を言いかけた澪は、竜崎の顔が真っ青になっているのを見て、言葉を呑《の》み込む。

「竜崎先生……、なにがあったんですか？」

澪の問いに、竜崎はうめくように答えた。

「羽ばたき園の、俺がいた養護施設の子どもが、うちの病院に救急搬送された……。痙《けい》攣《れん》して意識不明だそうだ……」


「竜崎先生、大丈夫かな……」

澪はスマートフォンを確認する。竜崎が去ってから、三時間以上が経っているが、いまだに連絡はなかった。身寄りがない竜崎にとって、養護施設の子どもはまさに家族のようなものだ。なにをおいても病院に向かうのは当然だろう。

竜崎は「危険だからお前も帰るんだ」と言い残していった。しかし、澪は一人で廃車の陰に身を潜ませ続けた。一分でも、一秒でも早く、犯人の正体を知りたかった。そして、姉を殺したのか確認したかった。けれど……。

澪は腕時計に視線を落とす。すでに時刻は午前三時を回っている。数時間、この冷たく硬い床に座り、埃《ほこり》っぽい空気を吸ったせいで、腰と喉《のど》が痛かった。重い疲労感が全身の細胞を侵しているし、数十分前から睡魔にくり返し襲われている。

　この作戦は失敗だったのではないか。同僚の三人の中に犯人がいるということ自体、馬鹿げた勘違いだったのではないか。そんな考えが頭に湧いてくる。

　若菜が犯人の可能性が高いと思ったが、よく考えたらそれにも無理がある。部屋が荒らされたあの日、午後六時ごろに加賀野姉妹のコンサートが行われる講堂に向かう際、若菜とすれ違った。つまり若菜にはその時刻までのアリバイがあるということだ。

　午後六時から、私が部屋に戻った午後八時半までの二時間半、そのわずかな時間でアパートに向かい、誰にも気づかれることなく窓ガラスを割って部屋に侵入し、そのうえ隅々まで荒らして調べつくすなど、かなり難しいのではないか。

　それを全部一人でこなすには、少なくとも数時間はかかるはず。

「やっぱり、三人は犯人じゃないんだ……」

　安堵《あんど》と失望が胸を満たしていく。そのときガチャリという金属音が空気を揺らした。丸まっていた澪の背中が伸びる。誰かが入り口の錠を外している？

　澪は廃車の陰からそっと顔を出して、出入り口をうかがう。扉がゆっくりと開いていき、その向こう側に人影が見えた。逆光になっているため、顔ははっきりと見えない。

　しかし、長身で肩幅の大きなシルエットだけでそれが誰だか分かった。

　遠藤剛史、もと自衛隊員でシングルファーザーとして娘を溺愛《できあい》している同僚。

遠藤が犯人だった。彼なら木を登って窓ガラスを割り、部屋に侵入することも容易だろう。あの日は、保育園の娘の迎えを誰か他の者に頼んでいたということか……。

息を潜めている澪の耳に、声が届く。若い女性の声が。

「どうですか？　見つかりましたか？」

澪が唖然《あぜん》としていると、遠藤の後ろから小柄なシルエットが姿を見せた。

「なんかおかしいよ。本当にここなの？」

「間違いないですよ。私、ちゃんと参考書にメモしましたから」

ガレージに入ってきた男女の顔がはっきりと見えた。遠藤剛史と早乙女若菜の顔が。

あの二人が犯人……。そこまで思ったとき、澪は頭が真っ白になった。

もう一人、ガレージの中に入ってきたのを見て。

「二人とも、どう？　桜庭唯が隠していたデータっていうの、見つかった？」

遅れて入ってきた園田悦子が声を上げるのを見て、澪は自分が夢の中にいるような心地になった。悪夢の中にいるような……。

「園田さん、うちの娘を見ていてって言ったじゃないですか」

「文香《ふみか》ちゃんならよく寝ているから大丈夫よ。それより、早く証拠を……」

セリフが止まる。廃車の陰からふらりと現れた澪を見て。

「……どういうことなんですか？」澪はかすれ声を絞り出す。

「あ、あの……、誤解なの。ねえ、二人とも……」

しどろもどろになりながら、悦子が遠藤と若菜に水を向ける。しかし、二人ともこわばった表情を晒《さら》したまま固まっていた。

「なにが誤解なんですか？　なんで三人してここに忍びこんでいるんですか？」

抑揚のない声で澪は訊《たず》ねる。

「同僚が全員、犯人だったなんて、偶然ではあり得ない……。なら、いつから協力していたの？　ううん、それもなにか違う……。ああ、そうか、最初から仕組まれていたんだ……。私は最初から罠にかかっていたんだ……。三人ともずっと姉さんが遺《のこ》した情報を奪おうと、私を監視し続けていた……。私はずっと騙《だま》されていた……」

思考が言葉になって口から漏れだす。この三ヶ月近く、一緒に働いてきた同僚たちが全員敵だった。あまりにも残酷なその事実を脳が、心が拒絶していた。

「ち、違うの。いえ、違わないけど、ちょっと隠し事があっただけで……」

視線を泳がす悦子を、澪は睨《にら》みつける。

「隠し事⁉　それは、姉さんを殺したことですか？」

「殺した⁉」悦子が声を裏返した。

「ごまかさないで！　あなたたちが姉さんを屋上から突き落としたんでしょ！　どんな悪事を姉さんにあばかれそうになったの⁉　あなたたちと姉さんはどんな関係なの！」

「桜庭さん、落ち着いて。君はなにか大きな勘違いをしているよ」

遠藤がにじり寄ってくるのを見て、澪は「来ないで！」と鋭く言う。

「姉さんみたいに私を殺すつもり!? 死体はそこの海に捨てようってわけ？ そうはいかないわよ。ここの映像は協力者に見てもらっている。私を襲おうとしたら、すぐに警察に通報されて、あなたたちは逮捕されるから」

はったりがとっさに口をつく。効果は抜群だった。三人の顔が露骨に歪《ゆが》む。

「あの、警察だけは許してくれないか……。俺が逮捕されたら、娘がどうなるか……」

いまにも泣き出しそうな表情で、遠藤は祈るかのように手を組む。

「わ、私もお願いします。もし警察なんかに捕まったら、もう看護師になれないかも……。そうなったら、私どうしていいか……」

「私も家族になんて説明していいか……。桜庭さん、後生だから許して。お願いだから。壊した家具とか、パソコンの代金はすべてちゃんと弁償するから……」

遠藤に倣うように、若菜と悦子も涙目で許しを乞《こ》うてくる。

なにを言っているの……？ 澪は違和感をおぼえ、鼻のつけ根にしわを寄せる。

姉さんの命を奪ったというのに、なぜ謝って許してもらおうとなんてしているのだろう。しかも三人が揃って……。

……それとも、もしかしてこの三人は姉さんを殺していない？

ベテランナースエイドと、国家試験に落ちた看護学生、元自衛隊員のシングルファーザー。こんな共通点の見つからない三人が大きな悪事を姉さんに気づかれたと考えるより、何者かに指示されて私のことを探っていたと考える方が理にかなっている。

衝撃でショートしかけていた脳神経が機能を取り戻していく。まだ口々に謝罪と懇願の言葉をくり返す三人を見つめながら、澪はゆっくりと口を開いた。

「……私の部屋を荒らしたのは、あなたたち三人。それは認める？」

三人でお互いに顔を見合わせたあと、悦子が「はい……」と弱々しく頷《うなず》く。

「じゃあ、私の姉さんを病院の屋上から突き落として殺したことは？」

三人は同時に激しく首を横に振りだす。

「なら、あなたたちはどうして私の部屋に空き巣に入ったの？　あなたたちが探していたのは、姉さんが調べたデータでしょ」

もしこの質問を否定したら、三人は嘘をついている、つまり姉を殺した犯人だということだ。息を呑んで答えを待つ澪の前で、三人はおずおずと首を縦に振った。

「たしかに、桜庭さんのお姉さんのデータを探していたの。でも、お姉さんと会ったこともないし。お願いだから、信じて」

泣き声で必死に訴える若菜の姿は、とても演技だとは思えなかった。

だとすると考えられる可能性は一つだ。

「なら、誰かに指示されて、姉さんのデータを奪おうとした。そうね？」

三人は観念したのか、こうべを垂れるように頷いた。

「どうして、あなたたちは犯罪者になるリスクを冒して、そんな指示を受けたの」

数十秒、おどおどと逡巡《しゅんじゅん》している様子を見せたあと、悦子がか細い声で話しはじめる。

「私の孫が高校三年生だった去年、友達とケンカをして相手を押しちゃったの。ただ、その子が倒れた拍子に腕を骨折しちゃって、それで大きな問題になって……。星嶺大学の法学部に推薦入学が決まっていたのに、それが取り消しになって……。あの子、星嶺大学に行くのが夢だったから、すごく落ち込んでいた。そんなとき、協力したら推薦入学の件をなんとかしてくれるって言われて……。なんとか孫を助けてあげたくて……」

うなだれた悦子が肩を震わせはじめる。　続いて、若菜がためらいがちに口を開いた。

「私は実家が裕福じゃないから、星嶺大学の給付型奨学金を使って看護学校に通っていたんです。でも、それって卒業後に星嶺大学医学部附属病院で働くことが前提で……。国家試験に落ちたら、返済していかないといけないタイプで……。けど、私お金がなくて困っていたら、協力したら奨学金の返済を不要にしてくれるって人が現れて……」

若菜が「ごめんなさい」と俯《うつむ》くと、最後に遠藤が話しはじめる。

「俺は妻が亡くなってから自衛隊を辞めて、運送業をしていたんだけど、そこがとんでもなくブラックな職場で、ほとんど休みもなかった。それで軽トラックを運転している途中、疲労で意識がもうろうとなって、バイクをひっかけて相手に大怪我を負わせた……。相手は星嶺大学附属病院に搬送されて手術をして後遺症なく無事だったよ。だけど、仕事はクビになり、居眠り運転ってことで保険も適用されず、相手の治療費と慰謝料を払う金もなくて……。そんなとき、治療費をすべて無料にしてくれるうえ、慰謝料も負担してくれて、仕事まで紹介してもらえるって言われたんだ……」

そろって深くこうべを垂れる三人を見て澪は確信する。いまの話が真実であると。この三人の人生には、深い闇が揺蕩《たゆた》っていた。その状態から脱出できる申し出は、地獄に垂れた蜘蛛《くも》の糸のように思えただろう。その糸に毒が塗ってあることに気づきつつも、摑《つか》まずにいられなかったのだ。そうして星嶺大学医学部附属病院五階西病棟のナースエイドという蜘蛛の巣が完成し、私はまんまとその罠《わな》にはまってしまった。

三人が提案された処置には、星嶺大学が深くかかわっている。つまり黒幕は星嶺大学、おそらくはその医学部附属病院で強い権力を持っているということだ。

深い霧の中に隠れていた黒幕、その輪郭がうっすらと見えてきた。

あとは、その正体を知るだけだ。澪は大きく息を吸うと、最も重要な質問を放つ。

「それじゃあ教えて。あなたたちを操っていた黒幕の正体を」

顔を見合わせたあと、彼らは観念したかのように答えた。

「……壺倉医局長」

三人の声が重なった。

「壺倉先生が黒幕……」

澪の脳裏に、患者から金を受け取っていた、太った中年男の姿が浮かび上がる。

「……どうして壺倉医局長は……壺倉は姉さんのデータを欲しがっていたの？　あの男は姉さんに、どんな悪事をあばかれそうになっていたの」

「医局のお金を使い込んでいることに気づかれたって……。それを火神教授に知られたら、自分は破滅するからどんなことがあっても探し出すって……」

おずおずと悦子が説明すると、若菜と遠藤も同調するように小さく頷いた。

医局費の横領。そんなことで、姉さんを……。怒りで気を抜けば叫び出しそうだった。だめだ。冷静にならなければ。澪は胸の中で荒れ狂う感情を息に溶かして吐き出していく。姉さんの事件はすでに自殺として処理されている。ここからあれが殺人だったと警察に認めさせるには、確たる証拠が必要だ。

一番いいのは、姉さんが遺したというデータを見つけ、それを壺倉が恐れているとおりに火神教授に見せることだろう。火神教授が告発したら、壺倉は業務上横領で警察に逮捕されるはずだ。そのうえ、その証拠を遺していたのが姉さんだと分かれば、警察もあれが自殺ではなく、壺倉による殺人だった可能性を検討しだすだろう。

「……なんで壺倉は私がデータを持っていると思っているの？」

「それは、桜庭唯さんが『情報は一番信頼する人に預けてある』と言ったからって……」

姉さんが一番信頼する人……。たしかに姉さんはずっと一緒に育ってきた私を信頼してくれていた。あと候補になるとしたら、恋人だった橘さんか……。けど、私も橘さんもデータなんて預かっていない。

もしかしたらあの日、病院の屋上で壺倉に襲われそうになった姉さんは、とっさにでまかせを口走ったのかもしれない。自分を殺しても不正の証拠を得られないと伝えれば、相手が手を出してこないと思ったのかもしれない。しかし、逆上した壺倉はそんな当然の判断もできなくなり、怒りに任せて姉さんを屋上から突き落とした。

それが正解のような気がする……。最初からデータがなかったと考えたら、全ての状況に説明がつく。だとしたら、火神にデータを渡して告発するという手は使えない……。

「あの……、それで私たちはこれからどうなるの？」若菜がおずおずと言う。

「あなたたち？」澪は氷のように冷たい視線を同僚たちに注いだ。

「知っていることは全部言った。だから警察だけは勘弁してくれ。お願いだから」

媚《こ》びるように言う遠藤を見て、腹の底が冷えていく。なにを都合のいいことを言っているんだろう。こっちは家を荒らされ、ストーカーの影におびえ続けたというのに。

ふと澪は一つの可能性に気づく。三人を警察に突き出せば、壺倉まで芋づる式に調べられるのではないか？　三人の証言だけで逮捕までできるかは分からないが、少なくとも事情聴取ぐらいはできるはずだ。同僚たちの人生はめちゃくちゃになるだろう。けれど、そんなこと知ったことではない。この三人は明確な『敵』なのだから。

警察に、いや橘に連絡をしよう。そう心に決めた澪が、ジーンズのポケットからスマートフォンを取り出そうとしたとき、離れた位置から小さな足音が聞こえてきた。

素早く振り返った澪の喉《のど》から、うめき声が漏れる。出入り口に人影が見えた。小さく華奢《きゃしゃ》な、明らかに子どもの人影が。

「パパ……、どこ……?」弱々しい声が聞こえてくる。

遠藤が「文香!」と上ずった声を上げた。出入り口に立っていた子どもは「パパ!」と嬉《うれ》しそうに走ってくると、慌てて片膝《かたひざ》立ちになった遠藤に飛びついた。

「起きたら、車にパパがいなくて怖かったの。ねえ、もう帰ろうよ。ここ、暗くて怖いよ。明日《あした》、水族館に連れて行ってくれるんでしょ。お家《うち》でパパと一緒に寝たい」

澪は立ちつくす。もしここで警察を呼んだら、遠藤たちは逮捕されることになるだろう。そうすれば、遠藤以外に身寄りのないこの少女はどうなるのだろう。

「……帰って下さい」澪は低い声で言う。

しゃがみ込んだまま、娘の頭を撫《な》でていた遠藤が「え……?」と顔を上げた。

「三人とも、さっさと帰って下さいって言っているんです!」

「それで……、いいのかい……?」ためらいがちに遠藤が訊《たず》ねてくる。

「いいわけないでしょ! 本当ならいますぐに警察に突き出したい! でも、そんなことになったら、誰が娘さんを明日、水族館に連れていくの? だから……、早くここから消えて。私の気が変わらないうちに……」

うつむいた澪が弱々しく呟《つぶや》くと、三人は口々に感謝の言葉を述べながら、逃げるようにガレージから出ていった。再び静寂に包まれた埃《ほこり》臭い空間で、澪はただ立ち尽くす。崩れ落ちそうなほどの虚無感に全身を侵されていた。壺倉という最大の容疑者まで辿《たど》り着いたというのに、追及するための手段を自ら放棄してしまった。

腰のあたりから振動が伝わってくる。澪が緩慢にポケットからスマートフォンを取り出すと、液晶画面には『竜崎先生』と表示されていた。いまは誰とも話したくなかった。しかし、ここまでお膳立《ぜんだ》てをしてくれた竜崎には、ことの顚末《てんまつ》を伝え謝罪しなければ。

澪は『通話』のアイコンに触れると、スマートフォンを顔の横に当てる。

「もしもし、竜崎先生。すみません、作戦は……」

澪がそこまで言ったところで、竜崎の『いますぐここに来てくれ！』という声が響く。

「え、ここにって、星嶺大学医学部附属病院ですか？　どういうことですか？」

『トラブルが起きている。お前が必要なんだ』

苦悩に満ちた竜崎の声がスマートフォンから聞こえてきた。

『どうか、俺を助けてくれ』

3

「あ、桜庭さん」

星嶺大学医学部附属病院の五階病棟についた澪が小走りに廊下を進んでいくと、ナースステーションで電子カルテの前に座っていた火神玲香に呼び止められた。

「玲香先生。私、竜崎先生に呼ばれてきたんですけど……」

「分かってる。私は桜庭さんに状況を説明するように、竜崎先輩から指示を受けているの。とりあえず、こっちに来て、座って話をしましょ」

手招きされた澪は、言われた通り玲香に近づき、隣の席に腰かける。

「竜崎先輩の出身の養護施設の子どもが、救急搬送されたのは聞いているわよね?」

玲香は竜崎が養護施設出身だということを知っているのか。きっと父親の火神教授から聞いたのだろう。状況を整理しつつ、澪は「はい」と頷《うなず》いた。

「私が今夜の当直だったの。そうしたら、養護施設の園長から電話がかかってきて、十歳の女の子が高熱を出して、痙攣《けいれん》しているから救急車で行きたいって言ってきた」

「あの養護施設はそれなりに遠いですよね。そっちじゃだめだったんですか?」

「近くにある総合病院の小児科が、重症患者の処置で救急ストップしていたんだって。そのせいで、救急車は着いているのに、なかなか搬送先が決まらなかった」

「それで、竜崎先生がいる統合外科の当直に、直接連絡を取ってきたんですね」

「そういうこと。当直が私でよかった。他のドクターじゃ、竜崎先輩と養護施設の関係を知らないからね」

肩をすくめる玲香に、「それで、どうなったんですか?」と澪は訊ねる。

「搬送されて私が診察したときも、まだ軽く痙攣していた。もともと熱性けいれんを二回ほど起こしたことがあるってことだったので、今回も熱性けいれんの重積発作と判断して、抗けいれん薬を投与した。それで、痙攣はおさまった」

「なら、あとは長時間作用型の抗けいれん薬で経過観察をすれば……」

「ええ、痙攣にかんしてはそうね。けど、問題は熱性けいれんを引き起こした発熱の原因だった。その子、数日前から腹痛を訴えていて、昨日は何度か嘔吐《おうと》していたの」

「ウィルス性胃腸炎ですか？」

「私も最初はそう思った。けど、お腹の触診をしたら、筋性防御とブルンベルグ兆候が認められたからすぐに腹部エコーとCTをしたの。そうしたら、虫垂が普通の倍以上に腫脹《しゅちょう》していた。つまり、虫垂炎ね」

「あの、玲香先生、その子の病状は完全に理解できました。けど、なんで私が呼ばれたんでしょう？　竜崎先生が手術をすれば解決じゃないですか？」

虫垂炎なら手術で炎症を起こしている虫垂を切除すれば治癒する。竜崎ならもっとも基本的な手術である虫垂切除術など、その気になれば数分で終えてしまうだろう。

「ええ、手術をすればすぐに治る。けど、その手術ができないの」

「その子になにか問題があるんですか？」

「いいえ、その子にはなんの問題もない。問題があるのは……親よ」

玲香の眉間《みけん》に深いしわが刻まれる。澪は「親？」と首をひねった。

「でも、その子って養護施設に入っているんですよね。親はいないんじゃ？」

「養護施設に入っているのは、保護者がいない子だけじゃないの。親から虐待を受けて保護されたり、または今回の子みたいに親が育児放棄したり」

「育児放棄して、子どもを養護施設に預けていた親が出てきたんですか？」

「ええ、そう。経済的に育児ができなくて、生活が安定するまで一時的に子どもを預けているだけの親もいるから、その場合、親権は親が持っている。そして、未成年者に手術をする場合は、親権者の許可がいる」

「親が手術を拒否しているってことですか⁉」

状況を理解した澪の声が跳ね上がる。玲香は「そうよ」と重々しく答えた。

「いつもみたいに、竜崎先輩が手術の準備を進めている間、私が母親に説明したんだけど、どれだけ必要性を説明しても、『手術は絶対にさせません』の一点張り」

「でも、手術しないと危険が……」

虫垂炎が悪化すると、虫垂が破裂して膿《うみ》が撒《ま》き散らされ、血液中に細菌が侵入していく敗血症が起きて、敗血症性ショックで命を落とすことになりえる。

「ええ、そのことは何度も説明したけど、聞く耳を持ってくれなかった。それで竜崎先輩が、夜勤に当たっていた定森主任を交えていま説得しているんだけど、竜崎先輩もかなり苛立《いらだ》っちゃって、とても説得できる雰囲気じゃ……」

なるほど、それが私が呼ばれた理由か……。澪はあごを引いた。

「いま、どこで話し合いをしているんですか？」

「病棟の一番奥にある病状説明室。ただ、母親の説得をするなら、少し落ち着いてからの方がいいと思う。かなり感情的になっているから」

玲香のアドバイスに「分かりました。ちょっと様子だけ見てきます」と頷いて、澪はナースステーションをあとにする。廊下を進んで目的の部屋のそばまで行くと、扉が閉まっているにもかかわらず甲高い怒声が響いてきた。

「何度言われようが、手術は拒否します！　絶対にあの子のお腹を切らせたりしません」

「だから、すぐに手術をしないと小夜子《さよこ》は命を落とすかもしれないんだぞ」

扉越しに竜崎の怒声が響く。彼がこれほど声を荒らげるのを、聞いたことがなかった。

「小夜子は私の一人娘です。あの子にどんな治療をするかは、私が全て決めます」

「養護施設に放っていたくせに、なにが親だ！　あの子が死んでもいいのか！」

「いいわけがないでしょ！　だから、手術以外の方法であの子を助けて下さいって、なんども言っているじゃない！　もう話にならない！　他の医者を連れてきて！」

「あの、玉野《たまの》さん……」

ためらいがちな女性の声が聞こえてくる。おそらく、看護主任の定森だろう。

「竜崎先生は手術が最適の方法だから提案しているんで……」

「あなたは引っ込んでて！」金切り声が響く。「あなた、医者じゃないんでしょ」

「は、はい。私は看護師で……」

「看護師なんか話にならない！　私は医者と話したいの！　さっきの女医とか、この手術ばっかり勧めてくる医者じゃなくて、もっとちゃんとした医者に！」

バンッという重い音が聞こえてくる。おそらく、テーブルを叩《たた》く音だろう。

これは厳しい……。澪は唇を嚙《か》む。完全に信頼関係が破綻《はたん》している。このまま話をしても、相手は心を閉ざすだけだ。しかし、なぜここまでこじれたんだろう？

澪が思考を巡らせていると唐突に扉が開き、竜崎と定森が出てきた。澪に気づいた定森が、目尻《めじり》を吊《つ》り上げる。

「あんた、まさか盗み聞きしていたの？　そもそも、こんな時間になんでここに……」

「俺が呼んだんだ」

扉を素早く閉めた竜崎に鋭く言われ、定森は顔をこわばらせて口をつぐんだ。

「玲香から大まかな話は聞いているな」

竜崎は押し殺した声で言う。澪が大きく頷くと、竜崎が「詳しい状況を説明する」とあごをしゃくって歩き出す。澪はそのあとを追った。

「患者は玉野小夜子、十歳だ。二年前から羽ばたき園にいる。いま俺が話していた母親は、玉野早苗《さなえ》だ。経済的理由で育てられないと、小夜子を羽ばたき園に預けていた。まだ親権があるため、羽ばたき園の園長が連絡をしたところ、病院に乗り込んできて開口一番、『小夜子に手術なんてさせない』と主張した」

竜崎が説明をする口調からは、抑えきれない怒りが伝わってきた。

「どうして、手術を拒否しているんですか？」

「それが分からないから困っているんだ！」

足を止めた竜崎は、顔を紅潮させて叫ぶ。その声量に澪は体を大きく震わせた。

はっとした表情を浮かべると、竜崎は「すまない……」と弱々しく謝罪をする。いつも自信に満ち溢《あふ》れた天才外科医の体が、いまは一回り小さく見えた。

「気にしないで下さい。大切な後輩の命がかかっているんですから、当然ですよ」

澪がフォローすると、竜崎は足を止めたまま、ぼそぼそと話しはじめる。

「小夜子は五歳のときに両親が離婚し、父親に引き取られて育てられていた。ただ、その父親は二年前、交通事故で亡くなっている。それで、親権は母親が持つことになったが、玉野早苗は経済的な困窮を理由に育てられないと、小夜子を羽ばたき園に預けたんだ」

「いきなりお父さんを亡くして、母親からも捨てられたんですね。かわいそうに」

「ああ、園に来てすぐの頃は完全に心を閉ざしていた。だが、俺が羽ばたき園に顔を出したとき、あの子は『竜崎先生だ！』って俺を指さしてきたんだよ」

「え、先生の知り合いだったんですか？」

「小夜子は小学校低学年の頃まで小児喘息《ぜんそく》がひどくてな、何度かこの病院に入院していた。研修医の俺が、小児科で研修をしていた頃にもな。その後も、救急外来などで何回か顔を合わせたことがあった」

「竜崎先生にも研修医の時代があったんですね」

子ども相手に四苦八苦している竜崎の姿を想像して、思わず顔がほころんでしまう。

「……手術の技術なら、研修医時代ですでに外科の指導医より上だったぞ」

憮然《ぶぜん》とした表情を浮かべる竜崎を見ながら、澪は想像する。訳の分からぬまま養護施設に入った少女にとって、見知っていた竜崎の存在は心の支えになっただろう。そして、かつての自分と似た境遇の少女に、竜崎も家族のように愛情を注いでいたのだろう。

家族のように大切にしてきた少女が危険に晒《さら》されているにもかかわらず、その子を捨てた母親のせいで助けることができない。あまりにも理不尽な状況だ。

「どうしてあの母親は手術を拒否するんでしょうね。手術代が払えないとか？」

「それはない。医療費はすべて俺が負担すると言っている。入院にも抗生剤の投与にも同意をした。だが、手術だけは頑《かたく》なに拒否する。理由を聞いても『外科医なんかに言う必要はありません』と言うだけだ」

血が滲《にじ》みそうなほどに強く唇を嚙む竜崎を見て、澪は口を開く。

「それで私を呼んだんですね。ナースエイドとしてあの母親に寄り添って、手術を拒否する理由を聞き出し、可能なら手術に同意させるために」

「……いいや、違う」竜崎は低い声で言う「ナースエイドとしてじゃない」

澪が「ナースエイドとしてじゃない？」と聞き返すと、竜崎は首を縦に振った。

「あの母親は看護師ですら見下している。ナースエイドの話に耳を傾けるとは思えない」

「それなら、どうすればいいんですか？」

「医師としてあの母親と話して、なぜ手術を拒否するのか聞き出してくれ」

「医師として……」予想外の申し出に澪は呆然《ぼうぜん》と呟《つぶや》く。

「そうだ。あの母親の希望は、『外科医でない医者から説明を聞きたい』だ」

「で、でも、私はたんなるナースエイドで……」

「医療処置ができなくなったとしても、お前はまだ医師免許を持っている。お前は『患者の心に寄り添うことを選んだ医者』だ。自分が医師であることを否定するな。お前にしかこの仕事はできないんだ。だから、頼む。どうか、俺の依頼を受けてくれ。ナースエイドとして働くことを選んだ医師として、俺の大切な家族を救ってくれ」

深々と頭を下げる竜崎の前で、澪は天井を仰ぐ。

「ナースエイドとして働くことを選んだ医師として……」

口から零《こぼ》れたつぶやきが、暗い病棟の空気に溶けていった。

4

狭いロッカールームで、澪はボストンバッグのジッパーに手をかける。

竜崎から懇願された澪は、その依頼を受けるかどうか決められないまま、一度アパートに戻って、押し入れの一番奥に隠すようにしまっておいたこのバッグを持ってきた。

ジッパーを開くと心臓が大きく跳ねた。バッグには白衣と聴診器が収められていた。姉の死をきっかけに外科医であることを辞める決意をしたとき、医師としての道具をすべてこのバッグに押し込んだ。外科医であった過去を封印するかのように……。

澪は震える手をバッグに入れると、きれいに折りたたまれている白衣をとりだし、袖《そで》を通した。振り返って姿見を見る。ブラウスの上に白衣をまとった自分の姿がそこには映っていた。懐かしさとともに、不安が湧いてくる。医師であることを捨てたはずの自分に、この格好をする資格があるというのだろうか。

――ナースエイドとして働くことを選んだ医師として俺の大切な家族を救ってくれ。

悲痛な竜崎の言葉が耳に蘇《よみがえ》り、澪は体を震わせる。そうだ、この役目は私にしかできない。医師の資格を持ちつつ、ナースエイドのように患者やその家族の心に寄り添う。それができる私だけが、竜崎の大切な『家族』を救えるのだ。

澪は気合を入れると、バッグから聴診器を取り出し、それを首にかけた。ロッカールームを出て五階病棟に向かうと、廊下に玲香と竜崎が立っていた。

「いつもと雰囲気ぜんぜん違うわね。でも、すごく馴染《なじ》んでる。かっこいいわよ」

重い空気を振り払うようにおどけて言う玲香の言葉に、澪が「なんか、落ち着きません」とはにかんでいると、竜崎が頭頂部が見えるほどに深く頭を下げた。

「どうか、俺の家族を救ってくれ。よろしく頼む」

「最善を尽くします。ドクターとして、そして……ナースエイドとして」

澪は病棟の廊下を進んでいく。目的の個室病室の前に着いた澪は、ドアをノックする。中から、「……どうぞ」という、警戒心で飽和した女の声が聞こえてくる。澪は引き戸を開けて病室に入った。部屋の奥のベッドに横たわっていた少女を見て、澪は声を上げかける。板橋にある養護施設の前まで行った際、ランドセルを背負って帰ってきて、竜崎ともめた際には不安げにこちらを見つめていた三つ編みの少女だ。

この子が小夜子ちゃんだったのか……。

抗けいれん薬の鎮静作用で眠ってはいるが、その顔は苦しげに歪《ゆが》んでいた。顔も赤く火照っている。抗生剤や解熱鎮痛剤を投与されているものの、腹の中で生じている炎症を抑え込めていない。この子を救うには、やはり虫垂切除術が必要だ。

ベッドのそばに置かれたパイプ椅子に痩《や》せた中年女性が腰かけていた。

この人が、母親の玉野早苗か……。澪は「失礼します」と頭を下げつつ、女性を観察する。痩せすぎているためかその顔は頬骨が目立ち、袖から覗《のぞ》く手首は細く、枯れ木のようだった。長く黒い髪はパサついている。着ているワンピースには染みが目立った。

「……誰なの、あなた？」

眼窩《がんか》が落ち窪《くぼ》み、飛び出しているように見える双眸《そうぼう》を、警戒で爛々《らんらん》と輝かせながら、早苗は椅子から腰を浮かす。

「はじめまして。桜庭澪と言います。娘さんの病気について説明をしに参りました」

早苗を刺激しないよう、澪はできるだけゆっくり、慇懃《いんぎん》に言う。

「私が希望したのは、外科医じゃない医者です。あなたは外科医じゃないのね。手術はしないのね？」

「はい、私は手術はしません。というか、手術はできません」

……少なくともいまは。心の中で付け足す澪の前で、早苗の表情がわずかに緩んだ。

「よかった。これまでの医者は『手術させろ。そうじゃないと娘が死ぬかもしれないぞ』って、こっちを脅してくるのよ。ひどいと思わない？」

脅しではなく、たんなる事実だ。澪は反論を呑《の》み込み、「そうですね」と頷《うなず》く。

「特に、あの男の医者は酷《ひど》かった。偉そうで、こっちの話にもほとんど耳を貸さずに自分勝手にまくしたてて。もう少し、謙虚になるべきよ」

「ええ、そうです！　その通りです！　本当に酷いですよね！」

今度は気持ちをごまかす必要はなかった。澪は普段から腹の奥に溜《た》まっている、竜崎への鬱憤《うっぷん》を思いきり吐き出す。その勢いに押されたのか、早苗は目を細めた。

「分かってくれる先生が来てくれてよかった。あなたなら、ちゃんとお話ができそう」

「娘さんの病状についての大まかな説明は受けましたよね？　虫垂、一般的に盲腸と言われている部分に感染による炎症が起きて、熱と腹痛が生じているって」

「ええ、前の二人の医者がしつこいほど説明してきたから。そして、決まってそのあとに言うの。『虫垂を切除する手術が必要だ』って」早苗は吐き捨てるように言った。

「お母様は他の治療法をお望みなんですね？」

「そう！　手術以外で小夜子を治す方法を教えて欲しいの。何度もそう言っているのに、前の二人の医者は『手術するべきだ』としか言わなくて、全然話が通じなかった」

澪はナースステーションで見たCT画像を思い出す。そこに映っている虫垂は、大人のものよりも大きく腫大《しゅだい》していた。いつ破裂し、内部の膿《うみ》が腹腔《ふくこう》内にばら撒《ま》かれてもおかしくない状態だ。手術をすべきだという判断は正しい。

「それは、本当に申し訳ありませんでした。他の治療法についても説明すべきでしたね」

謝罪しつつ、澪は意識を集中させる。どうして早苗がそこまで手術を拒絶するのか、まずはその理由を聞き出さなければ。それなしでは、彼女を説得することは難しい。

「盲腸に溜まって炎症を起こしている膿をどうにか対処しなければ、やがて細菌が血液に入って全身に回り、極めて危険な状態になります」

「それは前の二人から聞いた。それで、手術以外だったらどうやって治せばいいの？」

「手術以外では、抗生剤を投与する方法があります。薬によって盲腸に感染している細菌を殺して、炎症を抑え込みます。俗に『虫垂炎を散らす』と言われる方法ですね」

「ほら、やっぱり手術以外の方法もあるんじゃない！　早くそれをやってよ！」

嬉々《きき》として声を張り上げる早苗に、澪は「もうやっています」と点滴袋を指さす。

「そこにある小さな点滴、そこに抗生剤が入っています」

「なら、もう治療は終わりでしょ。小夜子はこれでよくなるんじゃないの？」

訝《いぶか》しげに呟く早苗に、澪は「いいえ」と首を横に振る。

「軽度の虫垂炎なら、抗生剤の投与で完治することも多いですが、娘さんの虫垂炎はかなりの重症です。盲腸の内部に大量の膿が溜まっているでしょう。抗生剤は膿の内部まではなかなか届きません。抗生剤の効果よりも、細菌の増殖の方が早い可能性が高く、そうだとすると最終的に虫垂が破裂してしまいます」

「……抗生物質の投与以外の方法は？」

「あとは、最初に言ったように開腹手術で、虫垂の切除を……」

「手術はしないって言っているでしょ！　手術と抗生剤以外に、治療法はないの？」

「……残念ですけど、ありません」澪は声を絞り出す。

早苗は数十秒黙り込んだあと、「……分かりました」と頷いた。

「ご理解頂いてありがとうございます。それでは、娘さんの手術の準備をしましょう」

「違います！」早苗は声を荒らげる。「手術はしません。抗生剤だけで治療をして下さい」

「待ってください」澪は目を剝《む》いた。「虫垂が破裂した場合は、緊急手術で開腹して、腹腔内の洗浄をする必要があるんです。それでも、救命できないケースもあります」

「そのときも手術はしないでください。一切の手術は許可しません」

「いえ、虫垂破裂しても手術しなければ、娘さんは確実に命を落とすんですよ……」

呆然と呟く澪に向かって、早苗は「かまいません」と抑揚のない声で答える。

かまわない？　娘が死んでもかまわないってこと？　混乱した澪は、震える唇を開く。

「あ、あの、なぜ手術だけそこまで拒否するか、教えて頂いてもよろしいでしょうか？」

「オーラが消えてしまうからです」

意味が分からず、澪は「オーラ？」とたどたどしく聞き返す。

「ええ、そうです。オーラはすべての人間が体内に持っている神からの祝福です。人間のお腹の中はその精霊で満たされているんです」

胎児の存在を感じようとしている妊婦のように、早苗は自らの下腹部に両手を当てる。

「瞑想《めいそう》によりこのオーラの純度を上げていくことで、人間は神と繋《つな》がることができます。そして、地上での体が朽ち果てたとき、その精霊と魂が混ざり合い、私たちは聖なる存在となって神の御許《みもと》へと昇華していくのです」

熱に浮かされたような口調で語る早苗に恐怖をおぼえつつ、澪は説明に耳を傾ける。

「そ、それじゃあ、手術をしてはいけないというのは……」

「そんなの当然でしょ！」早苗は金切り声を上げる。「手術をして腹部に穴を開けたら、そこからオーラが外に出ちゃうじゃない！　オーラが抜けた人間なんて、空っぽの容器でしかない。私の娘をそんな無意味な肉塊にするなんて、絶対許さない」

支離滅裂な説明を聞きながら、澪は自分が大きな勘違いをしていたことに気づく。

この母親は娘のために手術を拒否しているのではない。おそらくは何らかの新興宗教を妄信して、その馬鹿げた教義を守るため、ひいては自分自身の信仰心を守るために手術を拒否しているのだ。だとしたら、捨てたはずの娘の治療に、異様なほどのこだわりを見せるという、彼女のちぐはぐな行動にも一貫性が出てくる。

けれど、どうすればいいのだろう？　どうすればこの母親の『心に寄り添い』、そして娘の手術に同意させることができるというのだろう。

もはや娘の病状や治療についての興味を失ったのか、虚《うつ》ろな目をしながら、延々と『教義』について語る早苗が、澪には意思の疎通ができない怪物にしか見えなかった。

「すみませんでした……。失敗しました……」

パイプ椅子に腰かけた澪は、うなだれたまま力なく謝罪する。玉野早苗の説得に失敗した澪は、ナースステーションに戻ると、待っていた竜崎と玲香とともに病状説明室へと向かい、そこで早苗との会話について細かに説明をした。

「私には……、早苗さんと『心を通わす』ことはできませんでした」

焦点の合わない目で延々と『教義』を語り続ける早苗と向き合っている時間は、まるで巨大な爬虫類《はちゅうるい》と対峙《たいじ》しているかのようだった。

「いいや、よくやった。手術を拒否している理由が分かっただけでも、大きな進歩だ」

テーブルをはさんで向かいに座る竜崎が腕を組む。

「腹にオーラがあるから手術を拒否ってことは、『オーラの御心《みこころ》』って新興宗教ね」

玲香が呟《つぶや》く。「知っているんですか？」と椅子から腰を上げた澪の顔の前に、玲香はスマートフォンを掲げた。そこには『あなたもオーラの御心に耳を傾けませんか』と、やけに煌《きら》びやかな文字で記されたホームページが表示されていた。

「それほど大きくないけど、色々とトラブルを起こしている宗教団体よ。もともとは信者に多額の寄付をさせることが問題になっていたけど、二、三年前から医療現場でトラブルを起こすことが多くなってきた」

「医療現場のトラブルって、今回みたいに手術を拒否することですか？」

「まあ、それもあるけど、ほとんどの場合は成人の手術拒否だから、それ自体は大きなトラブルにはなっていない。リスクを伝えたうえで本人が拒否するなら、それは自己責任だから。問題は、他人の治療法にも口を出してくることね」

澪が「他人の？」と聞き返すと、玲香は首を縦に振る。

「ええ、そう。がんと診断された患者にコンタクトを取っては、『手術は危険だ』って吹き込んで、『これを飲めば、手術なんかしなくても治る』って怪しい高額の水を売るの。よくある、がん治療詐欺よね。ただ、それを信じて治療可能ながんの手術を拒否するようになり、そしてがんが進行して死んでいく人も少なくない」

「ひどい……」澪は鼻の付け根にしわを寄せる。

「問題は、教祖や幹部は単なる詐欺師だけど、末端の信者は本気で『オーラ』を信じていることね。教祖にかなりカリスマ性があるのか、熱心で過激な信者が多いみたい。特にスピリチュアルなこととか、健康食品に興味のある中年女性に。その人たちは出家みたいな感じで、教団施設で集団生活を送っているって噂」

「……もういい」竜崎が硬い声で言う。「重要なのは、あの母親は決して娘の手術を認めないこと。そして、手術しなければ小夜子は数日以内に命を落とすということだ」

「そうですね。えっと、この場合はどうなるんでしたっけ……」

澪が額に手を当てると、玲香が答えた。

「今回のケースは医療ネグレクトで、虐待の一種だから、手術可能なはず。ただ、正式な手続きが必要。それなしで手術をすれば、関係者は傷害罪に問われることになる」

「傷害罪……。病気を治してもですか……」

「そうよ。たとえ適切な医療行為であっても、患者、もしくはその代理人が拒絶している処置をすれば、それはすべて犯罪になる。だから、今回のように子どもに必要な医療を親が拒否している場合は、まずは児童相談所に連絡し、そこから家庭裁判所に親権停止裁判の請求をして、裁判所の決定通知を……」

「そんなに待てると思うか？　今日は土曜日だ。裁判所は週末、決定を出さない。待っている間に、小夜子の虫垂は破裂する」

竜崎の言葉に、玲香は頷《うなず》く。

「たしかにそうですね。だから、今回は一般的な親権停止を待つんじゃなく、児童福祉法に基づく緊急措置を申請します。それだと、児童の生命・身体の安全確保のため緊急の必要があると認めるときは、親権者の意に反していたとしても、児童相談所長の同意により医療措置が取れると定められていますから」

「じゃあ、すぐにそれをやりましょう！」澪が勢い込んで言う。

「ええ、もうすぐ朝になるから、私が児童相談所に連絡をして、できるだけ早く児童相談所長の同意が得られるようにします。ただし……」

玲香は隣に座る竜崎を見る。

「それまでは、なにもしないで下さいよ。下手なことをしたら先輩だけでなく、この統合外科のスキャンダルになります。多くの有名人が手術を受ける統合外科でトラブルがあったら、マスコミが嗅《か》ぎつけてくる。分かっていますね」

「……ああ、分かっている」竜崎は静かに答える。

「私は早速、児童相談所への連絡の準備をします。たとえ手術ができるとしても、今日の夕方以降のはず。だから、二人ともまずは家に帰ってゆっくり休んでいて」

そう言い残して玲香が部屋を出ていく。竜崎と二人で残された澪は、居心地の悪さをおぼえながら、正面に視線を向ける。

テーブルの上で握りしめられていた竜崎の拳《こぶし》が、ぶるぶると細かく震えていた。

5

瞼《まぶた》を上げると、見慣れた天井が見えた。澪は布団から手を伸ばして、枕元に置かれている時計を手に取る。針は八時過ぎを指していた。

八時⁉　急いで出勤の準備をしないと！　跳ねるように布団から身を起こした澪は、

カーテンを引いてある窓から全く日の光が差し込んでいないことに気づく。首をひねりながらカーテンを開くと、外が暗かった。

……夜？　やけに重い頭を振ると、思考にかかっていた霞《かすみ》が晴れていく。

ああ、そうか。病院から戻って寝ていたんだっけ……。澪は大きく息を吐く。

今日の未明、玉野早苗と話を終えた澪は、玲香に勧められた通り、自宅アパートに戻って横になった。一睡もすることなくガレージで張り込み、さらに医師として早苗と話すという濃密な夜を送ったため、疲れ果てていた。できることなら、すぐに眠って心身ともに休めたかった。しかし、興奮している脳が眠りに入ることを許さなかった。

罠《わな》に嵌《は》まってガレージに集まった同僚たち、滔々《とうとう》と『オーラ』について話す早苗、患者からこっそりと金を受け取っている壺倉、そして雨の中で血を流して倒れている姉。目を閉じるとそれらの光景が、順繰りに瞼の裏側に映し出され、精神を蝕《むしば》んでいった。

昼過ぎまで眠ることができず苦しんだ澪は、這《は》うようにして布団から抜けだすと、抗不安薬と眠剤を同時に最大容量、内服して、気絶するように眠りに落ちたのだった。

頭が重いはずだ。抗不安薬と睡眠薬をあれだけ飲んだのだから。澪はふらふらとおぼつかない足取りで冷蔵庫に近づくと、冷えたペットボトルのミネラルウォーターを喉《のど》に流し込んだ。五百ミリリットルのペットボトルを一気に飲み干し、大きく息を吐く。十分な睡眠をとったおかげで、体も脳も疲労困憊《こんぱい》の状態からかなり回復していた。

さて、これからどうしようか……。

この部屋を荒らした犯人は分かった。さらに、姉を殺した可能性が高い男まで辿《たど》り着くことができた。しかし、壺倉が姉を殺した犯人だという証拠はない。同僚三人を告発すれば、橘が壺倉を逮捕、少なくとも尋問することは可能だが、遠藤の幼い娘のことを考えると、それもできない。事態は一気に進んだ。しかしその先に袋小路が待っていた。

やはり最大のネックは、姉が遺《のこ》したというデータが見つからないことだ。壺倉の横領の証拠となるそのデータを医局の責任者である火神に渡し、そして警察に告発してもらう。そうすれば、全ての真相が明らかになるはずなのだが、それがどこにあるのか、いや、本当にそれが存在するのかさえもはっきりしない。いったいどうすれば……。

思考の迷路に嵌まった澪は、ふと壁を見る。その向こう側にある竜崎の部屋からは、普段は壁が薄いせいでかすかに聞こえてくる生活音が、全く聞こえなかった。

もしかしたら、竜崎は自室に帰ることなく、ずっと病院にいるのだろうか？　虫垂炎で苦しんでいる少女への竜崎の想いを考えれば、その可能性が高い気がする。

半日前には玲香が児童相談所に連絡を入れたはずだ。所長から医療措置の同意をとることができたのだろうか？　あの少女の手術は行えたのだろうか？

そのとき、澪はローテーブルに置かれているスマートフォンのランプが点滅していることに気づいた。どうやら誰かから着信があったようだが、玉野早苗と話をするときにマナーモードにしてそのままだったので、気づかなかった。

スマートフォンを手に取って確認すると、三十分ほど前に竜崎から一回だけ着信があり、そして留守電が残されていた。不吉な予感をおぼえつつ、澪は留守電を再生する。

『来てくれ……。頼む、これを聞いたら病院に来てくれ……』

苦悩に満ちた竜崎の声が聞こえてくる。

――こんなことになってごめんね。本当にごめんね。

姉が命を落とす直前に遺した留守電のメッセージが耳に蘇《よみがえ》り、心臓が大きく跳ねた。

なにかが起きている。なにか良くないことが。澪は急いで寝間着から、脱ぎ捨ててあったブラウスとジーンズに着替えると、玄関に走った。

「玲香先生！」

五階病棟のナースステーションに到着した澪が声をかけると、椅子に座っている玲香は、緩慢にこちらを向いた。いつもは凛《りん》としているその顔は、表情筋が弛緩《しかん》して重い疲労の色が刻まれていた。目の下はアイシャドーを引いたかのように、濃いクマで縁取られている。おそらく、今朝から帰宅はおろか、睡眠もとっていないのだろう。

「ああ、桜庭さん。どうかしたの？」玲香は覇気のない声で言う。

一瞬、竜崎に呼ばれたと言いかけるが、舌先まで出かかった言葉を澪は呑《の》み込んだ。

「いえ、小夜子ちゃんの件、どうなったのか気になって……」

「どうもこうも、めちゃくちゃよ……」玲香は力なく首を振る。

「めちゃくちゃ？　児童相談所には相談したんですよね」

「ええ、もちろん。事態を重くみた所長が直接訪ねてきて、病状を聞いたり、母親と面会をしたりした。まあ、母親はかなりヒステリックにわめきたてていたけどね……」

玲香が弱々しい笑みを浮かべる。

「それで、状況がどれくらい深刻か理解して、児童福祉法に基づく医療措置の同意をしてくれることになったの」

「それなら、なんの問題もないじゃないですか」

「ええ、みんな緊急手術の準備をはじめていた。あとは児童相談所の所長が正式に判断を下すだけっていう段階になって、弁護士が現れた」

「弁護士？」

「そう、『オーラの御心』の顧問弁護士。その弁護士が、所長とうちの病院を脅したのよ。もし手術をしたりしたら、すぐに刑事と民事で告訴をしたうえ、子どもを拉致《らち》されて腹を切り裂かれたって、全てのマスコミに告発するって……」

「めちゃくちゃな……。だって、ちゃんと法律に沿った対応なんですよね」

「もちろん。けれど、正しいからと言って、マスコミが騒がないわけがない。特に日本最高の外科医集団として有名な統合外科の、さらにゴッドハンドとして有名な竜崎先輩がかかわっているとなったら、面白おかしく取り上げるマスコミはいくらでもいる」

「そんな……。じゃあ、どうなったんですか？」

「弁護士に脅された所長は慎重になって、厚労省とかに連絡を取って協議を行うってことになった。それに、うちの医局のスキャンダルになりかねないってことで、医局長が出てきて、さらに面倒くさいことになっているの」

「医局長……、壺倉医局長が……」

澪の顔がこわばったことに気づいたのか、玲香が「どうかした？」と訊《たず》ねてくる。

「いえ……、なんでもありません。それで、……医局長はなんと？」

「あの人は、ことなかれ主義だからね。小夜子ちゃんをどこか他の病院に転院させろとまで言い出した。『オーラの御心』の息がかかっている小さな病院とかあるだろうし」

「そんなところに転院させたら、小夜子ちゃんは……」

「ええ、数日以内に亡くなるでしょうね。医局長にとっては、子どもの命よりも、統合外科を守る方が遥《はる》かに大切なのよ」

「そんなの酷《ひど》い！　十歳の子どもの命を犠牲にしていいんですか？」

「私に絡まないで。私は医局長と違って、あの子を転院させる気なんてない。できるだけ早く、正式な手続きを経て、あの子の手術ができるように全力を尽くしているの」

「間に合うんですか？　それまでに小夜子ちゃんの虫垂が破裂したら……」

玲香は「分からない……」と頭を抱える。その痛々しい姿に、罪悪感が湧いてきた。

「ごめんなさい。玲香先生のせいじゃないのに……。先生、少し休んで下さい」

玲香に声をかけ、澪はナースステーションを出た。状況は理解できた。あとは竜崎を捜さなければ。この閉塞《へいそく》した状況をどうにかするため、あの人は私を呼んだのだから。

廊下を進んでいた澪は、正面から歩いてくる人物に気づき、息を呑む。統合外科の医局長である壺倉が、脂ぎった顔を紅潮させながら、大股《おおまた》にこちらに向かっていた。

あの男が姉さんを……。めまいがするほどの怒りで、視界が赤く染まった気がする。

「……なんだ、お前は」

立ちはだかるように廊下に立つ澪に、近づいてきた壺倉は顔をしかめた。澪は口を固く閉じたまま、壺倉を睨《にら》み続ける。口を開けば、絶叫してしまいそうだった。

歯茎が見えそうなほどに唇をゆがめる澪に気圧《けお》されたのか、壺倉は「うっ⁉」と軽く身を反らすと、澪のわきを通り抜けて逃げるように去っていった。

絶対にあの男がしたことを暴いてやる。そう心に決めたとき、「こっちだ」と声が聞こえてきた。そちらを見ると、明かりが落とされた歓談室の奥の席に人影が見えた。

「こんなところでなにをしているんですか？」

歓談室に入った澪は、そこに一人で佇《たたず》んでいる竜崎に声をかける。昼は多くの患者が見舞客と話をしているこの空間も、消灯時間がすぎたいまは暗くひっそりとしている。

「状況は聞いたか？」竜崎は質問を返してくる。

「ええ、玲香先生から聞きました。……小夜子ちゃんの状態はどんな感じですか？」

「抗生剤と解熱鎮痛剤を投与しているが、かなりの発熱と腹痛を訴えているらしい」

澪は唇を嚙《か》む。抗生剤を投与しているのに症状が悪化しているということは、薬が細菌の増殖を抑え込めていないということだ。外科的に化膿《かのう》している虫垂を切除できなければ、近いうちに致命的な状況になるだろう。

「らしいってことは、先生は会えていないんですか？」

「ああ、母親があの個室病室にこもって、俺の面会を完全に拒否している。俺は小夜子を治すどころか、声をかけてやることもできない」

竜崎は拳《こぶし》でテーブルを叩《たた》く。重い音が歓談室に響いた。

「きっと、小夜子ちゃんは助かりますよ。竜崎先生が助けられますよ」

「ああ、そうだ。小夜子は絶対に俺が助ける」

竜崎はゆっくりと立ち上がる。と澪の両肩をがしりと摑《つか》んだ。

「そのためには、お前の力が必要だ。協力してくれるか？」

「私の協力が？　も、もちろんできることならなんでもしますけど……」

いったい私になにができるというのだろう？　困惑する澪に、竜崎は静かに告げた。

「あの母親を、小夜子の命を危険に晒《さら》している女を、病室から連れ出してくれ」

「母親を……病室から連れ出す……？」

「そうだ。一時間、いや三十分でかまわない。あの女を小夜子から引き離してくれ」

「早苗さんを病室から連れ出して……、竜崎先生はなにをするつもりなんですか？」

答えは分かっていた。それでも訊ねずにはいられなかった。

「……知らない方がいい」

「ダメです！」澪は声を裏返す。「おかしなことをしたら、本当に警察に逮捕されますよ。下手すると、医師免許がなくなりますよ」

「かまわない」わずかな迷いもなく即答した竜崎に、澪は啞然《あぜん》とする。

「かまわないって……、医師免許がなくなったら、手術できなくなるんですよ。お母様が亡くなってから、ずっと苦労して身につけた技術がもう使えなくなるんですよ」

「分かっている。それでもかまわないと言っているんだ」

「なに言っているんですか！　先生はこれからその手で、何千、何万人という患者さんを救えるんです。その人たちを見捨てるつもりですか⁉」

詰問する澪を、竜崎がまっすぐに見つめる。

「メスをおき、ナースエイドとして働くお前は、将来の患者を見捨てたのか？」

「それは……」澪は言葉に詰まる。

「たとえ俺が手術しなくても、その患者たちは他の外科医のオペを受けることができるだろう。俺の将来の患者たちを救える優秀な外科医は、世界中にたくさんいる」

そこで言葉を切った竜崎は、大きく一息ついたあと続けた。

「けれど、小夜子を救える外科医は俺だけなんだ」

これまで見たことがないほどに柔らかく微笑む竜崎を、澪は見つめ続ける。

「唯一の家族である母を救えなかったから外科医を目指し、血の滲《にじ》むような訓練を続けて最高の技術を身につけた。その技術を持っていながら、また家族を見捨てたら、俺の人生は無意味だったということになる。だから、今度こそ俺に家族を救わせてくれ。あの日からの努力が、あの日からの人生が無駄でなかったと証明させてくれ！」

竜崎は両膝《りょうひざ》をつくと、頭を床につけようとする。

「やめて下さい！」

澪の鋭い声が、竜崎の動きを止めた。顔を上げた竜崎が上目遣いに視線を送ってくる。

「土下座で無理やり頼みをきかせるなんて卑怯《ひきょう》です。私は受け入れません」

火に炙《あぶ》られた飴《あめ》細工のように、竜崎の表情がぐにゃりと歪《ゆが》むのを見て、澪は続ける。

「私も小夜子ちゃんを助けたい。だから自分自身の判断で、やるべきことをします」

「お前……」

呆然《ぼうぜん》と呟《つぶや》く竜崎に微笑みかけると、澪は身を翻して足を踏み出した。歓談室をあとにした澪は、足音を響かせながら廊下を進んでいく。

もう迷いはない。竜崎先生はすべてを受け入れたうえで心を決めたのだ。なら私も覚悟を決めなければ。彼が『家族』を救うためには、私の協力が不可欠なのだから。

私も竜崎先生も、『家族』を失ったことで大きなトラウマを負った。その結果、彼は技術を追い求め、そして私は技術を捨てた。やはり、私と彼はコインの裏表なのだ。

竜崎先生は姉さんの事件の真相を解明し、私をトラウマから解放するために力を貸してくれた。なら、私も彼が『家族』を救い、二十年以上縛られていたトラウマから解き放つ手伝いをしなければ。玉野小夜子の病室の前までやってきた澪は、数回深呼吸をしたあとノックをすると、ドアを開けて病室に入る。

ソファーに横になり、読書灯をつけて本を読んでいた早苗が、「誰!?」と跳ね起きた。娘が横たわっているベッドの前に移動した早苗は、かすかに重心を落としてこちらを睨んでくる。その姿は、我が子を守ろうとしている野生動物を彷彿《ほうふつ》させた。

けれど、この人が守ろうとしているのは子どもじゃない。妄信している『教義』、ひいてはそれに人生の全てをかけている自分自身だ。

「驚かしてすみません。今朝、お話をうかがった桜庭澪です」

澪は早苗を刺激しないよう、ゆったりとした口調で語り掛ける。

「桜庭……？　ああ、朝の先生ね」早苗の警戒がいくらか希釈された。

「ええ、娘さんの様子が気になって。拝見してもよろしいでしょうか？」

澪がゆっくりと近づいていくと、早苗はためらいがちに「ええ、まあ……」と頷《うなず》く。

体を丸めるようにベッドに横たわる小夜子を見た澪は、こぼれそうになったうめき声を必死に吞《の》み込む。朝に見たときよりも、明らかに小夜子の病状は悪化していた。発熱しているにもかかわらず、その顔は蒼白《あおじろ》く、天井を見上げる目は虚《うつ》ろで濁っていた。呼吸は荒く、喘息《ぜんそく》発作でも起こしているかのような音が喉《のど》から響いている。

「なかなか良くならなくて……。けど、だからっていきなり児童相談所の所長かなにかがやってきて、私が虐待しているとか、意味不明なことをまくし立てたのよ」

意味不明じゃない。医療ネグレクトはれっきとした虐待だ。澪は奥歯を軋《きし》ませる。

「それでね、このままじゃ手術されそうだから、慌てて教団の弁護士先生に連絡したの。そうしたら、先生はちゃんと私と小夜子のことを守ってくれた」

「それは危ないところでしたね。やっぱり弁護士さんは頼りになりますね」

澪のセリフを聞いた早苗は、「そうよね。分かってくれる？」と顔を輝かせた。

「当然です。患者さんやそのご家族にしっかり説明したうえで、治療法を選択してもらう。それこそが正しい姿《すがた》です。手術を強制するなんて許されません」

頷きながら澪は胸の疼《うず》きをおぼえる。私は姉さんに手術を強制したのではないだろうか？　姉さんが自殺でなかったとしても、手術を強要した罪は消えないのではないか。

「そうよね。やっぱりあの外科医たち、おかしいわよね」

「はい、おかしいです。それにこの世界での命を繋《つな》ぐことより、最期のときまでオーラを体にとどめておくことの方が重要なんですよね」

「そう、その通りなの！」

早苗が前のめりになったのを見て、澪はすっと目を細め、ソファーのそばにあるローテーブルに視線を送る。そこにはさっきまで早苗が読んでいた本が置かれていた。

澪はローテーブルに近づくと、その本を手に取る。

「『オーラとの邂逅《かいこう》』、これって早苗さんの言っていた『教義』についての本ですか？」

「ええ、そうよ。もしかして、興味あったりする？」早苗の目がきらりと光った。

かかった！　澪は内心で快哉《かいさい》を叫びながら、「はい」と身を乗り出す。

「朝、話を聞いてから、ずっと気になっていたんです。あの、早苗さん」澪は声を潜める。『オーラの御心』って、私も入信したりできますか？」

「ええ、もちろんよ！」早苗の声が跳ね上がる。

「あっ、大きな声を出さないで下さい。病室から声が聞こえたら、看護師とかが様子を見に来ます。私が入信を考えていることは、まだ内緒にしておきたいんです」

澪は「そうよね……」と視線を彷徨《さまよ》わせる。

「病状説明室に移動しましょう。そこなら、誰にも聞かれずに、じっくりと話をすることができます。『オーラの御心』について、できるだけ詳しく教えて頂きたいんです」

早苗は「でも……」と、ベッドに視線を送る。

「大丈夫ですよ。弁護士先生がしっかり対応してくれたなら、外科医たちが勝手に手術をすることはできません。そんなことをしたら犯罪者になって、仕事ができなくなるかもしれないんです。そんなリスクを負ってまで、手術をする医者がいると思います？」

早苗は十数秒、難しい顔で考え込んだあと「いるわけないわね」と相好を崩す。

ええ、いるわけない。普通の外科医なら、そんな馬鹿げたことは決してしない。

けれど、あの人は普通じゃない……。

澪は内心で呟くと、「行きましょう」と早苗を促す。早苗はベッドに横たわる娘に一瞥《いちべつ》もくれることなく、「ええ、行きましょう」と軽い足取りで病室から出ていった。

澪とともに離れた位置にある病状説明室まで移動して、椅子に座るや否や、早苗はいかに『オーラの御心』が素晴らしいかを語りはじめる。興奮で顔を紅潮させる早苗の、演説のように熱意のこもった説明を聞き流しながら、澪は時間が経つのを待ち続けた。

「ここまでで分からないこととかある？　質問があれば何でも聞いて」

三十分以上、滔々《とうとう》と話し続けた早苗は、額に浮かんだ汗をぬぐった。さらに話を引き延ばすため、澪が適当な質問を口にしようとしたとき、外の廊下を誰かが走る音とともに、女性の焦り声が聞こえてきた。

「どこにもいない！　どうして？　一人で動けるわけないのに！」

バレた。頬を引きつらせる澪の前で、早苗が「なんの騒ぎ？」と首をひねる。

「たぶん、入院患者さんが無断外出したんだと思います。認知症の患者さんとか、ときどき自宅に帰ろうとして抜け出すことがあるんですよ」

澪は必死にごまかすが、ドア越しに聞こえてくる騒ぎは大きくなり、廊下を行き交う人々の足音も次第に増えていった。

「母親もいないの!?　まさか、あの状態の娘を連れ帰ったんじゃないでしょうね！」

玲香のものらしき声が聞こえてきた瞬間、早苗が目を剝《む》いて勢いよく立ち上がり、出入り口の扉に向かって走る。澪は慌ててそのあとを追った。

「どういうこと？　小夜子はどこなの!?」

扉を開けた早苗が金切り声で叫ぶ。廊下にいた看護師たちや玲香が一斉に振り返った。

「早苗さん!?　娘さんはどこですか？　一緒にいるんですか？」

玲香が早口で訊《たず》ねると、早苗は髪を振り乱すように、首を横に振った。

「娘は病室にいるはずです！　私はずっとこの先生とお話をしていたの！」

早苗が背後に立っている澪を指さすのを見て、玲香の表情が歪んだ。おそらくは、なにが起こっているのかに気づいて。

「手術部に連絡して、無申請の緊急手術が行われていないか、大至急、確認して！」

玲香に指示された看護師が、「は、はい！」とナースステーションに走っていく。

「手術部ってどういうことよ!?　小夜子をどこに連れて行ったの！」

早苗が悲鳴じみた声を上げたとき、エレベーターからポーンという電子音が聞こえてきた。扉が開き、手術着の上に白衣をまとった竜崎が、ストレッチャーとともにエレベーターから降りてきた。誰もが固まっている中、竜崎は無言でストレッチャーを押してこちらに近づいてくる。車輪が廊下をこする音が薄暗い廊下にやけに大きく響いた。

「小夜子！」

娘が乗っていることに気づいた早苗が、甲高い声を上げてストレッチャーに近づく。

「あんた、うちの娘に何をしたのよ！　こんなの誘拐よ！　誘拐！」

早苗は竜崎の鼻先に指を突きつけるが、竜崎は黙殺した。澪もストレッチャーに近づくと、そこに横たわる小夜子の姿を観察する。さっきまで苦痛に歪んでいた顔は穏やかで、血の気が戻っており、苦しげだった息づかいが、静かな寝息へと変化していた。

「……竜崎先輩、やったんですか？」険しい表情の玲香が、低い声で言う。

不思議そうに「やったって、なにを？」と呟《つぶや》いた早苗は、次の瞬間、大きく息を呑むと、娘の体にかかっている毛布をはぎ取り、入院着をまくり上げる。

早苗は「あああ……」と悲痛なうめき声を漏らし、その場に崩れ落ちる。小夜子の右下腹部、虫垂がある位置には数センチの傷が走っていた。

「あなた、手術したのね……。ああ、オーラが……。なんてことを……。これで……」

「これで、小夜子は助かる」

竜崎が静かに告げると、早苗の双眸《そうぼう》に憎しみの炎が燃え上がった。

「許さない！　絶対に許さない！　あんたを告訴してやる！　マスコミにも情報を流して、あんたの人生をめちゃくちゃにしてやる。二度と手術なんてできなくしてやる！」

立ち上がった早苗は、おぼつかない足取りでエレベーターホールに向かうと、そのままエレベーターに乗って去っていった。

「娘さんを置いていくんだ……」澪は小さく呟く。

早苗にとっては、手術を受けて『オーラ』が抜けた娘には価値がないのだろう。代わりに、玲香が竜崎の前に立ちはだかった。

「これで、マスコミがこの病院に殺到する。統合外科のブランドは地に落ちるんですよ」

目の前までできた玲香の詰問に、「ああ、そうかもな」と、竜崎が頷く。次の瞬間、玲香の平手が勢いよく竜崎の横っ面をはたいた。破裂するような音が辺りに響く。

「なにが『そうかもな』よ！　あなた、自分が何をしたのか分かっているの⁉」

「ああ、分かっている。よく分かっているよ」

竜崎は唇に滲《にじ》む血を親指でふき取ると、幸せそうに、心から幸せそうに微笑んだ。

「俺は今度こそ、『家族』を救えたんだ」

6

「おはようございます。小夜子ちゃんの様子はどうですか？」

翌日の日曜、午前十時過ぎ、玉野小夜子の病室に入った澪は、ベッドのわきに置かれた椅子に腰かけている竜崎に声をかける。

「いまもよく寝ている。夜に一回目を覚ましたが、かなり消耗していたんだろうな、またすぐに眠った。いまはもう、発熱も治まっている」

竜崎は目を細めると、慈愛に満ちた眼差《まなざ》しを小さな寝息を立てている小夜子に向ける。

ああ、竜崎先生はトラウマを克服したんだな。憑《つ》き物が落ちたかのような穏やかな表情を浮かべている竜崎を見て、澪は少しだけ嫉妬《しっと》する。

昨夜、竜崎が無許可で手術を行ったことで、五階病棟は大きな騒動になった。玲香はすぐに管理当直に当たっていた病院の副院長を呼び出し、状況を聞いた副院長は真っ青な顔ですぐに院長に連絡を入れて、緊急会議を開くことになった。

いったん自宅に帰った澪は、一晩休んでから再び病棟に戻ってくると、目立たないようにナースエイドのスクラブに着替えてこの病室へやってきていた。

「それで……、病院の対応はどうなりましたか？」

「さあな」興味なさげに竜崎は言う。「俺に処分が通達されるのは最後の最後さ。そもそも、いまは相手の対応待ちだ。刑事告訴、民事訴訟提起、マスコミへのリーク、それぞれで対応する方法が違うだろ」

竜崎は「多分、全部やってくるだろうけどな」と忍び笑いを漏らす。

「笑い事じゃないですよ。本当に医師免許がなくなったらどうするんですか？」

「さあ、どうするかな。そのときはナースエイドにでもなるか」

澪が「ふざけないで下さい」とため息をつくと、竜崎が視線を送ってきた。

「それより、お前の方はどうなったんだ。ガレージの『罠《わな》』には誰かかかったのか」

ああ、そうか。竜崎にはまだあの夜の顚末《てんまつ》を伝えられていなかった。

澪は「実は……」と、同僚の三人がガレージに現れたこと。医局長の壺倉が、その三人に姉のデータを探すように依頼をしていたことを、三十分ほどかけて説明する。話を聞き終えた竜崎は、腕を組んで額にしわを刻んだ。

「なるほど、壺倉が横領ね。金の亡者のあいつらしいな」

「竜崎先生に言われるってことは、よっぽどですね」

額のしわをさらに深くする竜崎に、澪は「あの男について教えてください」と頼む。

「金や女に目がない俗物だ。手術の腕はいまいちだが、実務能力だけは高くて、火神教授にその点で重宝されて医局長になった。その医局長の地位も利用して小金を稼いでいるが、まあ面倒な業務を一手に引き受けているので目をつぶってもらっている」

「なら、医局費くらい横領しても大きな問題にならないんじゃないですか？」

「うちの医局費を舐《な》めるんじゃない。統合外科のエキスパート集団であると同時に、火神細胞による万能免疫細胞療法を確立した火神教授が率いる、がん治療の最先端治療の研究集団でもある。特にいま火神教授が必死に研究しているオームスは、がん治療を根本から変える可能性を持っている。多くの製薬会社から資金が提供されているさ」

「私をオペレーターにしようとしている、あの装置ですね」

「ああ、そうだ。そもそも火神細胞の特許によって得た莫大《ばくだい》な利益の大部分を、火神教授は研究費として医局に寄付している。もしそこから金が抜かれていたら、研究を危険に晒《さら》すことになる。教授は激怒するはずだ」

「火神教授を怒らせたら、壺倉医局長には致命的ですよね」

「当然だな。あの男のいまの地位は、全て火神教授の後ろ盾あってのものだ。もし教授に捨てられたら、あの男は星嶺大学の関連病院に就職することはおろか、外科医としてどこかで働くことも難しいだろう。いや、その前に横領犯として逮捕されて、臭い飯を食うことになるかもしれない」

「それを防ぐためなら、なんでもする。そうですね？」

澪が確認すると、竜崎は「ああ、そうだ」と頷《うなず》いた。

「ただ、あの男は狡猾《こうかつ》だぞ。きっと横領も自分のしわざと分からないように、何らかの偽装をしているはずだ。明らかな証拠を見つけない限り、うまく言い逃れる。お前、姉さんが遺《のこ》したっていうデータに、本当に心当たりがないのか？」

「ありませんよ。一生懸命考えたし、遺品も全部探したけど、見つかりませんでした」

「そうなると、お手上げだな」

竜崎は参ったをするかのように両手を上げた。そのとき、廊下の外がざわついた。

「……思ったより早かったな」竜崎は立ち上がって出入り口に向かう。

澪が「早かった？」と聞き返したとき、勢いよく引き戸が開いた。その奥に立っていた人物を見て、澪は目を大きく見開く。

「お忙しいところ失礼いたします。新宿署刑事課の橘信也と申します」

姉の恋人であった刑事、橘は、竜崎と向き合いながら慇懃《いんぎん》無礼な態度で自己紹介をすると、警察手帳を提示した。

「あなたが、保護者の許可なく子どもの手術を行い、傷を負わせたという相談があり、弁護士から告訴状が提出されました。つきましては……」

「署に『任意』で同行して話をしたいっていうんだろ」竜崎は不敵な笑みを浮かべる。

「同行を拒否するつもりですか？」

「いいや、そんなつもりはないよ。拒否したら、あんたらしつこいからな」

竜崎は「さあ、行こうか」と廊下を進んでいく。

「竜崎先生……」あとを追おうとした澪の前に、橘が立ちふさがる。「橘さん……」

「玉野早苗さんは、竜崎だけじゃなくて君も告訴しようとした」

低く押し殺した声で橘が発したセリフに、澪は「え……」と固まった。

「君が『オーラの御心』に興味があるふりをして母親を誘い出し、その隙に、竜崎が少女の腹を切り裂いたって」

「切り裂いたって、そうしないと小夜子ちゃんは死んでいたんですよ！」

澪が反論すると、橘は唇の前に人差し指を立て、囁《ささや》くように言う。

「余計なことは言うな。そうじゃないと、裁判で証拠として扱われるかもしれない」

「裁判……」自分が被告席に座っている姿を想像し、体に震えが走る。

「君が共犯であるという証拠はないので、竜崎だけを尋問することになったんだ。これ以上、おかしなことをしないでくれ。唯に申し訳が立たない」

そう言い残して橘は去っていく。大きな背中を見送った澪は、橘がやけに竜崎に敵愾《てきがい》心《しん》を剝《む》き出しにしている理由に気づく。義理の妹になるかもしれなかった自分を、竜崎が犯罪に巻き込んだことが許せないのだろう。

これから、竜崎はどうなるのだろう？　まさか、本当に手術ができなくなってしまうのだろうか？　あれほどの天才外科医がメスを振るえなくなるなど、社会にとって大きな損失だ。そんなことあっていいわけがない。けれど、法的には……。

悩みすぎて頭痛をおぼえた澪は、とぼとぼと廊下を進んでいく。無人のロッカールームに入り、ロッカーを開けると、ボストンバッグが目に留まった。

「ああ、これ持って帰らないと」

バッグをとりだした澪は、なんとなしにジッパーを開ける。昨日使った白衣と聴診器が入っていた。澪は聴診器を取り出すと、それを耳に装着する。

姉が亡くなってからずっと、胸郭内が空っぽになった気がした。けれど、この病院に来てナースエイドとして働いているうちに、いつの間にか虚無感が消えていった。

いま、私の心臓はしっかりと鼓動を刻んでいるのだろうか。澪はチェストピースと呼ばれる収音部を自らの胸に当て、目を閉じる。がたがたという大きな異音が鼓膜を揺らし、澪は反射的に耳から聴診器を外した。

「いまの、なに……」

明らかに心音ではない。聴診器が故障したのだろうか？　澪はチェストピースを覆っている振動板と呼ばれるプラスチック製の膜を外してみた。

「なに……、これ……」

振動板の下に、小指の先ほどの長方形の板が入っていた。

「SDカード……」

小型の記憶媒体。それをふるえる指先でつまみだした澪は、息を乱しながら呟《つぶや》く。

「これが、姉さんが遺したデータ……」

第5章　それぞれの選択

1

空気が重い……。ナースエイド用のスリッパを履いた自分のつま先を眺めながら、澪は軽く身じろぎをする。竜崎が橘に連れていかれた翌日、月曜日の朝八時半、澪は看護助手控室での朝礼に参加していた。

怒濤《どとう》の週末を終え、今日から通常業務に戻ることになっている。しかし、先週までの『通常』は完全に壊れていた。いまこの空間で、ともに朝礼を行っている三人の同僚全員が、敵だと判明してしまったのだから。

「あの……、午後三時ごろに五〇四号室に明後日《あさって》手術予定の患者さんが入院してくるから、それまでに桜庭さん、ベッドメイキングをお願い」

おずおずと声をかけてくる悦子に、澪は「……はい」とできるだけ冷たく、事務的に答える。悦子は慌てて「それじゃあ、次は……」と小声で連絡を続けた。

「えっと……、じゃあ、今日も一日、頑張っていきましょう」

悦子の掛け声に、遠藤と若菜が「はい……」と力なく答える。三人に冷たい一瞥《いちべつ》をくれると、澪は無言で看護助手控室をあとにした。

もうここで働くことはできない。違う職場を探さないと。けど、それは姉さんの事件の真相を暴いてからだ。澪は胸元に手を当てる。

昨日、聴診器にSDカードが隠されているのを見つけた澪が、記録されているデータを自宅のパソコンで見ようとすると、パスワードを要求するウィンドウが現れた。何度か姉の誕生日などを打ち込んでみたが、全て拒否された。

一定回数以上、パスワードを間違えるとファイルが消去されたりするかもしれない。澪はファイルの内容を閲覧することを諦《あきら》め、それを火神に渡して壺倉を告発することにした。火神なら専門家を雇って、パスワードを突破することも可能なはずだ。

問題は、極めて多忙である火神教授にどうやってアポイントメントを取るか。そして、火神に渡すまでの間、SDカードをどこに保管しておくかだった。

悩んだ末、澪は長い紐《ひも》を取り付けたきんちゃく袋にSDカードを入れ、身に着けることにした。いまも首にかかった紐で、きんちゃく袋がスクラブの胸元の中にぶら下がっている。

火神は常に、講演や手術指導で全国を飛び回っている。アポイントメントを取るのは簡単ではなかった。それに、病院にいるときは金魚の糞《ふん》のように壺倉がついて回っていることが多い。どうやれば、壺倉に気づかれることなく、火神に会うことができるのだろうか？　澪は悩みつつ、午前の仕事をこなしていった。

もうこんな時間か……。昼過ぎ、昼食の下膳《さげぜん》を終えた澪は、ふと小夜子の病室の前で足を止める。あの少女は、どうしているだろうか？　少し迷ったあと、ノックをして病室に入った澪は目を疑う。ベッドのそばに置かれたパイプ椅子に竜崎が腰かけていた。

「ああ、なんだお前か」澪を見た竜崎がつまらなそうに言う。

「あの人、誰？　あれ？　前に羽ばたき園の前にいたお姉さん？」

ベッドに横たわっていた小夜子が、軽く身を起こして澪を見る。手術前、青ざめて苦《く》悶《もん》の表情が浮かんでいた顔には、今は血の気が戻り、人懐っこい笑みが浮かんでいた。大量の膿《うみ》が溜《た》まっていた虫垂を切除したことで、小夜子の病状は劇的に改善していた。その姿を見て、胸が温かくなっていく。

「それで、どうして竜崎先生がここにいるんですか？」

ベッドに近づいた澪が訊《たず》ねると、竜崎が肩をすくめる。

「午前の手術が終わったからに決まっているだろ」

「そういう意味じゃないことは分かっているでしょ」

「もしかして俺があのまま逮捕されるとでも思っていたのか？」

まさにそう思っていた澪は、「違うんですか？」と首をひねる。

「そう簡単に逮捕状なんて出ないさ。ある程度調べたら、書類送検して検察の判断に丸投げがいいところだ。そして、緊急処置ということで不起訴処分になるだろう」

小夜子が不思議そうに「逮捕？」と小首を傾げた。竜崎は「あっちで話そう」とあごをしゃくる。二人で出入り口の近くまで移動する。

「逮捕されなかったとしても、手術はさせてもらえないと思っていました。玲香先生とかすごく怒っていたし、あと……壺倉医局長も」

「俺の手術を待っている患者が何人もいるからな。病院の都合で手術中止になんかしたらトラブルになる。俺の手術を止めるとしたら、大学じゃなくて公的機関さ」

「公的機関……、医道審議会……」

澪が呟くと、竜崎は「その通りだ」と頷《うなず》いた。

「俺くらいの有名人のスキャンダルだと、マスコミが騒ぐだろうから、医道審議会も批判を避けるために早めに処分を決める。まあ、医業停止三ヶ月くらいが妥当な線かな」

「落ち着いていますね。三ヶ月とはいえ、医者として活動できなくなるんですよ」

「別に問題はない。患者の手術をすることができなくてもシミュレーターで技術トレーニングは続けることができる。それに、経歴に少しぐらい傷がつこうが問題ない。手術の腕さえよければ、アメリカでは大金を稼ぐことができるからな」

「心配して損しました。でも、先生に会えたのはちょうど良かったです。先生なら、火神教授にアポイントメント取れますよね。できるだけ早く火神教授に会いたいんです」

「教授に会ってどうするんだ？　証拠がない状態で壺倉を告発しても、意味がないぞ」

「証拠ならあります」

澪は胸元からきんちゃく袋を出し、その中からSDカードをつまみ上げた。

「それが証拠……？」竜崎が目を大きくする。「どこにあったんだ」

「私の聴診器に隠されていました。チェストピースのカバーの下に入っていたんです」

「聴診器に？」竜崎が眉根《まゆね》を寄せる。

「姉さんの入院中、私は仕事が終わった後、姉さんの病室に寄って話をすることが多かったんです。そしてあの日、聴診器を床頭台の上に忘れて帰りました」

「お前の姉は屋上に行く前に、その聴診器にSDカードを隠しておいたってわけか」

「はい」澪はあごを引く。「聴診器なら私がすぐに気づくはずだと思ったんでしょう」

「けれど実際は、お前は医師を辞め、聴診器も使わなくなった。だからこそ、SDカードは誰にも気づかれることなく、聴診器の中に隠されたままになっていた」

竜崎が説明を引き継ぐ。澪は「その通りです」と頷いた。

「中身は見たのか？」

「いいえ、パスワードがかかっていました。ただ、専門の人ならきっと開けると思います。けど、私が持っていることが知られたら、いつ襲われて奪われるか分かりません」

「だから、できるだけ早く火神教授に渡したいってわけか」竜崎はあごに手を当てる。

「はい、そうです。どうかお願いします。火神教授と会わせてください」

十数秒、竜崎は腕時計に視線を落とした。

「そろそろ、午後の手術だ。胃切除術だからすぐに終わる。午後五時、先端外科医学研究所の前で待ち合わせだ」

「え、待ち合わせって……」

澪がまばたきすると、竜崎は唇の片端を上げた。

「俺が付き添ってやる。それまで、そのSDカードを肌身離さず持っていろ」

2

漆塗りの扉を竜崎がノックする。中から、「どうぞ」と声が聞こえてきた。

扉を開け室内に入った竜崎は、「失礼します」と恭しく一礼する。後ろに立っていた澪も、慌ててそれに倣った。柔らかい絨毯《じゅうたん》が敷かれた縦長の部屋、両側の壁には天井まで届く本棚が備え付けられていて、無数の医学書がそこに収められている。手前には応接セットとして、革張りのソファーと大理石のローテーブルが置かれており、部屋の奥にはアンティーク調のデスクが鎮座している。小夜子の病室で話をしてから数時間後、約束通り竜崎は火神にアポイントメントを取り、教授室まで澪を連れてきていた。

「やあ、竜崎先生と桜庭先生、ようこそ私の部屋に」

デスクの奥に座っていた火神は、芝居じみた仕草で両手を広げる。

「しかし、『先生』と呼ぶのは久しぶりだね。どうかな、ナースエイドの仕事は」

火神はどこか重い足取りで近づいてきて、「どうぞ」とソファーを勧める。竜崎とともに一礼して、澪はソファーに腰かける。

「まだ新人なので戸惑うところもありますが、患者さんをじっくりとケアできることに魅力を感じています。ご紹介して下さり、本当に有難うございます」

澪は罪悪感をおぼえる。せっかく火神の紹介で入職したというのに、おそらくすぐにこの病院を辞めることになる。次も他の病院でナースエイドとして働きたいとは思うが、火神の紹介なしで今回のように簡単に就職先が決まるとは思えなかった。

そこまで考えたとき、澪は脳の表面に虫が這《は》うような違和感をおぼえ、こめかみを押さえる。自らもソファーに腰かけた火神が「どうかしたかな？」と訊ねてくる。

「いいえ、なんでもありません」澪は慌てて首を横に振った。

「なにか折り入って話があるらしいね」

「実は、私の姉は新聞記者をしていて、壺倉医局長のことを調べていたんです」

澪が切り出すと、火神は「壺倉先生のことを？」と眉《まゆ》をひそめた。

「そうです。医局長は医局費を横領していました。姉は自分になにかあったときのために、その証拠を私に遺《のこ》したんです。それを知った壺倉先生は私を監視するために……」

澪は同僚たちが壺倉のスパイだったこと。自分の部屋を荒らしてまで、データを探したことを伝える。説明を聞き終えた火神は困惑の表情を浮かべて、うめくように言う。

「本当に壺倉先生がそんなことを……？　なにか証拠があるのか……？」

澪は固く手に握っていたＳＤカードをローテーブルの上に置いた。

「これが、姉が持っていた壺倉先生の横領の証拠です」

っとすぐにパスワードは解読できると思います」

「これが……、中身は確認したのか？」緊張した面持ちで火神が訊ねてくる。

「いいえ、パスワードが必要で開けませんでした。ただ、専門の業者などに頼めば、き

っとすぐにパスワードは解読できると思います」

「……なるほど」火神はSDカードを摘《つ》まみ上げる。「本当に壺倉先生が横領したとし

たら、由々しき事態だ。告発するためにも、これは私が預かろう。いいかな」

「はい、もちろんです！」勢い込んで答えた瞬間、また脳に違和感が走る。

なんなの、これは？　戸惑う澪の前で、ゆっくりと立ち上がった火神は、自らのデス

クへと向かい、革張りのチェアに深く腰掛けた。それを眺めていると、脳の表面を走る

むず痒《がゆ》さが強くなっていく。脳細胞のシナプスが激しく発火しているのを感じる。

本当に壺倉が黒幕なのだろうか？　悦子の孫を星嶺大学に入れ、若菜の奨学金の支払

いを免除し、遠藤の起こした事故の治療費を無料にする。さらには、五階病棟のナース

エイドとしてスパイを三人も配置する。壺倉にそこまでの権力があるのだろうか……。

澪はゆっくりと立ち上がると、ふらふらとデスクに近づいていく。

同僚たちはたしかに、壺倉に指示されたと言っていた。壺倉が、自分の横領を火神に

知られないために、データが必要だと言っていたと。けれど、よく考えたらそれもおか

しい。わざわざ自分の横領を、悦子たち三人に伝えなくてもいいはずだ。

では、なぜ壺倉は、自分の横領についてのデータだと言ったのか。あり得るとしたら、

ナースエイドたちが捕まり、尋問されたときに偽の情報を言わせるため……。

壺倉が自らをスケープゴートにしてまで守ろうとする存在。ナースエイドの配置を決めることができ、そして星嶺大学に大きな影響力を持つ存在。そんな人は……。

部屋の奥までふらふらと移動した澪が、デスク越しに火神を見つめる。

竜崎が「おい、どうした？」と声をかけてくる。澪は火神に手を伸ばした。

「火神教授……、申し訳ないですが、やっぱりSDカードは私が保管します。私が業者に頼んでパスワードを解読して、内容を姉さんが勤めていた新聞社に渡します」

「なるほど……。新聞社にね」呟《つぶや》きながら、火神はSDカードをデスクに置く。

次の瞬間、火神は帆船型のペーパークラフトを素早く摑《つか》んで勢いよく振り下ろした。

何度も、何度も、何度も、くり返し……。重い音が響くたびに、SDカードが破壊され、粉々になっていくのを、澪は呆然《ぼうぜん》と見つめることしかできなかった。

「すまないね、これを返すわけにはいかないんだよ」

「やっぱり、あなたが黒幕……」澪はかすれ声で呟く。

「おい、どういうことだ!?」驚きの声を上げて、竜崎が駆け寄ってくる。

「壺倉は単なるスケープゴートでしかなかった。壺倉が横領したという話は、自分のもとにデータを持ってこさせるための嘘。そして、私はまんまとそれにひっかかり、火神教授を告発するためのデータを、本人に渡してしまった……」

喘《あえ》ぐように絞り出す澪の説明を、竜崎は口を半開きにして聞く。

「どうだろうね。君の仮説を証明するデータは、いま消えてしまったよ」

軽い口調で言う火神の言葉を聞いた瞬間、頭の中でなにかが切れるような音が響いた。澪は身を乗り出すと、デスク越しに火神の首元に両手を伸ばす。

「あなたが！　あなたが姉さんを殺したの⁉　自分のスキャンダルを揉《も》み消すために、姉さんを屋上から突き落としたの⁉　私の大切な……、たった一人の姉さんを……」

澪は火神の首にかけた両手に力を込めた。

「やめろ！　殺す気か！」竜崎が澪の手首を掴み、火神から引き離す。

「放して！　あいつが姉さんを……。あいつのせいで、姉さんが……」

「落ち着け！　教授をよく見ろ！」

竜崎に言われて火神に視線を向けた澪は、大きく息を呑《の》んだ。火神が真っ青な顔で喉《のど》に手を当て、椅子からずり落ちそうな体勢で必死に酸素を貪《むさぼ》っていた。力を込めたのはほんの数瞬、しかも相手は高齢とはいえ男性だ。あれだけで、こんな状態になるなんて……。混乱している澪に、竜崎は静かに告げる。

「火神教授は末期がん患者だ。お前の姉と同じ、シムネスのな」

「教授がシムネス……」次々に明かされる衝撃的な情報に頭がショートしそうだった。

「そうだ。余命は三ヶ月程度しかない。かなり衰弱しているんだ。いくら女性であるお前でも、首を絞めたりしたら簡単に殺すことができる状態だ」

殺す……、私が人を殺す……。澪は火神の首を絞めた自らの両手に視線を落とす。

「お前は人殺しになってもいいのか？　死んだ姉は、それで喜ぶのか？」

「でも……、姉さんを殺した奴を許せない……」澪は喉の奥から悲痛な声を絞り出す。

「教授」竜崎が火神に鋭い一瞥《いちべつ》をくれる。「本当にあなたが壺倉に依頼して、彼女を監視させていたんですか？　彼女の姉が調べていたのはあなたなんですか」

「……ああ、そうだ」息が整った火神はあっさりと肯定した。

「なんでそんなことを？　いったい、あなたは何を隠そうとしているんですか？」

「それは言えないよ」火神は力なく首を振る。「このSDカードを破壊したことで私の秘密は完全に闇に葬られたんだ。警察も私を尋問することはできない」

「そんなことない！」澪は声を張り上げる。「私が姉さんと同じように、あなたの秘密を調べる。それさえ分かれば、警察はあなたを尋問できる！」

「一ヶ月以内にそれが可能かな？」

弱々しい笑みを浮かべる火神の言葉に、澪は「え？」と聞き返した。

「さっき、竜崎先生は私の余命を三ヶ月程度と言ったが、それは間違いだ。想像以上に心臓の腫瘍《しゅよう》が増大してきていてね。おそらく一ヶ月程度で私の命は消えるだろう。私のスキャンダルと、そして君のお姉さんの死の真相とともにね」

澪が唇を固く嚙《か》むと、火神は「ただし……」と言葉を続けた。

「君のお姉さんに何があったのかについては、話してもいい。まあ、条件次第だがね」

「……条件？　条件って何ですか？」

「桜庭先生、君にじゃないよ。竜崎先生への条件だ」

「俺への条件……？」竜崎は訝《いぶか》しげに眉を顰《ひそ》める。

「ああ、そうだ。私の心臓にある腫瘍、それを切除してくれ」

「……なにを言っているんですか？　シムネスは全身のあらゆる臓器に腫瘍が生じる疾患です。一部の腫瘍を切除しても意味はない」

「意味がなくはないよ。私の場合は、いますぐ命に直結するのは、心臓の腫瘍だ。それさえ切除してもらえたら、寿命は半年程度は延びるはずだ」

「けれど、教授には開胸手術に耐える体力は残っていません。逆に寿命が縮みます」

「ああ、普通の外科医ならそうだろうね。けれど、君なら違うんじゃないか？　私への侵襲を最小限にして心臓の腫瘍を取りのぞけるんじゃないか？」

挑発的な火神のセリフに、竜崎は無言で考え込む。十数秒後、彼が口を開いた。

「俺が手術を成功させたら、彼女の姉に何があったのか、教えてくれるんですね」

「ああ、約束しよう」火神は大きく頷《うなず》いた。

何が起きているのか、状況について行けず混乱している澪に竜崎が視線を送る。

「手術をしよう。お前が俺を過去から解放してくれたように、俺もお前をトラウマから救ってやる」

3

手術部のうす暗い廊下を竜崎と並んで歩きながら、澪は前方を見る。壺倉が緊張した面持ちで押しているストレッチャーの上に、火神が横たわっていた。

五日後、土曜日の午後九時過ぎ、これから火神の手術が行われることになっていた。世界的にも有名な火神が重病であるという情報が外部へ漏れるリスクを最小限にするため、こうして週末の夜という職員が少ない時間帯での手術となった。

わずか五日後という短い準備期間での手術となったのにも理由があった。一つは火神の病状が進行しているため。そしてもう一つは、間もなく竜崎が一時的に手術ができなくなるかもしれないからだった。

竜崎が保護者の許可なく手術を強行し、傷害罪で告発されたという情報はすでに大々的に報道され、リスクを背負って少女を救ったことへの賞賛と、保護者を騙《だま》し独断で手術を行ったことへの非難が入り乱れていた。このままでは国民の医療不信につながりかねないと事態を重くみた医道審議会は、週明けにも緊急会合を開くことになっている。そこで医業停止の処分が下されれば、竜崎は一定期間、メスを握れなくなる。

一行は無言で廊下を進んでいく。手術室に近づいたとき、壺倉が足を止めた。

「……玲香」ストレッチャーに横たわっている火神が、声を上げる。手術室の前に、火神の一人娘である玲香が手術着姿で立ちはだかっていた。

「竜崎先輩、私も手術に入れて下さい」玲香は竜崎を睨《にら》みながら近づいてくる。

「……ダメだ」竜崎は首を横に振った。「この手術は単なる手術じゃない。教授の体への侵襲を最低限にするために、心臓を拍動させたまま腫瘍を摘出するという、極めて難易度が高い手術だ。ほんのわずかな手元の狂いが致命的になる」

「そんなこと分かっています！　だからこそ、娘の私が第一助手に……」

「娘だからこそ助手にはできない」竜崎ははっきりと言い放つ。「感情の乱れは、そのまま技術の乱れに直結する。お前が冷静になれていないのは明らかだ。完璧《かんぺき》な手術のため、お前は手術室には入れられない」

唇を歪《ゆが》めた玲香の手を、ストレッチャーに横たわったままの火神が摑んだ。玲香の口から「お父さん……」という弱々しい声が漏れる。

「大丈夫だよ、玲香。心配はいらない。竜崎先生がしっかりと治してくれるさ」

「でも、お父さん……」目を潤ませながら、玲香はひざまずき両手で父の手を強く握る。

「来てくれて嬉《うれ》しいよ。お前は自慢の娘だ。心から愛している。だから、ちょっとだけ待っていてくれ。分かったね」

諭すような火神の言葉に、玲香が唇を固く結んで何度も頷く。玲香の頭を優しく撫《な》でたあと、火神は「それじゃあ、行こう」と壺倉を促した。壺倉がストレッチャーを押して手術室に入る。澪も竜崎とともにそれに続き、そして手術室の扉が閉まった。

「悪かったね、竜崎先生。悪者にしてしまって」

火神の言葉に、竜崎は「いえ……」と小さく首を横に振った。玲香を決して手術に参加させないように指示したのは、火神自身だった。他にも自らの手術について週末の夜に密《ひそ》かに行うことや、参加するスタッフの選定など、火神は細かく指示を出していた。

澪は手術室を見回す。麻酔科医、機械出しと外回りの看護師、大手術とは思えない最低限の人員しかいない。そして澪は、第二助手を務めるよう指示を受けていた。

最初、医療行為は行えないからと拒絶した。しかし火神に、それなら手術は受けないし、姉の死の真相についても墓場まで持っていくと言われ、あくまで医療行為はせず、手術台のそばに立っているだけという条件で第二助手を受け入れた。

ストレッチャーが手術台に横付けされ、火神の体が手術台に移動させられる。

「大丈夫か？」竜崎が話しかけてくる。

「第二助手ならなんとか……。先生こそ大丈夫なんですか？　心拍動下での腫瘍摘出術なんて聞いたことがありませんよ」

「教授の体力では、もともと人工心肺に繋《つな》ぐ余力はない。俺は日常的に、拍動下でミリ単位の冠動脈を縫い合わせているんだ。十分に可能なはずだ」

澪が竜崎と会話をしているうちに、スタッフたちは流れるように準備を進めて行く。教授は「壺倉はもちろん、麻酔科医と看護師たちも、火神教授の子飼いのスタッフだ。教授は徹底的にここを密室にして、外に情報を漏らさないつもりだ。この手術にはなにか裏がある。だから、油断はするなよ。なにが起きてもいいよう、警戒するんだ」

澪は「警戒って……」と戸惑う。病院内で何が起こりえるというのだろうか。

静脈点滴ラインの確保、心電図やパルスオキシメーターの装着などの準備が終わると、火神は次々にスタッフたちの手を取り、言葉を交わしていく。その姿は最後の挨拶《あいさつ》をしているかのようで、不吉な予感が胸に湧く。

「それでは、麻酔導入を開始します」

準備が終わり、麻酔科医が火神の口元に酸素マスクを近づける。

「さて、手指消毒に行くぞ……」

頷いた澪が竜崎のあとを追おうとしたとき、火神が「桜庭先生」と声を上げた。見ると、口元にマスクを押し付けられた火神が軽く顔を起こし、手招きをしている。

竜崎に「……行ってこい」と促され、澪は手術台に近づいた。肋骨《ろっこつ》が浮かぶ胸に心電図の電極をつけられ、口元を酸素マスクで覆われた火神を澪は見下ろす。

この人が姉さんを……。拳《こぶし》を握りしめた澪は、火神の口が小さく動いていることに気づく。何か言っている？　澪はしゃがみこんで、火神の口元に耳を近づける。

「すまなかった……。本当にすまなかった……」

勢いよく酸素が噴き出す音の中、火神の弱々しい声が聞こえた。

「……私が君のお姉さんを殺してしまったんだ」

澪は目尻《めじり》が裂けそうなほど瞳《ひとみ》を見開く。火神が殺人の自白をしている⁉

息を乱しながら澪は、すぐそばに立っている麻酔科医を見上げた。しかし、彼は表情を変えることなく、麻酔器のモニターを眺めているだけだった
マスクの下で発せられている告白は、酸素が噴き出す音で掻《か》き消され、麻酔科医まで届かないんだ。私だけにしか聞こえないことが分かっているからこそ、火神はいま罪の告白をしている。そのことに気づいた澪は、自らも必死に声を押し殺す。

「なんで姉さんを……」感情が荒れ狂い、言葉に詰まってしまう。

「殺す気はなかったんだ……。あの日、君をスカウトしに調布総合病院を訪れたとき、君のお姉さんに声をかけられた。そして、……絶対に知られてはいけないことを指摘されたんだ。動揺して釈明しようとしたら、取材をさせてくれるなら話を聞くと言った。だから、夜に屋上で会うことにしたんだ……」

「なんで屋上に……、最初から突き落とすつもりだったんじゃないですか？」

叫び出しそうなほどの怒りを必死に押し殺し、澪は小声で問い詰める。

「……分からない。あのときは混乱して、自分が自分でないような感覚で……」

「そんなの言い訳にならない。なにがあったんですか？」

「君のお姉さんは事実を公表すると譲らなかった。そして、もし自分に危害を加えても、信頼している人にデータを預かってもらっているから無駄だと言った」

「それなのに……、あなたは姉さんを殺したんですか？」

「本当に殺す気はなかったんだ。説明しようと……。ただ、分かってもらおうと……。

けれど、彼女は聞く耳を持たず、取っ組み合いになってしまい、はずみで……」

「はずみで、姉さんを殺したっていうの⁉」押し殺していた声が大きくなる。

「すまない……、本当にすまない……。全ては私の責任だ。どう償えばいいかずっと考えていた。けれど、どうしていいのか分からなかった……」

「……あなたが人を殺してまで守ろうとした秘密って何なの」

「言えない……。この秘密があばかれたら、多くの人々が命を落とすことになる……」

「どういうこと⁉　意味が分からない」

「真実を知りたいなら、外科医に戻りなさい。戻って、オームスのオペレーターになるんだ。私の娘がサポートしてくれる。そうすれば、理解できるはずだ」

「どういうこと？　あなたが開発しているあの治療機器がどう関係するの？」

澪が訊《たず》ねたとき、麻酔科医が白い液体で満たされたシリンジを、点滴ラインの側管に接続した。プロポフォール。一瞬で投与された者の意識を失わせる、強力な麻酔薬。

「それでは教授、麻酔薬を投入します」麻酔科医が言う。

澪が「待って」と止めようとするが、その前に火神が口を開いた。

「やってくれ」

麻酔科医は頷くと、シリンジ内の白濁液を点滴ラインに流し込んでいく。白い液体が点滴液に混ざり、火神の静脈に吸い込まれていく。

「本当に、本当にすまなかった……」

火神の瞳に瞼《まぶた》が被《かぶ》さっていく。溢《あふ》れた涙が、そのこめかみを伝っていった。

「バイタルは？」メガネ型の手術用ルーペをつけた竜崎が訊ねる。

「安定しています」麻酔科医が答えた。

火神の手術がはじまってから、一時間強が経過していた。竜崎は瞬く間に皮膚と皮下組織を切開し、露出した胸骨を手術用の電気ノコギリで切断すると、心臓を包む心嚢《しんのう》を切り裂き、拍動する心臓を露出させた。火神の心臓にはすでに、拍動下での冠動脈バイパス手術などで使用されるスタビライザーが取り付けられてある。そのスタビライザーに囲まれている部分は、心臓が拍動していても大きく動くことなく固定される。

澪は竜崎の右隣、第二助手の位置に立って、手術を見学し続けていた。開胸もその後の処置も、竜崎と第一助手の壺倉が素早く進めている。手術の腕はいまいちと言われていた壺倉だったが、さすがに統合外科の医局長を務めるだけあって、竜崎をしっかりとサポートしており、第二助手である澪は一切手を出すことなく手術は進んでいた。

いったいなぜ火神教授は、あのタイミングで罪の告白を行ったのか分からない。本来なら、手術後に話すという約束だったはずだ。そもそも手術を受けたとしても、火神が殺人を認めるとは思っていなかった。なのに、あんなにあっさりと認めるなんて……。

もしかしたら、火神が必死に隠そうとしていたものは、自分が人を殺《あや》めたということとではなく、姉さんが調べたという情報だったのだろうか。

――この秘密があばかれたら、多くの人々が命を落とすことになる。

全身麻酔で意識を失う前、火神が口にしたセリフが耳に蘇《よみがえ》る。

火神が目を覚ましたら、問い詰めて全てを明らかにできるはずだ。そのためにはまず、心臓を拍動させたまま腫瘍《しゅよう》を切除するという難手術が成功しなければ。澪は拍動する心臓を見つめた。スタビライザーで固定された部分には、赤黒い腫瘍が心筋から盛り上がっている。その光景はまるで、火山からマグマが湧き出しているかのようだった。

竜崎は手術用のハサミであるクーパーを手に取ると、その刃先で腫瘍の根元近くの心筋に切れ目を入れた。ハサミを開く力を利用して剝《は》がすようにしながら、心筋から腫瘍を切り離していく。もし刃先が心筋を貫き、心室に達すれば、天井まで届くほどの勢いで血液が噴き出すことになる。にもかかわらず、一見すると無造作にさえ感じられる動きで、竜崎は心臓に刃を入れている。自らの技術への絶対的な自信が、その器具捌《さば》きににじみ出ていた。

壺倉が、電気メスで出血部位を焼き固めて止血していく。ものの十数分で竜崎は心臓から腫瘍塊を切り離すことに成功した。

「俺が腫瘍の確認をしてもいいですか？　割を入れて内部の状態を確認しておくように、術前に火神教授から指示をされていたもので」

腫瘍を膿盆《のうぼん》へと移した壺倉が、媚《こ》びるような口調で言う。竜崎は壺倉を一瞥《いちべつ》すると、

「どうぞお好きに」とあごをしゃくった。壺倉は一礼すると、離れた位置にある器具台まで膿盆を持っていき、腫瘍を調べ始める。本来なら第一助手は、腫瘍摘出後の閉胸などを引き受けることが多いのだが、それを執刀医である竜崎に押し付けた形だ。

腫瘍内部の確認くらい後でやればいいのに。そもそも、それを確認するのは執刀医の仕事のはず。澪が呆《あき》れていると、竜崎が「ほっておけ」と声をかけてくる。

「閉胸するまで手術は終わっていない。お前は第二助手なんだ。集中しろ」

「は、はい、すみません」

背筋を伸ばした澪は、「あれ……？」とまばたきをする。

「どうした？」

竜崎の問いに澪は、開創器で大きく開かれている胸郭内を指さす。

「いえ、なにか『染み』みたいなものが……」

小指の先ほどのサイズの赤黒いものが、心臓の表面に見えた。小さな腫瘍塊のように見える。しかし、腫瘍はいま竜崎がすべて切除したはずだ。

「……なんだ、これは？」マスクの下から竜崎がうめくような声を出す。

その『染み』は成長していた。まるで、絵の具を水面に垂らしたかのように、赤黒い『染み』が少しずつ、しかし確実に、その大きさを四方に広げていく。

「な、なんなんですか、これは？」澪が声を上ずらせる。

「腫瘍が……増大している……」

「そんな馬鹿な⁉　がん細胞が目に見える速度で増殖するなんてあり得ません」

「これは単なる腫瘍じゃない……。なんなんだ、これは……」

『染み』は広がり続け、心臓の前面を覆い尽くさんばかりになっていた。

「血圧低下！」麻酔科医が声を上げる。「八十……、七十……、ショック状態です！」

竜崎が「昇圧剤を」と指示した瞬間、『染み』に覆われた心臓が細かく震え出した。

「心室細動！　心停止しています！」麻酔科医が叫ぶ。

「DCカウンターを！」竜崎が叫ぶ。

外回りの看護師が慌ててDCカウンターの装置を移動させて来ると、パッドを竜崎に渡す。柄の長いしゃもじのような形をしているパッドを両手に持った竜崎は、その先端についている円形の部分で心臓を挟むようにして、通電の準備を行う。そのとき澪の網膜に、『染み』に覆われた心臓の表面が、かさぶたのように剝がれ落ちるのが映った。

脆《もろ》くなっている。腫瘍は細胞同士の結びつきが弱く、体内で崩壊することも少なくない。もし、この心臓がそのように脆くなっていたら……。

制止しようと澪がマスクの下で口を開く。しかし、その前に竜崎が「クリアー！」と声を出して、パッドについている通電ボタンを押した。

二枚のパッドの間に電流が流れた瞬間、それに挟まれていた心臓が破裂した。

水風船が割れたかのように、内部の血液が四方に勢いよく撒《ま》き散らされる。

顔に熱く生臭い液体を浴びた澪の耳には、麻酔器のモニターがけたたましく鳴り響かせるアラーム音がやけに大きく聞こえた。

4

カーテンの隙間から日の光が差し込んでくる。布団の上で横になって天井を眺めていた澪の腹から、グーッという音が響いた。そろそろ起きるか……。澪は重い体を起こす。掛け時計を見ると、間もなく午後三時になるところだった。

火神の手術から二週間後の土曜日、澪は朝からずっと自室で横になって過ごしていた。いかに仕事が休みとはいえ、あまりにも自堕落なことは自覚しているのだが、この二週間、強い倦怠《けんたい》感に頭のてっぺんまで浸され、溺《おぼ》れかけていた。

二週間前、火神は死亡した。そして、病院は大混乱に陥った。

父親の死の知らせを受けた玲香は、恐慌状態になり、泣き叫んで竜崎を叩《たた》いた。竜崎は直立不動で、玲香から浴びせかけられる暴力を受け入れた。ただそれは、彼自身もショックで茫然自失《ぼうぜんじしつ》となって、なにも反応できなくなっているように見えた。

火神という医局の代表が、竜崎という医局の象徴による手術中に死亡したという事実に、統合外科自体も機能不全に陥った。プラチナの外科医たちを中心になんとか予定されている手術だけはこなしているが、新規の手術はすべて延期になっている。そして、医療過誤により火神を死なせてしまったということで、竜崎は謹慎処分になった。

そう、火神の死は竜崎のミスが原因とされていた。火神の心臓を法医学部の教授が確認したところがん細胞は確認されず、腫瘍が心臓全体に広がり破裂したという竜崎の主張は、自らの医療過誤をごまかすための稚拙な言い訳であると判断されていた。澪も同じ証言をしたが、実際に細胞を確認した法医学部の教授の見解を覆すことはできなかった。

澪の頭に、あの手術中に見た光景が蘇る。赤黒い『染み』が心臓全体に恐ろしい速度で広がっていった光景。あれが幻だったとでもいうのだろうか。

重い頭痛をおぼえた澪は、起き上がると服を脱ぎながらバスルームに向かう。頭から浴びる熱いシャワーに、べとべとした汗が洗い流されていく。しかし、頭にかかったもやと、全身にはびこっている倦怠感は消えることはなかった。

この二週間、ずっとこんな状態だ。ナースエイドの仕事は続けているが、患者の心に寄り添うどころか、自分の心が消えてしまったような気がして、ただ惰性で必要最低限のことをしているに過ぎなかった。同僚たちがスパイだったと知ったのだから、さっさと辞めればいいのは分かっていたが、辞表を出すことすら億劫《おっくう》で先延ばしにしていた。

一昨日《おととい》、悦子から話しかけられた内容を思い出し、澪は顔をしかめる。

「あのね、桜庭さん……。予定通り明後日《あさって》、みんなでキャンプに行こうかと思っているんだ。うちの孫も遠藤さんの娘さんも楽しみにしているから。それで、桜庭さんも良かったらどうかな……。同僚として、仕切り直しできたらと……」

なにが同僚としてだ、白々しい。思わず舌打ちが弾《はじ》ける。

同僚たちが悪い人間ではないことは分かっている。ただ、三人とも追い詰められ、仕方なく壺倉の命令に従っただけ、ひいては火神の道具にされていただけだと理解はしている。

しかし、だからと言って全てを水に流せるわけがない。澪はシャワーを止めた。

「これからどうしたらいいの……」独白が口から漏れる。

姉の死は自分の責任ではなかった。だからと言って、トラウマから解放されたわけではない。真実が明らかになれば、十字架を下ろせるはずだった。しかし、姉の死の真相が分かったと思ったら、火神の秘密という謎が現れてしまった。

姉さんはいったい何に気づいたのだろう……？　バスルームを出た澪は新しい下着を穿《は》いて、ドライヤーで髪を乾かすと、普段着に着替えて軽く化粧をする。家に籠《こも》っていても鬱々《うつうつ》とするだけだ。散歩ついでに食べ物を買いに行こう。

玄関から出た澪は、扉の鍵《かぎ》をかけながら、横目で隣の部屋を見る。

竜崎先生はどうしているのだろう？　一瞬、チャイムを押そうかと思うが、何を話せばよいのか分からない。どうしようか悩んでいたとき、突然、二〇一号室の扉が勢いよく開き、ジャージ姿の竜崎が飛び出してきた。唖然《あぜん》としている澪の前で、竜崎は廊下の柵《さく》に手をかけると、蒼白《そうはく》な顔で何度がえずいたあと、その場にしゃがみ込む。

「ちょっと、竜崎先生、どうしたんですか？　顔が真っ青ですよ」

澪が駆け寄ると、竜崎は「……大丈夫だ。少し酔っているだけだ」と弱々しく言う。

「酔っている？」澪は首をひねりながら、開いている玄関扉の奥に広がる二〇一号室を見る。その中心に鎮座している繭状の機器の蓋《ふた》が開いていた。

「あれって、オームスのシミュレーターですよね。まさか、あれに乗ったんですか？」

「久しぶりにやってみたが……無理だった……。お前はどうしてあんな洗濯機の中に放り込まれたような情報の嵐に耐えられるんだ？　どんな三半規管しているんだ」

呟《つぶや》いた竜崎は「うっ」とうめくと、口を押さえた。

「部屋で横になった方がいいですよ。ほら、二〇三号室に行きますよ。肩かしますから」

「二〇三号室は使っていない。二〇二号室に連れて行ってくれ」

あの手術用のトレーニング機器のある部屋に？　澪は「はぁ、分かりました」と頷《うなず》いて、竜崎の体を支えて玄関の前まで連れていく。竜崎が錠を外して扉を開いた。室内の様子を見た澪は、目を見開く。いくつものテーブルに、様々な手術用の練習道具が置かれた部屋。その床にはゴミ袋が散乱していた。

「なんですか、これは!?　ゴミだらけじゃないですか？」

澪が思わず大声を出すと、竜崎は「生活していたら、ゴミが出て当然だ」と言ってふらふらと部屋の中に行き、ゴミの中に置かれている古びた寝袋の上に横たわった。

「この部屋で生活していたんですか？　二〇三号室は？」

「あそこは眠るためだけに用意している部屋だ。長時間過ごすなら、この部屋にする」

火神の死のあと、竜崎には休養という名の自宅謹慎処分が下されていた。全国的にもゴッドハンドとして有名な竜崎が、ノーベル賞確実と言われた日本の宝である火神を術中死させてしまったという衝撃的なニュースにマスコミは飛びつき、星嶺大学医学部附属病院の前には多くの記者やカメラマンが押しかけている。竜崎を出勤させないという病院の判断は、混乱を防ぐためにも正しいものだろう。また、世間への反応の大きさを考慮してか、医道審議会は今週初めに緊急会合を開き、竜崎に対する六ヶ月の医業停止という、極めて重い処分を言い渡していた。

澪は少し躊躇《ためら》ったあと、「ちょっと失礼します」と部屋に上がる。よく見ると、テーブルの上に置かれている練習器具がぼろぼろになっていた。

「もしかして、この二週間、ずっとここでトレーニングをしていたんですか？」

澪の問いに、寝袋の上に横たわっていた竜崎が上半身を起こした。

「当然だ。手術を禁じられたんだから、腕を鈍らせないためにはトレーニングをするしかない。そうしないと、アメリカで大金を稼ぐことなんてできないからな」

「先生はもう前を向いて歩きだしているんですね」澪は弱々しく微笑む。

「……お前はどうなんだ？　姉の死がまだ自分のせいだと思っているのか？」

澪は「いいえ」と小さく首を横に振る。

「麻酔導入される前に火神教授が告白したんです。自分が……姉さんを殺したと」

「なっ⁉　なんでそんな重要なことを言わなかったんだ！」竜崎が腰を浮かしかける。

「そんな余裕はありませんでしたよ。もう色々とめちゃくちゃで」

竜崎は「……たしかにそうだな」と呟くと、座りなおした。重い沈黙が降りる。

「私、思うんです。火神教授はああなることを知っていたんじゃないかって」

「いきなり腫瘍《しゅよう》細胞が爆発的に増殖して、心臓が破裂することをか？」

「少なくとも、火神教授は手術中に自分が死ぬことを知っていたんだと思います。だからこそ、最後に罪の告白をして、私に謝罪した。玲香さんやスタッフたちへの言葉も、いま考えると最後の挨拶《あいさつ》のようでした。玲香さんを絶対に手術に入れさせなかったのも、医療事故に巻き込みたくなかったからだと思います」

「だとしたら、なぜ俺に手術をさせたんだ？　放っておいても、教授は一ヶ月以内には命を落としていたんだぞ」

「二つ理由が考えられます。姉さん殺害の疑いをかけられた教授は、自分が死ぬことで事件を有耶無耶《うやむや》にして、姉さんが調べた秘密を隠そうとしたんじゃないでしょうか」

「自らを口封じしたということか……。あり得るな。で、もう一つの理由は？」

「もう一つは、教授は私たちにあの現象を目撃させたかったのかも」

「あの現象……、腫瘍の異常増殖……」

「そうです。教授は徹底的に自分の手術を隠そうとしました。壺倉医局長と馴染《なじ》みの麻酔科医と看護師、絶対に自分の指示に従うスタッフを集めた。けれど一方で、私には手術に参加することを強制した」

「それは、麻酔導入する前、最後にお前に謝罪をするためではないのか？」

「いいえ、違うと思います。教授が最後に私に伝えたのは、姉さんを殺したことに対する謝罪だけじゃないんです。『真実を知りたいなら、外科医に戻りなさい。戻って、オームスのオペレーターになるんだ』、教授はそう言いました」

「オームスのオペレーターに？」竜崎の眉間《みけん》にしわが寄る。

「そうです。教授の最後の夢だったオームスを唯一操作できる私と、自分が生み出した最高の外科医である竜崎先生に、あの現実離れした現象を見せることこそ、火神先生の目的だったんじゃないでしょうか？」

「あの現象を……」竜崎は虚空を見つめる。「教授の死後、心臓から腫瘍は確認されなかった……。俺は幻覚を見たんじゃないかとすら疑っていた」

「いいえ、幻覚じゃありません。あれは現実に起きたことです」

「つまり、あの腫瘍は爆発的に増殖したあと、宿主の死によって正常細胞へと一気に戻ったということか。そんなことが医学的にあり得るとでも？」

「あり得ません。けど、そのあり得ない現象こそ、教授が見せたかったものなのでは？」

「……それが、教授の抱えていた『秘密』に関係しているっていうのか」

「そうだと思います。教授は姉さんを殺したこと以外にも、その『秘密』について良心の呵責《かしやく》を感じていたんじゃないでしょうか？　だから、私たちに手がかりを残した」

「けどな、教授はその『秘密』があばかれたら、『多くの人々が命を落とすことになる』と言ったんだろ。その手がかりなんて残すか？」

「普通の人には残さなかったと思います。ただ、私たちにになら伝えてもいいと思ったのかも。私たちならたとえ『秘密』を知っても、最善の対策をとると信じてくれた」

「筋は通っていなくもないな。それで、お前はどうするんだ。教授の最期の言葉に従って、外科医に戻るのか？　オームスのオペレーターになるのか？」

「……分かりません。たしかに姉さんは私のせいで死んだんじゃなかった。ただ、だからと言ってすぐに医療行為ができるとは思えません」

澪は近くの縫合練習セットが置かれたテーブルに近づくと、その上に置かれた持針器を手に取り、把持している縫合針を人工皮膚に近づける。針の先端が皮膚に刺さると同時に、手が震え、嘔気《おうき》が湧き上がってくる。唇を固く嚙《か》んだ澪は持針器を離した。

「姉さんの死の真相がわかれば、トラウマは消えると思っていました。けれど、そうじゃなかった。それに、患者さんの心に寄り添いたいという気持ちは、なにも変わっていません。やっぱり私にはナースエイドが向いている気がします。けれど、火神教授が遺《のこ》した『秘密』を知るためには外科医に戻らないといけない。それに将来たくさんの人を救うかもしれないオームス開発への協力は、私にしかできないし……」

考えれば考えるほど迷いが強くなっていき、澪は頭を抱える。

「すぐに結論を出す必要はないさ。ゆっくり考えて、一番正しいと思う道を進めばいい」

柔らかく言った竜崎を澪は見つめる。竜崎は「なんだ？」と訝《いぶか》しげに眉《まゆ》を顰《ひそ》めた。

「いえ、てっきり先生は『トラウマなんてさっさと乗り越えて、外科医に戻れ』って言うのかと思っていたから……」

「……人間は成長するものだ」穏やかに竜崎は言う。

竜崎もこの数ヶ月で大きく変わったのだろう。そして、それはきっと玉野小夜子を救い、母の死のトラウマを乗り越えたことが大きく関係しているはずだ。

その手伝いができて良かった……。澪が微笑んでいると、竜崎は「なんだ、気持ち悪い」と眉間にしわを刻んだ。

「なんでもありません。ただ、先生にも可愛いところがあるんだなと思っただけです」

竜崎の眉間のしわがさらに深くなったとき、電子音が部屋の空気を揺らした。竜崎はズボンのポケットからスマートフォンを取り出して通話をはじめる。その顔がみるみる険しくなっていくのを見て、澪は不吉な予感をおぼえる。

「……なにかあったんですか？」

通話を終えた竜崎に訊《たず》ねる。彼は答えることなく立ち上がると、唐突にジャージを脱ぎ始めた。無駄な脂肪が削《そ》ぎ落され、引き締まった筋肉質な上半身が露《あら》わになる。

「ちょ、ちょっと、竜崎先生。なにやっているんですか⁉」

声を上ずらせる澪の前で、竜崎はクローゼットを開け、Tシャツとジーンズを身に着けると、その上からジャケットを羽織った。

「野暮用ができた。出かけてくる」

そのまま玄関に向かい、部屋を出る竜崎を見送った澪は、慌てて彼のあとを追う。

「どうしたんですか、竜崎先生？　なにがあったんですか？」

階段をおりたところで追いついた澪が訊ねると、リモートキーでカイエンのロックを外した竜崎が、低くこもった声で答える。

「羽ばたき園の園長から連絡があった。小夜子が行方不明になったらしい」

「小夜子ちゃんが⁉」

澪が声を裏返すと、竜崎は小さく頷いてカイエンに乗り込む。重いエンジン音が響き渡ると同時に、体が勝手に動いていた。澪は助手席の扉を開けて車に乗り込む。

「なにをしているんだ？」ハンドルを握った竜崎が横目で視線を送ってきた。

「私も一緒に行きます。小夜子ちゃんは私にとっても大切な担当患者さんですから」

「……好きにしろ。行くぞ」

澪が「はい」と頷《うなず》いた瞬間、竜崎がアクセルを踏み込む。猛獣の咆哮《ほうこう》のようなひと際大きなエンジン音を響かせると、カイエンはその巨体を急発進させた。


「朝食のあと、公園で遊んでいたんですね。それで、昼食の時間になっても戻ってこないから呼びに行ったら、いなくなっていたと」

竜崎が確認すると、初老の女性、板橋羽ばたき園の園長は「そうなの。どうしましょう」と泣きそうな顔になった。澪は竜崎とともに、園長室で事情を聞いていた。

「どこか近くの公園とかに遊びに行っているという可能性はないですか？　あとは、外に遊びに行って迷子になっているとか。まだ姿が見えなくなって三時間位だし」

澪が当然の疑問をぶつけると、園長は弱々しく首を横に振った。

「さっき、警察に相談したときもそう言われました。けど、小夜子ちゃんはまだ病気が治って間もないから、園の外に出ないように言い聞かせていたんです。それにお昼ご飯までに戻るのは園の規則です。小夜子ちゃんはそれを破るような子ではありません」

「それじゃあ……、連れ去られた？　まさか、早苗さんに？」

澪の脳裏に、焦点を失った目で『教義』について語る玉野早苗の姿が蘇《よみがえ》る。

「玉野早苗にとっては、開腹手術を受けた時点で、娘は『オーラ』とやらが抜けた空の容器のようなものになったはずだ。そうでなくても、あの母親は何年も小夜子をここに預けて、会おうとしもしなかった。わざわざ取り戻そうとするか？」

疑わしげに竜崎が呟《つぶや》くと、園長が「実は……」と語りはじめる。

「小夜子ちゃんのお母様が、三日くらい前にこちらにいらして、小夜子ちゃんを連れていきたいと言ってきたの。当然、それはできないと伝えたけど」

手術を行ったあと『オーラの御心』の弁護士は、竜崎の刑事告発と民事訴訟提起、そしてマスコミを巻き込んでの糾弾に全力で動き始めたが、小夜子の親権に関しての動きは全くと言っていいほど無くなった。きっと、早苗が『オーラ』が抜けた娘に興味を失ったのだろう。児童相談所は今後も医療ネグレクトする可能性が高いと、早苗の親権停止を家庭裁判所に求め、今週のはじめにはそれが認められていた。

「どうして、小夜子ちゃんを連れていきたいとか、言っていましたか？」

「言っていたけど、私には理解できなかった。オーラをお腹に戻すとかなんとか……」

オーラを戻す……？　澪が首をひねっていると、竜崎が「これだな」とスマートフォンの画面を見せてきた。そこには『オーラの再封入』という文字が記されていた。

「それってもしかして、『オーラの御心』のホームページですか？」

「ああ、そうだ。そして、この『オーラの再封入』というページが先週、追加されている。多分、玉野早苗が必死に頼み込んで作ってもらったものなんだろうな」

「手術したらもう『オーラ』は二度と戻ってこないっていう話だったはずじゃないですか？　宗教が基本的な教義をそんな簡単に変えられるんですか？」

「前にも言っただろ。これは宗教を隠れ蓑《みの》にした詐欺医療ビジネスだ。金になると思ったら、基本的な設定を変えることになんの躊躇《ためら》いもないんだろうな」

「じゃあ、小夜子ちゃんは……」

「ああ、きっと『オーラの御心』の本部にいる」竜崎がソファーから立ち上がる。

「竜崎君、私はどうしたらいい？　警察はすぐには対応してくれないと思うの」

出入り口に向かおうとする竜崎に、園長が悲しげに言う。たしかにその通りだろう。小夜子が『オーラの御心』の本部に連れていかれたというのは、あくまで仮説でしかない。確たる証拠もないのに、警察が教団本部を調べてくれるはずがない。

澪は少し考えたあと、財布から橘の名刺を取り出し、園長に渡す。

「この刑事さんに連絡してみて下さい。彼ならきっと、ちゃんと話を聞いてくれます」

おずおずと名刺を受け取る園長に、澪は力強く頷いた。

「安心して下さい。竜崎先生と私が、小夜子ちゃんをきっと連れ戻しますから」

5

「だいぶ日が傾いてきましたね」

フロントグラスの向こうに広がる鬱蒼《うっそう》とした森を眺めながら澪は呟く。さっきまで橙《だいだい》だった木漏れ日が、いまは紅《あか》く変色している。板橋羽ばたき園を出た竜崎と澪は、奥多摩の山中にあるという『オーラの御心』の本部に向かっていた。すでに時刻は午後六時を過ぎている。二十分ほど前からは、深い森の中を通っている山道を進んでいた。

ハンドルを握る竜崎が「電波はどうだ？」と訊ねてくる。スマートフォンを確認した澪は「圏外です」と顔をしかめた。

「まあ、仕方がないか。この辺りにはほとんど人が住んでいないからな」

「辰巳の手術をした洋館もそうでしたね」

「あの洋館もここから近い。車では三十分くらいだろう。後ろ暗い商売をしている奴らは、人里離れて、携帯の電波も届かないところを好む。トラブルがあっても、警察に通報されるリスクが低くなるからな」

『オーラの御心』の本部でなにかあっても、警察の助けは呼べないってことですね」

澪が唾《つば》を呑《の》み込むと、竜崎は「そういうことだ」とあごを引いた。

「小夜子ちゃんは無事ですかね。もう『オーラの再封入』をされていたりは……」

澪はまだ電波が通じる地域を走行していたとき、スマートフォンで確認した『オーラの再封入』の儀式を思い出す。それは手術痕に金属製のストローのような、先端の尖《とが》った筒を差し込み、教祖がそこに息を吹き込むというものだった。

人間の口の中には大量の雑菌が存在する。それが筒を通して本来無菌であるべき腹腔《ふくこう》内に吹き込まれたりしたら、ひどい腹膜炎を起こして命の危険があった。

「大丈夫だ。ああいう新興宗教の儀式は、基本的に日が落ちてから行われる」

自らに言い聞かせるように竜崎は言う。その横顔には強い不安の色が浮いていた。

「ここで停めるぞ」竜崎はカイエンを路肩に停車する。

「え、目的地はもう少し先ですけど」

澪はカーナビを確認する。教団の本部まではここから二百メートルほど離れていた。

「相手に気づかれないように、森の中を歩いていく。ここからは『裏の世界』に入っていく。もし不安なら、車の中で待っていていい」

竜崎はジャケットを脱いで助手席のグローブボードを開けると、そこに入っていたボディバッグをたすき掛けにした。

「見くびらないで下さい。『裏の世界』なら、辰巳の件で嫌というほど見ました。それに、小夜子ちゃんを助けたいのは私も同じです。一緒に行きます」

竜崎は「好きにしろ」と相好を崩すと、車を降りて迷うことなく深い森に入っていく。澪も辺りを警戒しながら竜崎のあとを追った。

膝丈《ひざたけ》の雑草が生え、枯れた枝が無数に落ちている森の中を、二人は慎重に進んでいく。まとわりつくような暑さと湿気に、額や首元から止め処《ど》なく、べたついた汗が湧いてきた。日が落ちたのか、みるみる辺りは暗くなり、足元すらはっきりと見えなくなっていく。

「……着いたぞ」竜崎が押し殺した声で言う。

闇に満たされた森の奥、十数メートル先の樹々の隙間から、明らかに人工の光が漏れていた。さらに前進した二人は、太い樹の幹に体を隠してからそっと顔を出す。

野球場ほどの平地が広がり、そこにいくつもの建築物が立ち並んでいた。団地のような五階建てのコンクリート造りの建物、小型の工場のような建物、やけに豪奢《ごうしゃ》な造りの神殿のような建物、倉庫のような建物、それらの間に小さな運動場や、様々な農作物を作っている畑、広い駐車場には数台のSUVが停められていた。

工場や倉庫、そして畑に緑色のジャージを着ている人々が見える。

「なかなか効率的な造りだな」

ひとりごつように竜崎が言う。澪は「どういうことですか？」と聞き返した。

「熱心な信者を何十人もあの団地のような建物に住まわせて、工場での製品生産や、倉庫の管理などに使っているんだろう。この教団の一番の収入源は、『オーラが抜ける』という理由で手術を拒否するがん患者たちへの、『がんに効く水』などと称した詐欺医療品の販売だ。ここにいる出家信者たちに、その生産、輸送、販売をほとんど無償で奉仕させているというわけだ。ある意味、優秀なビジネスモデルだ」

「それじゃあ、あれは？」澪は豪奢な白亜の建物を指さす。

「おそらく、宗教儀式を行う神殿のようなものだろう。教祖や幹部、つまりはこの詐欺組織を仕切っている奴らはあのやけに金のかかった施設にいるんだろうな」

「それで、いまからどうしますか？　手分けして、小夜子ちゃんを捜しますか？」

「そんな非効率的なことをしてたら、間違いなく相手に気づかれる」

竜崎は「来い」と手招きをすると、森の中を通って神殿の裏手へと近づく。

「ここでなにを……？」

澪が訊《たず》ねようとすると、竜崎は唇の前で人差し指を立てた。そのとき、竜崎が澪たちが隠れている場所の近くにある神殿の扉が開き、Tシャツ姿の若い男が出てきた。髪は鮮やかな金色に染め上げられ、眉はやけに細く整えられている。一見すると場末のホストのような雰囲気。おそらく、この組織の幹部だろう。

男はあくびをしながら、澪たちが隠れている樹の前を通過する。そのとき、竜崎が音もなく樹の陰から出て男の背後に近づくと、ヘビが獲物に食いつくかのような素早さで、男の首に両腕を回した。男が「うっ⁉」とうめいた時には、完璧《かんぺき》にチョークスリーパーの形ができ上がっていた。竜崎の筋肉質な腕が、男の頸動脈《けいどうみゃく》を絞め上げる。男は溺《おぼ》れるかのように両手をばたつかせるが、ものの数秒でその腕は力なく垂れ下がった。

失神した男の両脇に手を入れると、竜崎はそのまま森の中へと引っ張り込んだ。

「な、なにやっているんですか⁉」押し殺していた声が裏返ってしまう。

「見て分からないのか？　絞め落としたんだ」

竜崎は脱力した男を十メートルほど森の奥に引きずっていき、ボディバッグから出した紐《ひも》で手早く後ろ手に縛りあげ、そしてハンカチを猿轡《さるぐつわ》にして噛《か》ませて樹の幹にもたれかけさせる。その流れるような一連の動きを、澪は顔を引きつらせながら見守った。

男が「うう……」と呻《うめ》く。虚《うつ》ろだったその目に意思の光が戻りはじめた。軽く顔を振った男は、なにかを叫ぼうとするが、猿轡のせいでくぐもった音が響くだけだった。

「大きな声を出すな」

地の底から聞こえてくるような声で竜崎が言う。その手にはいつの間にか、大ぶりなサバイバルナイフが握られていた。竜崎はそっと男の首筋にナイフの刃を沿わせる。

「いまから猿轡を外す。ただし大声を出したら、頸動脈を切り裂く。分かったな？」

竜崎の言葉に、男は何度も頷《うなず》いた。竜崎はそっと男の猿轡を外す。

「ちょっと聞きたいことがある。今日、小さな女の子が、この教団に連れてこられたはずだ。『オーラの再封入』とかいうやつを受けるためにな。知っているか？」

男が細かく首を横に振るのを見て、竜崎は大きなため息をついた。

「知らないか。それは残念だ。ちなみに、俺は外科医だ。神経や血管の走行が完全に頭の中に入っている。それがどういう意味か分かるか？」

「いや……、分からない……」

「どこをどう切れば、殺さずに最大の痛みを与えられるか知っているということだ」

男の顔に強い恐怖が浮かぶのを見て、竜崎は「さて」と刃先を男の腕に当てる。

「もう一度だけ聞く。今日連れてこられた女の子がどこにいるか知っているか？　お前が本当に知っていようがいまいが関係ない。答えられなければ俺は十秒後に、お前の橈《とう》骨《こつ》神経をゆっくり切り裂いていく。十、九、八、七……」

竜崎がカウントダウンを進めると、男は「待ってくれ！　全部話す」と声を上げた。

「あの子なら、神殿の一階廊下の一番奥にある部屋にいる」

「なるほど。ありがとう」

満面の笑みを浮かべた竜崎は、ナイフを鞘《さや》に納め、男に再び猿轡を嚙ませると、「よし、行くぞ」と澪を促した。二人は神殿の裏手の扉へと向かう。

「竜崎先生、迫真の演技でしたね。私もすっかり騙《だま》されちゃいました」

「演技？」扉のノブに手を伸ばした竜崎がと訝《いぶか》しげに聞き返してくる。

……本気だったのか。背筋に冷たい震えをおぼえつつ、澪は「なんでもありません」と首を横に振った。竜崎はノブを回し、扉を開く。二人は素早く神殿に忍びこんだ。

埃《ほこり》っぽい空気が鼻をつく。扉の奥は棚が並んだ倉庫になっていた。様々な日用品に加えて、高級感のある食材や酒、たばこなどが置かれている。ふと壁に視線を向けた澪は、うめき声を漏らす。そこには十丁ほどの武骨なボウガンがかけられていた。

「あれって、合法なんですか？」

「微妙なところだな。狩猟用の所持なら違法ではないはずだし、この辺りは狩猟の可能な場所もある。しかし、ここまで数があるということは、他の目的がありそうだな」

やはり、ここにいるのは、辰巳と同様に『裏の世界』の者たちだ。すぐ隣にいる竜崎も含めて……。澪は緊張を息に溶かして、必死に吐き出していく。

倉庫の中を進んだ竜崎はそっと奥の扉を開き、隙間から廊下をうかがう。

「誰もいない。それほど大きな団体じゃないから、幹部の数は限られているんだろう」

竜崎は小声で「行くぞ」と視線を送ってくる。澪は大きく頷いた。

扉を開けて廊下に出た二人は、足音を殺しながら進んでいく。すぐに一番奥の扉の前に着いた。竜崎は迷うことなく扉を開けて、中へと飛び込んだ。澪もすぐに続く。

長テーブルとパイプ椅子だけが置かれている簡素な部屋。入り口近くに、体格の良い若い男がいて、そして奥には小夜子が哀しげな顔で椅子に腰かけていた。

男が「誰だ、お前ら？」と目を剝《む》くと同時に、竜崎の放った上段蹴《げ》りが男の側頭部に炸裂《さくれつ》する。まるで糸が切れた操り人形のごとく、男はその場に崩れ落ちた。

小夜子ちゃんのことになると、本当に容赦ない……。細かく痙攣《けいれん》している男を見下ろしている澪を尻目《しりめ》に、竜崎は両手を広げる。

「先生！」小夜子はパイプ椅子から立ち上がると、転びそうなほどに前傾しながら走り寄ってきて、竜崎の胸へと飛び込んだ。

『家族』である二人が固く抱き合うのを見て、澪が顔を綻《ほころ》ばせたとき、背後の扉が勢いよく開いた。澪は息を呑《の》む。玉野早苗、小夜子の母親にして、おそらくは誘拐の実行犯がそこに立っていた。

「あ、あなたたちは……？」早苗はふるえる指先をこちらに向ける。

見つかった。どうすれば……？　澪が迷っていると、小夜子を抱いた竜崎が「逃げるぞ」と声をかけて出入り口に走っていく。早苗に体当たりするようにして、竜崎は部屋を出た。バランスを崩して尻餅《しりもち》をつく早苗のわきを通って、澪も逃げ出す。

「だ、誰か来て！　誘拐！　うちの子が誘拐されました！」

早苗の叫び声を聞きながら澪たちは廊下を走り、さっき通った倉庫から外に出る。

「森は暗くて時間がかかる。車道を走るぞ」

澪は「分かりました！」と答えると、竜崎とともに敷地の正面に延びている車道へと走る。ここから五百メートルほどのところにカイエンが停めてある。そこまで辿《たど》り着ければ、逃げ切ることができる。澪は必死に足を動かすが、普段運動不足の足はすぐに悲鳴を上げはじめ、肺が痛くなってくる。日常的にトレーニングをしているであろう竜崎も、小夜子を抱きかかえているため、その足取りは重かった。

数分かけて三人はカイエンまで辿り着く。助かった！　そう思ったとき、風切り音が耳をかすめた。近くに立っている木の幹に、黒く太い矢が深々と突き刺さる。

「動くな！」

背中から聞こえてきた声に振り返った澪は、へたり込みそうなほどの絶望をおぼえる。十人ほどの男たちが十数メートル先に立っていた。やけに反社会的な雰囲気を醸し出すその男たちの半数ほどの手には、さっき倉庫で見たボウガンが握られている。

「君たちは誰かな？　なんでその子を連れていこうとする？」

集団の先頭に立つ、白い法衣のような衣装を着たスキンヘッドの壮年男性が言う。この特徴的な姿の男は、ホームページで何度も見ていた。『オーラの御心』の教祖で、聖《せい》龍院光樹《りゅういんこうき》などという、大仰な名を名乗っている男だ。

「俺はこの子の主治医だ」「私はこの子の担当ナースエイドです」

竜崎と澪の言葉が重なった。聖龍院は肩をすくめる。

「ああ、うちに訴えられている医者ですか。違法手術をしたと思ったら、今度は不法侵入に誘拐とは。警察に突き出されたくなければ、すぐにその子をおいて立ち去りなさい」

聖龍院は大きく手を振った。そのとき、息を切らした早苗が追いついてくる。

「誘拐？」竜崎は小夜子をおろすと、聖龍院を睨《にら》みつける。「誘拐をしたのはお前達だ」

「……なにを言っているんです？」聖龍院は訝しげに眉《まゆ》を顰《ひそ》めた。

「知らないのか？　母親は数日前に、この子の親権を剝奪《はくだつ》されている。いまこの子の保護者は、養護施設の園長だ。その園長の依頼を受けて俺達はこの子を迎えに来た」

「なっ⁉」聖龍院は目を剝くと、後ろにいる早苗を睨む。「いまの話は真実ですか？」

「……はい、真実です」教師に叱られた小学生のように、早苗は首をすくめた。

「分かったようだな。小児誘拐をしているのはそっちなんだ。もし警察を呼んだら、お前の教団は徹底的に調べられる。それは困るだろ。俺達を警察に突き出そうとしないところを見ると、色々と後ろ暗いことがあるはずだ」

勝ち誇ったような竜崎のセリフに、聖龍院は憎々しげに表情を歪《ゆが》めた。

「ただ、俺達も私有地に不法侵入した。お互い、警察の介入は避けたい。そうだろ？」

竜崎に水を向けられた聖龍院は、躊躇《ため》いがちに「……そうですね」と頷いた。

「ここはちょっとした誤解があったということで手打ちにしないか？　俺達はこの子を連れて帰れさえすれば、この件は警察に通報せず水に流す。いい取引じゃないか？」

数秒、難しい顔で考え込んだあと、聖龍院は大きく息を吐いた。

「取引成立です。さっさと子どもを連れて消えて下さい」

触れれば切れそうなほどに張り詰めていた周囲の空気が一気に弛緩《しかん》する。澪は胸に手を当てて、「良かった……」と星が瞬く空を仰ぐ。

「先生、小夜子、お家《うち》に帰れるの？」

不安げに訊《たず》ねてくる小夜子の頭を、竜崎は優しく撫《な》でる。

「ああ、帰れるよ。俺達の家、羽ばたき園にな。さあ、行くぞ」

竜崎がポケットからリモートキーを取り出し、カイエンのロックを外したとき、離れた位置からざわめきが上がり、そしてさっき聞いたのと同じ風切り音が響いた。

そばに立つ小夜子を見て、澪は「え……？」と呆《ほう》けた声を漏らす。少女の右の脇腹に深々と矢が突き刺さっていた。

「小夜子!?」「小夜子ちゃん!?」

再び竜崎と澪の声が重なり、そして小夜子が力なく崩れ落ちた。

なんで!?　振り返った澪は顔をこわばらせる。早苗が血走った目でこちらを睨んでいた。その手には、おそらく男たちの隙をついて奪ったであろうボウガンが握られている。

「なんで小夜子を連れていこうとするのよ！　その子は私の子よ！　せっかく私が、またオーラをお腹に入れてあげようとしているのに！　なんでみんなして！」

頭を激しく振りながら金切り声を上げる早苗が、ボウガンの引き金に指をかけた。みたび風切り音。竜崎が「がっ!?」と苦痛の声を上げた。その左上腕に矢が刺さっているのを見て、澪の口から小さな悲鳴が漏れる。

「その馬鹿女をどうにかしろ！」

聖龍院の怒鳴り声を聞いて、啞然《あぜん》として立ちつくしていた男たちが慌てて早苗を取り押さえ、その手からボウガンを奪い返す。もはや言葉なのかさえ分からない奇声を上げながら、早苗は男たちに引きずられるようにして連れ去られていった。

「救急車！　早く救急車を呼んで下さい！」

澪が叫ぶが、聖龍院は険しい顔をしてこちらを睨むだけだった。竜崎が呻《うめ》き声を上げながら自らの左手に刺さっている矢を強引に抜くと、倒れている小夜子を抱きかかえる。

「なにをしているんですか！　早く救急車を呼んでください！」

澪が再び叫ぶと、聖龍院はようやく口を開いた。

「街からここまでどんなに車を飛ばしても四十分以上はかかります。往復だと一時間二十分だ。そんなに時間がかかって、その子どもが助かると思いますか？」

澪は空を見上げて、喘《あえ》ぐように呼吸をする小夜子に視線を落とす。場所からすると、矢は肝臓を貫いているだろう。矢が栓となって大量出血はしていないが、それでも緊急の処置が必要だ。手術なしで、一時間以上持つとは思えなかった。

「それでも……、それでも救急車を呼ぶ以外に方法がないでしょ！」

澪が嚙《か》みつくように言うと、聖龍院はあごを引いた。その顔に暗い影がさす。

「いや、方法は他にありますよ。……全てをなかったことにすればいいんです」

澪が「なかったこと？」と呟《つぶや》くと同時に、聖龍院が右手を大きく掲げた。それを合図に、ボウガンを持った男たちが一斉に澪たちに狙いをつける。

「な、なにを……？」舌がこわばり、それ以上の言葉が出てこなかった。

「信者が子どもを殺したとなったら強制捜査は免れないし、マスコミも押しかけて、面白おかしく書き立てるでしょう。苦労して作り上げたこのビジネスもすべてが終わりになる。悪いが、それは受け入れられません」

恐怖で固まっている澪に、小夜子を抱きしめている竜崎が小声で話しかけてくる。

「合図をしたら、目をつぶって車の方を向け。いいな」

澪が返事をする前に、竜崎はボディバッグから小さな筒状の物体を取り出すと、聖龍院たちに向かって投げた。大きな放物線を描いた物体は、聖龍院の数メートル前で地面に落ちる。竜崎は「いまだ！」と叫ぶと、小夜子を守るようにしながら聖龍院たちに背中を向けて体を丸めた。澪も慌てて指示された通り、体を翻して目を固く閉じる。

バンッという爆竹が破裂するような音が響き渡り、目を閉じているにもかかわらず、視界が真っ白に染まった。続いて、男たちの悲鳴とうめき声が聞こえてくる。

「車の後部座席に乗れ！　いますぐに！」

竜崎の叫び声が鼓膜を揺らす。澪は白く濁った視界の中、必死にその指示に従う。扉を開けて倒れ込むように後部座席に乗り込むと、目の前に小夜子が倒れていた。

「小夜子を診ていてくれ。車を発進させるぞ！」

運転席に座った竜崎がそう言うと同時に、獣の咆哮《ほうこう》のようなエンジン音が響いた。澪はリアウィンドウから外を見る。聖龍院たちが目を押さえて苦しんでいた。

「さっきのはなんだったんですか？」

「閃光弾《せんこう》だ。強烈な光で視覚を一時的に奪う。いまのうちに逃げるぞ」

車が発進したとき、聖龍院が「撃ちなさい！」と声を上げる。男たちが薄く目を開けながら、ボウガンを撃つ。澪は慌てて身を伏せる。放たれた矢の一本が、リアウィンドウを粉々に粉砕して車内へ飛び込み、助手席の背面に突き刺さった。

「大丈夫か！」

運転席から竜崎が声をかけてくる。澪は「大丈夫です！」と答えながら、小夜子の体にかかったガラスの破片を落とすと、手首に触れて脈をとる。

「橈骨《とうこつ》動脈がかすかに触れますので、最低限の血圧は保てています。ただ、脈が速くて手が冷たい。出血性ショックを起こしかけています」

「足元のボストンバッグを見ろ！　その中に点滴セットが入っている。生理食塩水を点滴して血管の虚脱を防いでくれ。それで、ショックを防げる」

「点滴って、私がですか⁉」

「お前以外に誰がいるんだ！　頼む、やってくれ！」

車を走らせながら、竜崎は懇願するように言う。澪は震える手を伸ばしてボストンバッグを開けると、中から生理食塩水の点滴パックと点滴用のチューブを取り出した。点滴ルートを作り、その先に翼状針を取り付けた澪は、小夜子の腕に駆血帯を巻いて静脈を怒張させる。翼状針のカバーを取り外した澪は、小夜子の手を取り、その甲に浮かんでいる血管に針先を近づけた。針の先が大きく震える。車の揺れだけではなく、澪の全身の震えが針に伝わっていた。上下の歯がカチカチと音を立てる。

できない……。そう諦《あきら》めかけたとき、小夜子が「寒い……」と小さく呻いた。

澪は唇を強く嚙んだ。なにを甘えたことを言っているんだ。私がここで日和ったら、この子の人生はわずか十年で終わってしまうというのに。

尖《とが》った犬歯の先端が唇を薄く破る。鋭い痛みが走るとともに、手の震えが止まった。

澪は迷うことなく翼状針を手背静脈に突き刺す。翼状針をテープで手の甲に固定すると、生理食塩水の入ったパックを高い位置にあげる。位置エネルギーで生理食塩水が勢いよくチューブの中を流れ、小夜子の静脈へと吸い込まれていく。

「点滴入りました。生食、全開で流しています」

「よくやった。これで時間が稼げる」

「たしかにショックは一時的に防げていますけど、早く開腹して止血しないと。ここから街まで出ていたら一時間以上かかります。間に合いません！」

「病院には行かない。もっと近くに、最新の手術設備が整った場所がある」

澪は「この近くに？」と聞き返す。こんな奥多摩の山奥に最新の手術設備……。そこまで考えたとき、澪は大きく目を見開いた。

「辰巳の洋館！」

「そうだ。辰巳がすぐに逮捕され、仲間も逃走したことであそこの設備はそのまま放置されているはずだ。あそこなら三十分もかからない。十分に間に合うはずだ」

快哉《かいさい》を上げそうになった澪は、ハンドルを握る竜崎の手から血が滴っていることに気づき唇を歪《ゆが》める。辰巳の洋館になら、小夜子の命の灯《ともしび》が消える前に到着できるだろう。

しかし、ボウガンで撃たれた腕で果たして竜崎は手術ができるのだろうか？

そこで澪はあることに気づき、はっと息を呑《の》む。

「先生、だめです。先生はいま医業停止の処分を受けているじゃないですか」

「関係ない」

「関係ないって、もし手術をしたことがバレたら、今度こそ医師免許がなくなりますよ」

「小夜子と医師免許、どっちの方が大切かなんて、考えるまでもない」

全く迷うことなく竜崎は言う。澪は青ざめ、小さく苦痛の声を上げている小夜子を見て、口を固く結んだ。竜崎の言う通りだ。小さな子どもの命より大切なものなどあるはずがない。いまはこの子を助けることだけを考えないと。

そう決心したとき、唐突に車が大きく揺れた。澪は慌てて点滴パックを持っていない方の手で小夜子の体を押さえる。揺れはおさまることなく、断続的に続いている。

「先生、もっと慎重に走らせてください。小夜子ちゃんが危険です」

「……できない。たぶん、タイヤがパンクした。矢が当たっていたんだ」

「パンクって、辰巳の洋館まではもつんですか⁉」澪の声が大きくなる。

「……無理だ。あの洋館までの道は細く、舗装が不十分な山道になっている。パンクした状態じゃとても通れない。だが、タイヤの交換には何十分もかかる」

澪の口から「そんな……」という弱々しい声が漏れる。せっかくここまで来たのに、小夜子を救うことはできないのというのか？　そこまで考えたとき、澪は目を見開いた。

「ここです！　ここに行ってください！」

後部座席から身を乗り出した澪は、カーナビに表示されているある地点を指さす。

「なんでそんなところに……？」

訝《いぶか》しげに眉《まゆ》を顰《ひそ》める竜崎に、澪は静かに告げる。

「そこに……仲間がいるからです」

6

激しく揺れる車の後部座席で、必死に小夜子の体を支えている澪に、運転席の竜崎が「着いたぞ！」と声をかけてくる。澪はフロントグラスの向こう側に視線を送る。そこには十数棟のコテージが立ち並ぶ、キャンプ場が広がっていた。

「いた！　あそこです！」

澪は左奥にあるコテージ群を指さす。そのそばで、十人ほどの人々がバーベキューをしていた。子どもたちは楽しげな笑顔を浮かべているが、その中で三人だけ暗い表情でうなだれ、ベンチに腰かけたり、バーベキューを作ったりしていた。

悦子、若菜、遠藤。同僚であるナースエイドたち。

澪が今夜誘われていたキャンプ場、それがこの奥多摩憩いのコテージキャンプ場だった。車がもたないと知った澪は、竜崎にここに向かうように指示をしていた。

完全にタイヤの空気が抜けたのか、もはや加速したら容易に横転しそうなほど揺れているカイエンを、竜崎はコテージの近くまで進める。

「小夜子ちゃんを頼みます」竜崎に告げると、澪は扉を開けて外へ飛び出た。

「桜庭さん⁉」腰を曲げてベンチに腰かけていた悦子が大きな声を上げる。

「え、どうしてここに？」若菜が目をしばたたく。

「もしかして、キャンプに参加してくれる気になったの？」

バーベキューを作っていた遠藤が、肉と野菜の刺さった串《くし》を手に見つめてくる。

説明しているひまはない。澪は「車を貸して下さい！」と声を張り上げた。

「え、車？ どういうこと……？」

眉根《まゆね》を寄せた遠藤は、腹部に矢が刺さった小夜子を抱きかかえてカイエンから降りてきた竜崎を見て、目を剝《む》く。

「大変だ、すぐに救急車を！ 携帯の電波は入らないけど、管理棟に固定電話が……」

走り出そうとする遠藤に、竜崎は「待て！」と鋭く言う。

「救急車を呼んでも間に合わない。この近くに、手術ができる場所がある。そこに俺が運転してこの子を連れていく。だから、車を貸してくれ。頼む！」

小夜子を抱きかかえたまま、竜崎は深々と頭を下げる。遠藤は竜崎の腕の中で苦しげにうめいている小夜子を見つめると、ゆっくりと口を開いた。

「ダメです」

竜崎の顔が絶望で歪む。しかし、遠藤はすぐに言葉を続けた。

「俺が運転して三人をその場所まで連れていきます」

「なにを言って……」竜崎の目が大きくなる。

「俺が運転すれば、竜崎先生と桜庭さんは移動中も、その子の治療に専念できるでしょ」

竜崎が「しかし……」と迷いの表情を見せると、遠藤は大きくかぶりを振った。

「迷っているひまはありません。その子を助けたいんでしょ！」

竜崎は大きく息を呑むと、「……ありがとう」と頭を下げた。そのとき若菜が「私と悦子さんも行きます！」と勢いよく手を挙げた。

「人手は多い方がいいはずです。私はまだ看護師じゃないけどオペナースになるための勉強をしていますし、悦子さんはもともと手術部で働いていたベテランナースエイドです。絶対に役に立ちます。いいでしょ、桜庭さん」

澪は逡巡《しゅんじゅん》する。たしかに人手は多い方がいい。辰巳の洋館は設備こそ整っているものの、スタッフはいない。三人のナースエイドが加われば助かるだろう。けれど、信じていいのだろうか？　三人は裏切り者だ。ずっと私を監視していたスパイなのだ。

澪が答えられずにいると、悦子がゆっくりと立ち上がった。

「私たちを信じられないのは仕方がない。それだけあなたに酷《ひど》いことをしたし、許してもらえるとは思っていない。けれど、これだけは信じて。私たちはナースエイドとして、常に患者さんに寄り添ってきた。患者さんを助けたいと望み続けてきた」

澪の中でこの数ヶ月、ナースエイドとして同僚たちとともに働いてきた記憶が弾《はじ》ける。

三人の献身的なまでの患者への対応、医師や看護師に見下されても、患者のためにと手を抜くことなく自らの仕事をまっとうする姿勢。それに感銘を受け、そして自分もそうなりたいと願い続けてきた。

「今、私たちはナースエイドとしてその子を助けたい。だからお願い、協力させて」

悦子が頭を下げる。それに倣うように、若菜と遠藤もこうべを垂れた。

「はい！　お願いします！」

澪は腹の底から声を出す。もう迷いはなかった。過去になにがあろうが、今は同じナースエイドとして、そして小夜子の命を救いたいと願う者として協力すべきだ。

同僚たちの顔が一斉に輝く。遠藤は跪《ひざまず》くと、すぐそばにいる娘と視線を合わせた。

「文香。お父さんはちょっと仕事ができた。文香と同じくらいの年の女の子を助けるっていう大切な仕事だ。だから、ここでお兄ちゃんたちと留守番していてくれるかな」

少女は何度かまばたきしたあと、頷《うなず》いた。

「うん、大丈夫！　お父さん、お仕事頑張って！」

遠藤が「ああ、頑張るよ」と立ち上がると、悦子がバーベキュー台のそばでこちらの様子をうかがっている青年に声をかける。

「みんな、私もちょっと仕事ができたから、行ってくるよ。留守番は頼んだよ。文香ちゃんのことを守ってあげるんだよ」

一番年長と思われる青年が「まかせといてよ、ばあちゃん」と軽く手を挙げた。きっと彼こそ、悦子が必死になって星嶺大学へ入学させた孫なのだろう。とても爽《さわ》やかで、頼りがいのある青年だった。

「それじゃあ、行きましょう。あのバンです。乗って下さい」

遠藤が駐車場に停まっているバンを指さした。竜崎が悦子の孫に視線を向ける。

「もし怪しい奴らがやってきて、このカイエンのことを聞いてきたら、俺たちは車を乗り換えて街の病院に向かったって言ってくれ。頼む」

「なんか分からないけど、了解です。その子、助けてあげて下さいね。あと、ばあちゃんを頼みます。俺達にとっては大切なばあちゃんなんで」

一礼する青年に、竜崎は「もちろんだ」と力強く答える。

澪、竜崎、そして三人の同僚たちは、一斉にバンに向かって走り出した。


「先生……、痛いよ……。寒い……」

シートを倒してベッドにしたバンの後部座席で、体を丸めた小夜子が弱々しい声を出す。竜崎は「すぐに治すからな」と呼びかけながら小夜子の小さな手を握りしめていた。

「あと、十分くらいで着きます」運転席の遠藤が、カーナビを見ながら声を上げる。

「この子、玉野小夜子ちゃんよね。いったい何があったの？」

竜崎の車から運び出したボストンバッグから新しい点滴パックを取り出していた澪に、

悦子がおずおずと声をかけた。話していいものか分からず、澪は竜崎に視線を送る。彼が静かに頷くのを見て、澪は話しはじめた。

「親権を停止された母親が、養護施設から小夜子ちゃんを誘拐して……」

今日これまでにあったことを、簡潔に説明していく。話を聞いていた悦子と若菜の顔が青ざめていった。若菜が震える唇を開く。

「それじゃあ、もしかしてその教団の奴らが、追ってきたりとか……」

「それは大丈夫。私たちがどこに行ったのかは、分からないはずだから」

答えながら、リアウィンドウの外を見た澪は目を剝いた。山の斜面を蛇行しながら走っている車道、その低い位置にいくつもの車のヘッドライトが並んでいるのが見えた。

ここから先は、辰巳の洋館以外はほとんど何もない山道だ。にもかかわらず、数台もの車が連なって上がってきているということは……。

「教団が追ってきています！」澪はリアウィンドウを指さす。

「なっ⁉ なんで俺たちが辰巳の洋館を目指しているって分かったんだ。あそこを知る人間はほとんどいないはず……」

竜崎はそこまで言ったところではっとした表情を浮かべると、小夜子が穿《は》いているスカートのポケットに手を入れる。そこにピンポン玉大の黒い機器が入っていた。

「何ですか、それ？」若菜が不安げに訊《たず》ねる。

「GPSトラッカーだ。母親が入れておいたんだろう。これで居場所がバレたんだ」

車が大きく揺れる。左腕の傷が痛んだのか、竜崎の手からGPSトラッカーが零《こぼ》れ落ちた。すばやくそれを拾い上げた澪は、サイドウィンドウを下げて外に投げ捨てようとする。そのとき、運転席の遠藤が「ダメだ！」と声を張り上げた。

「それは利用できる。まだ持っていて」

「利用ってどういう意味ですか」澪が聞き返す。

「すぐに分かる。それより目的地に着くよ。その横道を入るんだよね」

前方に見覚えのある、荒れた横道が見えてきた。澪が「そうです」と頷くと、遠藤はハンドルを切る。車は勢いよく横道へと入り、そしてすぐに辰巳の洋館が見えてきた。

駐車場には二台、古いタイプのセダンが停まっている。先日、手術後に辰巳をトラックに乗せて移動させた際、置いていったものに違いない。その後、すぐに辰巳が逮捕されたので、回収されることなく停まったままになっているのだろう。

「みんな早く降りて！」

洋館の正面玄関前でバンを停めた遠藤が声を張り上げる。澪たちは急いで後部のスライドドアを開けると、小夜子を慎重に運びながら車外へ出た。

「桜庭さん、GPSを」運転席の窓をおろした遠藤が、手を差し出してきた。

彼の意図を悟った澪は「まさか……」と声をかすれさせる。

「そう、俺がそれを持って車を飛ばして、囮《おとり》になるよ」

「そんな！　ダメですよ。相手はまともじゃないんです。本当に殺されますよ」

澪が声を上ずらせると、遠藤は微笑んだ。

「桜庭さん、俺は元自衛隊員のナースエイドなんだよ。自衛隊は自分の命に代えても国民を守るのが仕事だし、ナースエイドは患者さんのために全力を尽くすものだ。この国の宝である子どもの患者さんのためなら、俺はなんだってするよ」

「でも、もし遠藤さんに何かあったら、娘さんは……」

「大丈夫、何のために除隊後も体を鍛えていると思っているんだい？　簡単にやられたりはしないよ。それより、急がないと危険だ。だから、早くGPSを」

澪は口を固く結ぶと、運転席に近づき、遠藤にGPSトラッカーを手渡す。

「これが最後になるかもしれないから言っておくよ。桜庭さんには本当に申し訳ないことをした。こんなことで償いになるとは思っていないけど、許して欲しい」

「許します。許しますから、絶対に生きて文香ちゃんのもとに戻って下さい！」

遠藤は目を細めて「もちろん！」と答えると、エンジンを吹かしてバンを発進させる。離れていくブレーキランプを見送っていた澪に、竜崎が「行こう」と声をかけてきた。

澪は頷くと、洋館の正面にある観音開きの重い扉を押して開いていく。玄関のスイッチで明かりをつけた澪たちは、手術器具が揃っているはずの一階のリビングへと向かう。

部屋へとたどり着いた澪は、室内の様子を見て安堵《あんど》の表情を浮かべる。辰巳の手術をしたあと片付けられていないので、使用済みのガウンや手袋、ガーゼなどが床に散乱しているが、手術を行うのに必要な器具一式は残っていた。

「なんで、こんな山奥の洋館に手術室が……？　ここって何なんですか？」

呆然《ぼうぜん》と呟《つぶや》く若菜に「知らない方がいいわよ」と忠告すると、澪は素早く麻酔器や無影灯の電源を入れ、手術に必要な道具を器具台の上に並べていく。

「小夜子、もう大丈夫だからな」

竜崎は優しく話しかけながら、小夜子を手術台に横向きで寝かせると、手術で骨などを切断するときに使用する骨剪刀《こつせんとう》を使って、体から出ている部分の矢を切断する。それを見ながら澪は麻酔台の上に、挿管チューブ、喉頭鏡《こうとう》、静脈麻酔薬などを並べた。

竜崎は麻酔器から酸素を流し、そのチューブの先端に取り付けたマスクを仰向《あおむ》けに寝かせた小夜子の口元に当てると、点滴ラインの側管から迷うことなく静脈麻酔薬を流し込んだ。小夜子の目が焦点を失い、速いテンポで上下していた胸の動きが止まる。

竜崎はL字形の喉頭鏡を左手で持ち、その先端を小夜子の口の中に入れて喉頭展開を試みる。そのとき、竜崎の口から「ぐぅっ」という苦痛の声が漏れた。

左腕を矢で撃たれたにもかかわらず、ここまで小夜子を運んできたのだ。腕も限界に近づいているのだろう。「大丈夫ですか？」と訊ねる澪に小さく頷くと、竜崎は小夜子の口に気管内チューブを差し込み、それを固定して、麻酔器に接続した。

麻酔器のポンプが酸素を押し出すのと同じテンポで、小夜子の胸が上下する。竜崎は麻酔器を操作して、鎮静を維持するための吸入麻酔薬を酸素に混ぜて流しはじめる。

「これで執刀の準備は整った。ゆっくり手洗いしている時間はない。滅菌手袋をつけてすぐに執刀を開始するぞ」

「けど、竜崎先生。その腕で執刀できるんですか？」

「いや、無理だ。もう手の感覚がなくなってきている」竜崎は首を横に振る。

「ならどうするんですか⁉　すぐ手術しないと、小夜子ちゃんは助からないんですよ！」

声を大きくする澪を、竜崎はまっすぐに見つめてきた。

「ま、まさか」澪はかすれ声を絞り出す。「私が……」

「そうだ。お前が執刀するんだ」

「無理です！　私は医療行為は一切できないって、何度も言っているじゃないですか！」

「これを穿刺《せんし》したのはお前だ」竜崎は小夜子の手に刺さっている翼状針を指さした。

「注射針を刺すのと、開腹手術の執刀をするのじゃ、違いすぎます」

「なにが違うっていうんだ」

竜崎に静かに問われ、澪は「え……」と呆《ほう》けた声を出す。

「お前は自分の手術のせいで姉が死んだと思い、あらゆる医療行為に拒否反応を示すようになった。しかし、姉の死に責任はなかったことは分かったはずだ」

「だからって、簡単にトラウマを克服できるわけないじゃないですか！」

「そうだ、簡単にはできない。けれど、いまこそそのトラウマを乗り越えるときだ」

竜崎に力強く言われ、澪は大きく目を見開いた。

「さっき、翼状針を刺せたということは、お前はトラウマを乗り越えつつある。そのきっかけはきっと、ナースエイドとして働いた経験だ」

「ナースエイドとして……」澪は呆然とその言葉をくり返した。

「お前はナースエイドとして患者の心に寄り添い続けた。どんな医者よりも患者を救おうと必死に行動し続けた。そうだろ」

澪は「はい……」と頷く。頭の中でこの三ヶ月、ナースエイドとして働いた経験が走馬灯のように流れ続けた。そのとき、背中に温かい感触が走る。見ると、悦子と若菜が背中に手を添えてくれていた。

「お前はさっき小夜子を救うために、一つトラウマを乗り越え翼状針を刺してくれた。しかし、小夜子の命を繋《つな》ぎとめるためには、この子に明るい未来を与えるためには、さらにトラウマに打ち勝ってもらう必要がある。分かるな」

体温が上がっていくのをおぼえながら、澪は再び「はい！」と答える。

「俺が全力でサポートする。だから、どうかメスを手に取ってくれ。力を合わせて、小夜子を助けてくれ。患者を、この子を助けるためなら、お前はきっと過去から自分を解き放つことができるはずだ」

言葉を切って一呼吸した竜崎は、「俺がそうだったように」と柔らかく微笑んだ。

澪はゆっくりと目を閉じる。こうすると、いつも雨の中で血を流して倒れている姉がフラッシュバックした。しかし、いま瞼《まぶた》の裏に映るのは優しく、そして幸せそうに微笑んでくれる姉の姿だった。

頭の中でガラスが割れるような音が響いた気がした。体が軽くなる。ずっと背中にのしかかっていた十字架が砕け散り、消えていくのを感じる。

澪は瞼を上げると、肺いっぱいに空気を吸い込んで言う。

「執刀の準備を！　みんなで小夜子ちゃんを助けましょう！」

7

規則正しく心電図の電子音が響いてくる。澪は開いた創部から覗《のぞ》く赤紫色の肝臓の表面を眺める。執刀を開始してから三時間ほどが経っていた。その間に澪は開腹を行い、肝臓に刺さっていた矢を、出血が最小限になるように慎重に抜き、そして傷ついた肝臓の修復を行った。

約一年ぶりの手術だったが、竜崎が第一助手としてサポートしてくれたおかげで、自分でも驚くほどスムーズに手術を進めることができていた。

若菜は機械出しとして、そして悦子は器具や点滴などを用意する外回りのナースエイドとして必死に働き、この手術を支えてくれていた。

「肝臓の修復、問題ないと思いますが、どうですか？」

澪はおずおずと対面に立っている竜崎に訊《たず》ねる。竜崎はマスクと手術帽の間から覗いている目をわずかに細めた。

「ああ、問題ない。もう閉腹していいだろう。……いい手術だった」

安堵と喜びが胸を満たし、全身から力が抜けていく。澪は固く目を閉じると「ありがとうございました！」と竜崎に頭を下げた。

「礼を言いたいのは俺の方だ。お前のお陰で『家族』を助けられたんだからな」

竜崎は慈愛に満ちた眼差《まなざ》しを、小夜子の顔に向ける。

竜崎とともに腹膜、筋肉、そして皮膚の縫合を進めて行った澪は、最後の一針を縫い終えると、再度「ありがとうございました」と頭を下げる。それに倣うように、竜崎、悦子が一礼する。慌てて若菜も頭を下げた。

「お疲れさまでした、桜庭さん、竜崎先生。それで、これから小夜子ちゃんはどうしますか？　ここではスマートフォンも繋がりませんし」

悦子の問いに、竜崎は手袋を外した手で小夜子の頭を撫《な》でながら答える。

「まずは、全身麻酔から覚醒《かくせい》させて抜管するが、鎮静剤は投与して眠った状態をキープする。そして、外の駐車場に置かれている車で、街の病院まで連れていく」

「え、あの車のキーを持っているんですか？」若菜が訊ねた。

「いいや。ただ、あのタイプの車なら、配線をいじればエンジンをかけられる」

若菜が「そ、そうですか……」と顔を引きつらせるのを尻目《しりめ》に、竜崎は麻酔器の操作をして、覚醒の準備をはじめていく。

終わった……。本当に手術をすることができた。気が抜けたせいか、立ち眩《くら》みがしてふらつく澪の体を、悦子が「桜庭さん、大丈夫？」と慌てて支える。

「あ、ありがとうございます。手術中もサポートしてくれて、本当に助かりました」

「ううん。私たち、こんなことでは償いきれないことをあなたにした……」

うつむく悦子と若菜に、澪は微笑みかける。

「忘れましょう。もう、過去のことですよ」

そう、過去にいつまでも囚《とら》われていても仕方がない。常に前を向き、そして未来を見つめて、今できることを全力でする。それが大切なんだ。私はそのことを、ナースエイドとして働き、そして竜崎先生とともに何人もの人々を救う中で学んできた。

「桜庭さん！」

唐突に若菜が抱き着いてきて、「ごめんね。本当にごめんね」と泣きじゃくる。その頭を優しく撫でているうちに、竜崎は小夜子の抜管を行っていた。気管内チューブを抜いた瞬間、小夜子は反射で激しく咳《せ》き込むが、すぐに穏やかな寝息を立てはじめた。

完璧《かんぺき》な鎮静に感心する澪の前で、竜崎が小夜子の体を抱き上げようとする。

「ああ、先生、私がやりますよ。左腕、もう限界でしょ」

澪が慌てて声をかけるが、竜崎はゆっくりと首を横に振った。

「俺にやらせてくれ。この子は、俺の大切な『家族』なんだ」

竜崎はそっと小夜子の体を持ち上げ、出入り口に向かう。澪たちも竜崎に続いた。

洋館の正面玄関から出た澪たちは、駐車場に停めてあるセダンに向かう。

あの車さえ動かせれば、無事に帰ることができる。あとは、遠藤さんがちゃんと逃げきれていればいいけれど……。澪が心の中で呟《つぶや》いたときエンジン音が響き、遠藤のバンが駐車場へと走り込んでくる。

良かった、無事だったんだ！　喉《のど》から上がってきた喜びの声は、バンから降りてきた男を見て、口の中で霧散した。

「ようやく見つけましたよ、皆さん」助手席から降りてきた聖龍院が楽しげに言う。

聖龍院の言葉を合図にしたように、次々にSUVが駐車場へと進入してきた。

「どうして……？　遠藤さんは……？」震える声で悦子が言う。

「遠藤？　ああ、この車に乗って逃げていた男か」

聖龍院は振り返ると、バンに向かってあごをしゃくる。後部座席が開き、遠藤が車から転げ落ちるように出てきた。くり返し殴られたのか、その顔は青黒くはれ上がっており、口と鼻から血が流れていた。

「遠藤さん！」

若菜が悲鳴じみた声を上げると、聖龍院は楽しげに両手を開いた。

「強情な男でしたよ。いくら殴っても君たちの居場所を吐かなかった。ただ、カーナビというのは便利ですね。この車がどこに寄ったのか、履歴を調べれば一目瞭然《いちもくりょうぜん》でした」

車から男たちが降りてくる。その手にボウガンがあるのを見て、澪の心は絶望に染まっていく。このままでは全員殺され、そして森の奥深くに埋められてしまう……。

せっかく小夜子ちゃんを助けられたのに……。せっかく、トラウマを乗り越え、自分が進むべき道を見つけることができたのに……。

澪が唇を噛《か》んでいると、そばに立っている竜崎が呟いた。

「すまない。すべて俺のせいだ。俺がお前と同僚たちを巻き込んでしまった」

「違います！　先生のせいじゃありません。私は自分で選んだんです。どんなことをしても、どんなに危険でも、小夜子ちゃんを助けたいって」

「……私もです」悦子が拳《こぶし》を握りしめる。

「私も……」若菜が涙で濡《ぬ》れた目を拭《ぬぐ》った。

「俺も……です……」遠藤が震える手をついて上体を起こした。

竜崎は小夜子を胸に強く抱きしめながら、「ありがとう……」と声を絞り出す。その目はかすかに潤んでいるように見えた。

「いやあ、美しいねえ。それじゃあ、そろそろ茶番は終わりにしましょうか」

小馬鹿にするように言いながら、聖龍院が右手を大きく掲げる。部下の男たちが、ボウガンを構えるのを見て澪が目を閉じたとき、突然、サイレンの音が響き渡った。

聖龍院が目を剝《む》いて振り返る。いまさっき教団の車がやってきた道から、今度はサイレンを鳴らし、赤色灯を光らせたパトカーが次々に駐車場に入ってきた。

なにが起きているか分からず、呆然《ぼうぜん》と澪たちが立ち尽くしているうちに、停まったパトカーからぞろぞろと警官が降りてきた。最後に、赤色灯を屋根につけた覆面パトカーが駐車場に停車する。そこから降りた男を見て、澪は声を上げる。

「橘さん⁉」

「やあ、澪ちゃん。間に合ったみたいだね」新宿署刑事課の刑事である橘は手を挙げた。

「なんで橘さんがここに……」

澪が呟くと、橘は大きく肩をすくめた。

「何を言っているんだよ。君が養護施設の園長に俺と連絡をとるように言ったんだろ。それで、誘拐事件の可能性があるということで多摩署と協力して捜査を開始しようとしたところ、キャンプ場にいる大学生から女の子が矢で撃たれて、その子を連れて逃げている人がいるという通報があった」

孫の通報で助かったことを知った悦子は、「ああ……」と声を詰まらせる。

「でも、どうやってこの場所を……」

若菜の問いに、橘は遠藤のバンを指さした。

「遠藤文香ちゃんが持っていたスマートフォンに、お父さんの車の位置情報が分かるアプリが入っていたんだよ。最近は便利になったね」

説明を終えた橘は、「さて……」と低い声で呟くと、聖龍院たちを睨《にら》みつける。

「全員、殺人未遂の現行犯で逮捕する。すぐに武器を捨てろ」

青ざめて震える聖龍院を、部下の男たちが不安げに眺める。

「それとも、そのボウガンでこの人数の警官と撃ち合うつもりか？　殺傷能力の高い武器を捨てないなら、こちらも拳銃《けんじゅう》の使用が可能だぞ」

警官たちが次々に拳銃を抜くのを見て、聖龍院は勢いよく両手を上げた。

「やめろ！　撃つな！　降参するから撃たないでくれ！　殺さないでくれ！」

必死に命乞《いのちご》いをする教祖の姿を見て、部下たちも慌ててボウガンを捨て、手を上げる。

それを見て、警官たちは次々に拳銃をホルスターに戻すと、代わりに手錠を取り出して男たちを逮捕しては、パトカーの後部座席に乗せていく。遠藤もすぐに病院へ連れていく必要があると判断されたのか、パトカーの助手席に案内された。

後ろ手に手錠をかけられ、気絶したようにこうべを垂れた聖龍院が、二人の警官にわきを支えられ、パトカーに押し込まれる。それを確認した橘が、ゆっくりと近づいてきた。

「澪ちゃん、悪いけど逮捕者が多いんで、君たちは後から来る応援のパトカーで戻れるように手配するよ。警官たちと少しここで待ってもらうけど、大丈夫かい？」

澪は「は、はい、もちろん」と頷《うなず》くと、橘は竜崎に向き直った。

「その子が、玉野小夜子ちゃんですか？　撃たれたという話ですが、大丈夫ですか？」

竜崎の腕に抱かれて、目を閉じている小夜子を橘が覗《のぞ》き込む。

「ああ、早く病院に連れていく必要があるが、命の危険はない。手術をしたからな」

「……手術？」橘の顔が険しくなる。「それは誰が？」

澪が慌てて事情を説明しようとする。しかし、その前に竜崎が答えた。

「俺だ。俺がすべて一人でやった」

竜崎は横目で視線を送ってくる。それを見て、澪は彼の意図に気づいた。

この洋館は犯罪者である辰巳の所有物だ。ここに手術室があることを知り、そして執刀をしたとなれば、犯罪組織との関係が疑われ、追及を受けるかもしれない。竜崎先生はどちらにしろ自分が罰せられることを理解して、それならばと責任を一人でかぶり、私たちを守ろうとしている。

「……竜崎先生、あなたはたしか医業停止処分を受けていますよね。手術をしたら、犯罪行為になります。それが分かっていて、言っているんですか？」

「ああ、分かっている。だから逮捕でもなんでも好きにしてくれ。ただ、まずはこの子を病院に連れて行ってからだ」

一切の迷いなく言う竜崎を見て、澪は唇を固く結ぶ。ここで口を出してしまっては、全てを背負うと決めた竜崎の覚悟に泥を塗るだけだ。

「……分かりました。私の覆面パトカーで近くの病院まで連れて行きましょう。その子だけでなく、先生も治療を受けるべきだ。明日《あした》以降、じっくりと話を聞かせてもらうことにします」

硬い口調で言う橘に、「ありがとう」と微笑むと、竜崎は覆面パトカーに向かって歩いていく。小夜子をゆっくりと後部座席に横たえた竜崎に、澪は駆け寄った。

「竜崎先生！」

自らも車に乗ろうとしていた竜崎に、澪は声をかける。竜崎は「どうした」と穏やかな表情で、澪を見つめた。

「あの……、なんて言ったらいいのか……」

「なにも言わなくていい」竜崎は目を細めて首を横に振る。「これでいいんだ。これが一番いい方法なんだ」

「でも……」

感情が昂《たかぶ》り、声が出なくなった澪に、竜崎は「桜庭澪」と柔らかく言う。初めて『お前』でなく、名前を呼ばれた澪は「はい！」と背筋を伸ばした。

「俺が見込んだ通り、お前は一流の外科医だった。最高の外科医である俺が言うんだから、間違いない。自信を持て」

「……はい」

嗚咽《おえつ》が零《こぼ》れないよう、喉元《のどもと》に力を込める澪の頭を軽く撫《な》でると、竜崎は小夜子が横たわっている後部座席に乗り込み、窓を開ける。

「そしてお前は最高のナースエイドでもある」

その言葉に大きく息を呑《の》む澪に、竜崎は気障《きざ》なウインクをしてくる。

「だから、未来はお前自身が決めろ。どんな選択をしても、お前はきっと多くの人を救えるはずだ。俺が保証する」

「はい！　ありがとうございます！」

澪が心からの感謝を伝えると同時に、運転席に座った橘が覆面パトカーを発進させた。

離れていくテールランプを見送った澪は、胸いっぱいに山の清冽《せいれつ》な空気を吸うと、空を仰ぐ。

星々が瞬く夜空に、淡く天の川が流れていた。

エピローグ

「桜庭先生、悪いんだけどさ、腰が痛くて。湿布を貼ってくれない？」

ベッドメイキングをしていると、そばのベッドで横たわっている高齢女性が声をかけてきた。澪はしわ一つなくシーツを張ると、「はいはい、ちょっと待ってくださいね」と患者に近づき、床頭台に置かれていた袋から湿布を取り出す。

「あれ、またお昼ご飯残しているじゃないですか。ダメですよ、しっかり食べないと」

「分かってはいるんだけどさ、病院食ってどうにも味気なくて、食欲湧かないんだよね。退院したら、いの一番に豚骨ラーメンのお店に行って、大盛りを食べるんだ」

澪に湿布を貼られながら、患者ははしゃいだ声を上げる。

「高血圧なんだから、ほどほどにして下さいよ。せっかく手術でがんを治したんだから」

「分かっているよ。先生のお陰で手術後も元気で食欲もあるし、傷痕《きずあと》も全然残っていないし、感謝しているよ」

澪が「どういたしまして」と笑顔を浮かべると、同僚の早乙女若菜が顔をのぞかせ、「桜庭さーん、そろそろ時間ですよ」と声をかけてくる。

「あ、もうそんな時間？　でも下膳《げぜん》がまだ終わっていなくて……」

「そんなの私がやっておきますって。それより、手術に執刀医がいない方が問題でしょ。

ほら途中で申し送り聞きますから」

澪は患者に一礼して病室を出ると、若菜に「ありがとう」と言いながら並んで歩きだした。

「えっと、今日はなんの手術なんですか？」

「五〇六号室に入院している後藤《ごとう》さんの胃切除術ね。あ、五〇四と五〇五の下膳がまだ済んでないから、お願いできる？　ベッドメイクは終わっているから」

若菜に申し送りをする途中、すれ違った看護師たちが「お疲れ様です」と頭を下げてくる。澪は笑顔で会釈を返しながら進んでいった。

奥多摩の山奥で玉野小夜子を救ってから三ヶ月ほどが経っていた。澪はいまも変わらず、この病棟でナースエイドの勤務をしている。しかし、大きく変わったこともあった。

澪のいまの立場は五階西病棟専属のナースエイドであると同時に、統合外科のゴールド外科医でもあった。

火神の死後、統合外科は大混乱に陥ったが、それもすぐに収まった。自らの死期を把握していた火神は、自分が死んだ後の統合外科の体制について、弁護士に遺言を残していた。その遺言通り、かつて火神の右腕として統合外科の立ち上げに協力し、星嶺大学医学部の川崎《かわさき》にある分院の統合外科部長を務めていた准教授が、火神の代わりに主任教授となり統合外科を率いていくことになった。

新しい教授はほとんど体制を変えることはしなかったが、二つの人事にだけすぐに手を付けた。一つが医局長人事で、それまで医局長を務めていた壺倉を更迭し、関連病院に飛ばしたうえで、川崎時代の右腕だった部下を後任に据えた。そしてもう一つのサプライズ人事が、澪の処遇だった。

火神の遺言に、澪が本当は外科医であること、そして澪の望むように勤務させて欲しいことが記されていたらしい。新しい主任教授は就任してすぐに澪を呼び出し、「君はどうしたい？」とたずねてきた。澪はそれに対し、迷うことなく答えた。

「ナースエイドをしながら、外科医として働かせてください」

かくして澪は、一般的な外科医がオペの入っていない時間を病棟業務や外来に充てるように、普段はナースエイドとして働きつつ、担当する手術の時間になると手術部へ向かい、メスを振るうという毎日を送っていた。

ナースエイドとしての勤務時間は減ったが、その分を悦子と若菜、そして怪我の治療から先月復帰した遠藤という三人の同僚がしっかりとサポートしてくれている。

患者に寄り添うことで心を癒《いや》し、そして手術で体を治す。これこそが私の理想とする医療だ。

澪はふと視線を上げる。自分に進むべき道を教えてくれた男の姿が頭をよぎった。

「あ、そういえば桜庭さん、今晩って空いていますか？」

若菜が思い出したように声をかけてくる。

「実は、今夜合コンあるんですけど、桜庭さんも参加しませんか」

「若菜ちゃん、大丈夫なの？　国家試験の勉強あるんでしょ」

「それは頑張っています！　もう毎日勉強漬けで、少しくらいぱーっと騒がないとストレスでおかしくなりそうなんですよ。だから、桜庭さんも行きましょうよ」

「ごめん、今夜はちょっと約束があって」澪は両手を合わせる。

「え、もしかして男ですか？」

好奇心で目を輝かせる若菜に、澪はいたずらっぽくウィンクをした。

「まあ、そんなところかな」


スーツケースを引いた多くの人々が行き交う空間を、澪はきょろきょろと左右を見回しながら進んでいく。午後の手術の執刀と、術後管理の指示出しを終えて病院をあとにした澪は、その足で成田《なりた》空港の国際線出発ロビーへとやってきていた。

時刻は午後六時近く、思った以上に人が多い。この中から、あの人を見つけられるのだろうか？

焦りつつ目を凝らしていた澪は、数十メートル先、保安検査場に並んでいる列の中に目的の人物を見つけ、慌てて走り出した。何人か出張にいくサラリーマンらしき男性とぶつかって「すみません」と謝りつつ、澪は声を張り上げる。

「竜崎先生！」

保安検査場に吸い込まれかけていた竜崎が振り返り、澪を見る。その顔に苦笑を浮かべると、竜崎は「失礼」と後ろに並んでいた人々に声をかけ、列から抜け出してきた。

「どうして、俺が今日、発《た》つって知ってた？　誰にも言っていなかったのに」

近づいてきた竜崎は唇の端を上げる。

「誰にもじゃありません。アパートの大家さんには言ったでしょ」

「ああ、大家ね。なるほど、たしかに言ったたな。そこからお前に伝わったってわけか。これは迂闊《うかつ》だった」

「慎重な先生らしからぬミスですね。でも、おかげでこうして久しぶりに会うことができました」

「たしかに久しぶりだな」竜崎の目がわずかに細くなる。

ボウガンで撃たれた小夜子に医業停止状態の竜崎が手術をしたことは、緊急的な措置として不起訴処分になった。しかし、竜崎が二度目となる違法な手術をしたこと、そして裏の世界の人間とかかわっていたことが、警察からマスコミへとリークされ、最初の小夜子の虫垂切除術や、火神教授の術中死と相まって、大々的に報道された。

ここで甘い処分をすれば深刻な医療不信が生じると思った医道審議会は、再度会合を開き、そして竜崎の医師免許を取り消した。

またどこからか竜崎の住所を聞きつけたマスコミがアパートの前に張りこむようにな

り、二ヶ月程まえに、竜崎は愛車のカイエンとともにアパートから姿を消してしまった。

「それで、調子はどうだ？　ナースエイドと外科医の二刀流はうまくいっているか？」

竜崎の問いに、澪は「はい、もちろん」と大きく頷《うなず》く。

「けど、竜崎先生。私がどんな選択をしたか、知っているんですね」

「そりゃそうだ。少し前まで、俺は統合外科のエースだったんだからな。それくらいの情報は入ってくる」

「それじゃあ、……玲香先生のことは？」

澪がおずおず訊《たず》ねると、竜崎は「ああ、知っているよ」と小さく頷いた。

父親である火神教授が死亡してすぐ、火神玲香は統合外科に退局願を出し、星嶺大学医学部附属病院を退職すると、外資系の製薬会社に就職した。そここそ、火神と協力して新火神細胞を作成し、次世代がん治療機器としてオームスの開発にかかわっていた会社だった。玲香は今後、その製薬会社でオームス開発メンバーの一員として父の夢の実現に邁進《まいしん》するということだった。

「玲香は俺のことを恨んでいるんだろうな。俺のミスで、教授が死んでしまったと思っているんだから」

「ええ、そうでしょうね……」

沈黙が二人の間に降りる。重い空気を振り払うように、澪は両手を合わせた。

「ああ、そう言えば、少し前に玲香さんから連絡があって、私を正式にオームスの試験オペレーターとして雇いたいということでした」

「それで、お前はどうするんだ?」

「土日とか、研究日にですけど、協力しようかと思っています。火神教授の言い遺《のこ》したことが本当なら、姉さんが気づいた秘密、おそらくはあの日、私たちが見た異常に増殖するがん細胞の正体を知る手がかりが、オームスに隠されているはずだから」

「そうか。お前が自ら選んだ道なら、きっとそれが正解なんだろうな」

「竜崎先生はこのあと、どうするんですか? アメリカに渡っても、就職が決まっていた病院には行けないんでしょ」

日本での医師免許取り消しを受けて、就職予定だったアメリカの大学病院が、竜崎の受け入れを白紙にしたという話だけは聞いていた。

「さあな。けど、なんとかなるさ。免許を奪われても、俺にはこれがある」

竜崎は自らの腕を軽く叩《たた》く。

「ただがむしゃらに磨いてきた技術、それは誰にも奪えない。そして、その技術がある限り俺は医者であり続けるし、患者を救い続けることができる。きっと俺が活躍する場所は世界中にあるさ。まあ、華やかな表の世界ではないけれどな」

「本格的に裏の世界に入るんですか。なんかブラック・ジャックみたいですね」

冗談めかして澪が言うと、竜崎は屈託ない笑みを浮かべた。

「いいじゃないか、ブラック・ジャック。あのマンガは大好きだ」

「実は私もです」

二人が小さな笑い声をあげていると、『日本航空〇六二便ロサンゼルス行きは、間もなく搭乗手続きを締め切らせて頂きます』というアナウンスが流れた。

「そろそろ行かないとな」

竜崎は右手を差し出してくる。澪はその手を固く握りしめた。

「また、会えますよね？」

「医者の世界は狭い。特に外科医の世界はな。その狭い世界でお互い前を向いて進み続けていれば、どこかで線が交わることもあるだろう」

「そのときまでに、先生に少しでも近づけるよう、腕を磨いておきます」

「そのとき、俺はさらに先に行っているさ」

頷き合った澪と竜崎は、同時に身を翻す。

人々が行き交う空港を、二人の外科医は胸を張って別々の道へと進んでいった。


本書は書き下ろしです。

となりのナースエイド

知《ち》念《ねん》実《み》希《き》人《と》

令和５年 11月25日　初版発行

発行者●山下直久

発行●株式会社KADOKAWA
〒102-8177　東京都千代田区富士見2-13-3
電話　0570-002-301（ナビダイヤル）

角川文庫 23899

印刷所●株式会社暁印刷
製本所●本間製本株式会社

表紙画●和田三造

●お問い合わせ
https://www.kadokawa.co.jp/（「お問い合わせ」へお進みください）
※内容によっては、お答えできない場合があります。
※サポートは日本国内のみとさせていただきます。
※Japanese text only

ISBN 978-4-04-114311-7　C0193

◇◇◇